ANGÉLA MORELLI

L'homme idéal (en mieux)

Roman

H&

Ce roman a déjà été publié en 2015

&H® est une marque déposée par le groupe Harlequin

Le visuel de couverture est reproduit avec l'autorisation de :

Homme : © SHUTTERSTOCK/G-STOCKSTUDIO/ROYALTY FREE

Illustration : © DAVID & MYRTILLE / DPCOM.FR

Réalisation graphique couverture : DPCOM

HARLEQUIN
83-85, boulevard Vincent-Auriol, 75646 PARIS CEDEX 13.
Service Lectrices — Tél. : 01 45 82 47 47
www.harlequin.fr

ISBN 978-2-2803-5326-7

Chapitre 1

Le pot de moutarde suédoise, souvenir d'une très lointaine visite chez IKEA, regardait fixement Emilie du fond de l'étagère. Le problème, c'est qu'il était tout seul : le frigo était vide. Elle contempla un instant l'étendue des dégâts, en écoutant d'une oreille distraite les pépiements d'Elizabeth, qui lui racontait, à grand renfort de gestes, la façon dont elle avait échangé à son avantage deux bracelets déformants contre trois billes avec un camarade de classe. Génial, songea Emilie. Non seulement il n'y avait rien pour le dîner, mais elle savait maintenant pourquoi sa fille lui faisait acheter ces affreux bracelets fabriqués en Chine par des enfants infirmes. Si l'on ajoutait à ça le fait que sa vie sexuelle ressemblait à un poème de Victor Hugo (« Waterloo ! Waterloo ! morne plaine ») et qu'elle était à court de Coca light, autant dire qu'il y avait vraiment de quoi soupirer.

Elle ne s'en priva donc pas, tout en reportant son attention sur sa fille, dont la conversation avait dévié sur le cours de sciences (« Maman, tu sais que le niveau de l'eau est toujours horizontal quoi qu'il arrive ? »), et laissa son regard errer sur la cuisine : de la vaisselle sale dans l'évier, la poubelle pleine, une pile de linge propre sur le comptoir séparant la cuisine du salon, etc. Pas de doute, on était bien vendredi soir.

— Où est Clara ? demanda soudain Elizabeth, peu préoccupée par les réponses monosyllabiques et les traits tirés de sa mère.

Emilie jeta un coup d'œil à la pendule au-dessus de l'évier, qui affichait l'heure de toutes les grandes capitales du monde, sauf celle de Paris.

— Vu l'heure qu'il est à Montréal, je suppose qu'elle est encore à la librairie.

— Maman, pourquoi on n'a pas une horloge normale qui donne l'heure de chez nous ?

Emilie songea qu'on pouvait toujours compter sur les enfants pour poser les questions qui fâchent, du genre : « Qu'est-ce qu'on mange ce soir ? » ou « Pourquoi papa et toi avez divorcé ? » Celle de la pendule était un autre classique, spécifique à leur foyer.

— Parce que, ma chérie, il est important de savoir faire rapidement des additions et des soustractions, et de s'ouvrir au monde qui nous entoure.

— Euh, ce n'est pas plutôt parce que tu ne l'as toujours pas fait réparer ?

Tant de perspicacité sous une jolie frange, pas de doute, c'est ma fille, pensa Emilie.

— Oui, aussi, répondit-elle avec cet à-propos

dont elle ne se départait jamais. Bon, c'est pas tout ça, ma puce, mais qu'est-ce que tu veux manger ce soir ?

Joignant le geste à la parole, elle tendit la main vers le placard, à la recherche d'un paquet de riz ou, si le jour était faste, d'une boîte de raviolis.

— Inutile de te fatiguer, maman, tu n'as pas fait les courses mercredi, tu te souviens ?

Emilie avait profité de l'absence de sa fille pour passer la journée à gémir sur les quarante dissertations de ses Seconde pour finir, après sept heures de calvaire et seulement vingt-huit copies corrigées, par s'effondrer devant son ordinateur avec un verre de Martini. Toute à sa conscience professionnelle, elle n'avait eu le temps de remplir ni son devoir maternel, ni le frigo.

— On se fait livrer alors, proposa-t-elle en saisissant la pile de menus sur le bar. Chinois ? Japonais ? Indien ? Pizza ? Thaï ?

— Japonais. Et n'oublie pas de me commander un Coca, répondit sa progéniture en s'installant sur le canapé, télécommande en main.

Pas de doute, on était bien vendredi.

Une heure plus tard, l'arrivée bruyante de Clara coïncida avec celle du dîner. Entre-temps, Emilie avait remis de l'ordre dans la cuisine, fait la vaisselle de la veille, rangé les piles de vêtements et ramassé le courrier qui traînait sur la table du salon, tout en buvant une bière (la seule chose qui ne manquait jamais dans cette maison). Clara était une de ses vieilles amies de fac, devenue libraire, et qui lui avait rendu un énorme service quand elle s'était séparée de son compagnon il y avait de cela un peu plus de dix-huit mois. Au vu des prix proprement hallucinants de l'immobilier à Paris, Emilie n'aurait pu trouver, au mieux, qu'un studio dans un quartier peu agréable pour Elizabeth et elle. Elle ne voulait pas partir en banlieue alors qu'elle enseignait dans un lycée parisien, et elle ne parvenait pas à se résoudre à retourner dans la province qu'elle avait fuie quinze ans auparavant. Clara, qui venait d'hériter un très grand appartement de sa grand-mère, lui avait alors proposé une colocation temporaire : Emilie pouvait lui sous-louer une partie de l'appartement. Cet arrangement avait tellement bien fonctionné qu'il était devenu définitif. Chacune avait sa chambre, et elles partageaient le salon, la cuisine et la salle de bains. Elles étaient censées faire bureau commun, mais la pièce était surtout envahie par Emilie, qui y avait étalé ses cours, ses livres et ses papiers ; Clara utilisait pour sa part le bureau de la librairie. Elles se répartissaient les tâches ménagères (c'est-à-dire qu'elles essayaient de se débrouiller pour que l'appartement ne ressemble pas trop à l'antichambre d'une porcherie, ce qui n'était pas évident) et les courses (Clara passait une commande sur Internet une semaine sur deux, Emilie était censée remplir le frigo un mercredi par quinzaine, ce qu'elle faisait toujours avec rigueur, comme l'expérience venait de le prouver brillamment).

— Salut, les filles ! brailla Clara depuis l'entrée. Il pleut des cordes, à croire que c'est un châtiment divin, c'est l'en-fer.

Comme d'habitude, elle avait gardé à la main son parapluie dégoulinant ; Emilie l'en débarrassa et le posa ouvert sur le palier pour qu'il puisse sécher.

— Tu arrives pile-poil pour le dîner, dit-elle.

— Japonais ou pizza ? s'enquit Clara.

— Je ferai comme si je n'avais rien entendu : pourquoi n'imagines-tu pas un seul instant que j'aie pu cuisiner quelque chose de délicieux ?

— Je suis médium, tu le sais bien. Et le fait que tu n'aies pas fait les courses mercredi dernier est un… comment dit Sherlock déjà ? Ah oui, un indice, lança Clara en accrochant son imper rouge à la patère de l'entrée.

— Un point pour toi, sarcastique inspecteur Beckett, le livreur vient de passer. Et c'est japonais, ce soir. Pour les réclamations, adresse-toi à la petite, prévint Emilie en se laissant tomber sur le canapé à côté de sa fille.

— Pas de souci, cria Clara de la salle de bains, tant que tu n'as pas oublié mes makis Nutella-banane !

Clara avait toujours su où étaient ses priorités dans la vie, ce qui facilitait grandement sa colocation avec Emilie.

Cette dernière venait de terminer la salade de chou

mariné de sa fille quand Clara s'affala lourdement sur le canapé en poussant un soupir de satisfaction.

— Je n'en peux plus, déclara-t-elle en donnant un coup de coude pour éloigner l'énorme coussin rose qui la gênait, tout en glissant les pieds sous ses fesses. On a eu un monde fou aujourd'hui, je n'ai même pas eu le temps de déjeuner, j'ai passé la journée à me gaver de Schoko-Bons.

— Oh ! Tu m'en as rapporté ? demanda Elizabeth en tentant (en vain) d'attraper un sushi avec ses baguettes.

— Prends une fourchette, ma chérie, ce sera plus simple, dit Emilie en se levant pour aller chercher une bière à Clara. Tu as choisi quelqu'un pour le CDD, finalement ?

— Oui, j'ai bien envie de donner sa chance à Paul, le petit jeune qui vient d'avoir son BTS.

Clara cherchait une aide à temps partiel depuis quelques semaines et, contrairement à ce qu'elle craignait, les CV avaient rapidement afflué. Elle avait déjà éliminé le jeune homme qui tentait d'imposer son planning (jamais avant midi, jamais après 17 heures), le quadra qui ne voulait surtout pas travailler le samedi (ce qui était quand même un peu ennuyeux dans le commerce), le gros beauf dragueur qui refusait de soulever un carton, la jeune fille trop timide pour parler à haute et intelligible voix, et donc *a fortiori* pour renseigner un client, la mère de famille hystérique qui n'avait jamais travaillé dans une librairie de sa vie mais qui entendait remanier tout le fonctionnement de la boutique dans un souci d'efficacité, et le dépressif cynique qui n'ouvrait jamais un bouquin mais refaisait le monde. Il ne restait plus que trois candidats potentiels. Surtout, potentiellement normaux.

— Paul… Paul… Le beau gosse ? demanda Emilie en attaquant ses sashimis au saumon.

— Oui, le blondinet de 22 ans qui ressemble à Sam Winchester. (Le regard de Clara se fit rêveur.)

— Hum. Et tu es certaine que tu l'as choisi uniquement pour ses compétences professionnelles ?

— Evidemment. Comment peux-tu croire un seul instant que je puisse me laisser aveugler par une mâchoire virile ? rétorqua Clara en mettant de côté les brochettes de boulettes de poulet pour les manger en dernier. (Pour une raison qui échappait au commun des mortels, Clara faisait une fixation sur la mâchoire des hommes ; elle avait toute une théorie sur les distances menton-bouche et oreille-menton. Bref, c'était une affirmation complètement scientifique dont les conclusions ne se vérifiaient jamais.)

— C'est bien ce que je pensais, répondit Emilie en se demandant si elle ne ferait pas mieux de faire l'impasse sur son riz, rapport aux calories. (Elle finit par renoncer à toute velléité de régime et noya sa portion sous la sauce sucrée.) Elizabeth, tu veux un dessert ?

— Non, merci, maman, je vais préparer mon

sac pour le week-end, dit sa fille avant de filer vers sa chambre.

— N'oublie pas de prendre ton cartable pour faire tes devoirs.

— C'est le week-end de Diego ? demanda Clara, ôtant les piques de ses brochettes de boulettes de poulet, qu'elle aligna sagement sur son riz.

— Yep. Il passera la chercher à la librairie à l'ouverture, comme d'hab.

Emilie hésita à finir les deux malheureux makis laissés par sa fille. Au point où elle en était, ce n'étaient pas quelques grains de riz supplémentaires qui changeraient quoi que ce soit au chiffre indiqué par Salopa, sa balance.

— Pas de problème. Tu ne veux toujours pas le voir, hein ? Tu veux bien me donner une serviette, s'il te plaît ?

— Moins je le vois, mieux je me porte, oui, confirma Emilie en lui tendant une serviette au logo du restaurant.

Elle attrapa la boîte de nougats gracieusement offerte et s'installa plus confortablement sur le canapé.

— Je crois que je ne suis pas encore prête à pouvoir contempler en toute quiétude tout ce bonheur et cette coolitude qu'il brandit comme un étendard flamboyant.

Clara éclata de rire.

— Il n'y a vraiment que toi pour t'exprimer ainsi, tu le sais, ça ? Le terme « étendard » a été définitivement banni du vocabulaire courant après la dernière croisade. Quant à « coolitude », il ne fera son apparition dans le dictionnaire qu'en 2022.

— Tu es bien sûre de toi. Dans le *Petit Vanderhelde illustré*, « coolitude » figure en bonne place entre « hotitude » et « sexytude ». Que tu mettes ainsi en doute mes talents de linguiste *early adopter* me fend le cœur, tu sais. Pour la peine, je te laisse débarrasser.

Emilie se leva avec une dignité faussement outragée, sa bière et les nougats à la main, et partit vaquer à ses occupations vespérales, parmi lesquelles figuraient en bonne place la consultation de ses textos et le coucher d'Elizabeth.

Une fois cette dernière endormie, Emilie s'assit devant le gigantesque bureau rouge qu'elle avait acheté dans une brocante et qu'elle n'avait jamais trouvé le temps de repeindre comme elle en avait eu brièvement la volonté. Elle eut un instant de découragement devant les nombreux tas de copies qui attendaient d'être marquées au fer de son stylo rouge. La fin du trimestre approchait, avec son infernal cortège de copies en retard, de bulletins à remplir, de réunions avec les parents d'élèves et de conseils de classe. Sans compter les cours à préparer. Bon, se dit-elle, il serait toujours temps de les corriger dimanche soir. Ou lundi après-midi. Ou mercredi matin. Ou dans la nuit de mercredi à jeudi. Très probablement dans la nuit de mercredi à jeudi. Et elle remplirait comme d'habitude les bulletins jeudi matin aux aurores pour respecter le sacro-saint planning.

Elle alluma donc son portable en s'imposant quand même une contrainte : ses mails puis Facebook, mais pas plus d'une heure.

Trois heures et quarante minutes plus tard, elle gloussait devant son écran, en pleine conversation sur Facebook (cette invention du diable contre laquelle elle mettait régulièrement en garde les élèves, pauvres agneaux innocents sacrifiés sur l'autel des nouvelles technologies), avec la joyeuse bande d'allumées qui lui tenaient lieu de copines. Histoire de ne pas exhiber leur vie privée sur leurs murs respectifs, elles avaient créé un groupe secret dans lequel elles se plaignaient, discutaient et bitchaient à qui mieux mieux. Ce soir-là, c'était Louise qui avait besoin de conseils, elle qui allait de déconvenue en désillusion avec les hommes qu'elle rencontrait sur Attractive World.

Louise il y a 10 min — Les filles, le dernier en date avait aussi une tare. C'est une épidémie.

Maria il y a 10 min — Ah ? Lui aussi ? Son prénom tatoué sur le bras ? ☺

Louise il y a 9 min — Ah non, celui-là était unique en son genre, enfin, espérons-le…

Emilie il y a 8 min — Hallucinant. Et celui-là alors, c'est quoi son problème ?

Louise il y a 7 min — Disons qu'il n'est pas avantagé par la nature…

Maria il y a 7 min — Mouarf ! ☺

Emilie il y a 6 min — Bah, l'essentiel c'est surtout la manière de s'en servir.

Louise il y a 5 min — Ben, on l'a clairement oublié le jour de la distribution des notices d'utilisation.

Maria il y a 4 min — Ah ben mince, alors !

Louise il y a 3 min — Je ne te le fais pas dire. Très mince, même.

Emilie il y a 2 min — Et il ne peut pas s'améliorer ? Avec un peu de temps et d'encouragement ? Voire une formation ?

Louise il y a 2 min — Peut-être. Mais je n'ai pas envie de jouer à la maîtresse d'école.

Maria il y a 1 min — Avec l'uniforme approprié, ça peut peut-être le faire.

Emilie il y a 48 secondes — Louise, tu veux récupérer « Osez rendre un homme fou de plaisir » ?

Louise il y a 36 secondes — Tu n'as pas plutôt « Osez rendre une femme folle de votre corps quand vous en avez une toute petite » ?

Emilie il y a 27 secondes — A ce point-là ? Parce que, bon, des mauvaises surprises, on en a toutes eu.

Louise il y a 14 secondes — Non, non, pas comme ça, crois-moi. Mais ce n'est pas grave, je picolerai deux fois plus que d'habitude demain soir pour me remettre.

Emilie il y a 8 secondes — On pourrait écrire un manuel collectif à l'usage des hommes peu pourvus par la nature.

Maria il y a 4 secondes — Super bonne idée, et le proposer à un éditeur.

Louise à l'instant — Ouais, ou, à défaut, le mettre en ligne nous-mêmes. Ce serait peut-être le début de la gloire, qui sait ?

Maria à l'instant — Le problème, c'est qu'aucun homme n'oserait l'acheter.

Emilie à l'instant — De toute façon, les hommes ne fréquentent pas les librairies, c'est bien connu.

Une fois connectée, Emilie n'avait aucune chance de revenir à son travail. Difficile d'être une femme, bavarde de surcroît, à l'ère de la technologie. Elle n'aurait pas demandé mieux que de passer sa soirée à travailler, voire en tête à tête avec un homme aimable, attentionné et attirant ; les trois A pour lesquels elle aurait été prête à cesser de se plaindre de son célibat forcé. En attendant, elle éteignit à regret l'ordinateur et se traîna jusqu'à son lit, où, pelotonnée sous la couette dans son pyjama à pois en pilou, elle bouquina jusqu'à une heure indue, incapable de trouver le sommeil. Le célibat ne lui valait décidément rien, et elle aurait donné cher pour que les choses n'aient pas dégénéré avec Diego. C'est en pensant à tout ce qu'elle avait perdu quand il l'avait quittée qu'elle finit par s'endormir enfin, à 3 heures passées.

Chapitre 2

Une petite forme silencieuse se glissa dans le lit d'Emilie à 7 h 02, heure française du réveil chinois qui brillait dans l'obscurité.

— Bonjour, maman. Je peux avoir un câlin ?

— Mmm, bien sûr, ma chérie. Viens là.

Elizabeth avait instauré ce rituel au moment de la séparation et Emilie l'avait accepté avec joie ; elle ne lui refusait jamais un câlin, même s'il était 6 heures du matin. La petite avait déjà 9 ans, et le temps béni où elles pouvaient traîner au lit toutes les deux en se racontant des choses à la fois futiles et importantes ne durerait pas éternellement.

— J'ai rêvé que papa et toi, vous vous remettiez ensemble, tu sais.

Pfff, pensa Emilie, *les enfants, en plus d'être ingrats, sont subtils.*

— Je t'ai déjà expliqué que ce n'était pas possible, ma chérie. Ton père et moi, nous nous sommes séparés, on ne vivra plus ensemble.

— Je sais, maman, je sais, c'est juste mon

inconscient qui voudrait que les choses redeviennent comme avant.

Avoir une enfant précoce, ce n'était pas facile tous les jours.

— Et si on allait prendre le petit déjeuner ? proposa Emilie alors qu'elle se serait volontiers cassé un orteil plutôt que de sortir de ce lit où elle avait vraiment passé trop peu de temps.

Joignant le geste à la parole, elle s'extirpa de l'enchevêtrement de couettes (encore un dommage collatéral du célibat ; elle avait froid en permanence et elle était persuadée que le taux de divorce en Ile-de-France faisait le bonheur des fabricants de bouillottes et de couvertures en laine polaire). Elle se dirigea d'un pas mal assuré vers la salle de bains. Là, un rapide coup d'œil au miroir lui apprit que le manque de sommeil passé 35 ans faisait plus de ravages que la petite vérole dans un bordel. Comme de toute façon les dommages étaient trop grands et que le temps lui était compté, elle se contenta d'une douche et d'un maquillage rapide. Ce n'était pas non plus comme si Ryan Gosling l'attendait dans la cuisine, se rassura-t-elle en séchant rapidement ce qui lui tenait lieu de chevelure.

— Maman, tu ressembles à une Gorgone électrocutée, fit remarquer Elizabeth, qui relisait le tome V de *Percy Jackson* pour la douzième fois, assise à la table de la cuisine.

Définitivement pas Ryan Gosling.

— Si tu es sarcastique avec ta vieille mère, je ne

te ferai pas de chocolat, répondit Emilie en ouvrant le frigo, qui ne s'était hélas pas miraculeusement rempli pendant la nuit.

— De toute façon, y a plus de lait. Il faut vraiment que tu fasses des courses, rétorqua Elizabeth, la main dans le paquet de BN. (Les BN, chez Emilie et Clara, c'était comme la bière, elles n'en étaient jamais en panne. On ne pouvait pas en dire autant du reste, au premier rang duquel figuraient les ampoules et le papier-toilette.)

— Je sais, je sais, dit Emilie dans un soupir, renonçant faute de filtres à se faire un café.

Emilie fit un peu de ménage en attendant de pouvoir filer au Monop'. Clara et elle avaient beau faire de leur mieux en fonction de leurs emplois du temps chargés, leurs capacités ménagères étaient suffisamment atrophiées pour, par exemple, perdre un temps fou à chercher leurs clés dans le bazar. Cette corvée expédiée, elle décida de se pelotonner dans un fauteuil du salon avec le roman entamé la veille, une nouvelle traduction de *Nord et Sud* de Gaskell, un roman qu'elle avait déjà lu plusieurs fois et dont elle semblait ne jamais devoir se lasser. Evidemment, ce qui devait arriver arriva et elle fut réveillée en sursaut par sa fille, venue lui dire au revoir, accompagnée de Clara.

— La nuit a été courte, on dirait, fit remarquer Clara, en manteau rouge, le parapluie à la main.

— Pas plus que d'habitude, répondit Emilie en s'étirant.

— Tu devrais consulter pour ces insomnies, ça fait des mois que ça dure. (Elle empocha ses clés, qui pour une fois étaient bien visibles dans le vide-poches sur le bar.)

— Oui, maman, bien, maman.

— Pas la peine de monter sur tes grands chevaux, je dis ça pour toi, tu as une mine de déterrée. Allez, viens, Elizabeth, on va être en retard si ça continue.

— Pourquoi ? Quelle heure est-il ? demanda Emilie.

— Dix heures moins le quart.

— *Oh gosh!* Et moi qui voulais être au Monop' à l'ouverture, je vais me retrouver avec toutes les petites vieilles du quartier.

— Arrête de te plaindre, les vieilles t'adorent. Et n'oublie pas que je t'attends à 14 heures précises à la librairie pour me remplacer cet après-midi. Ne sois pas en retard, pour une fois !

Le reste de sa tirade se noya dans le bruit de l'ascenseur.

— J'y serai, dit Emilie en embrassant sa fille. Au revoir, ma chérie, sois sage. S'il y a quoi que ce soit, tu m'appelles, surtout. A demain, mon ange.

— A demain, maman, passe un bon week-end !

Et elles disparurent dans l'ascenseur.

A midi, Emilie fut tirée de la gratifiante tâche qui consistait à remplir le frigo et les placards par la sonnerie du téléphone fixe. Etant donné que seuls les démarcheurs et sa mère l'appelaient sur ce numéro et qu'on était samedi, elle envisagea un instant de le laisser sonner, avant de se rendre à l'évidence : si c'était vraiment sa mère, elle ne laisserait pas de message, mais rappellerait toutes les cinq minutes jusqu'à ce que sa fille décroche. A croire qu'elle était équipée d'un radar qui lui permettait de toujours savoir avec exactitude quand Emilie était chez elle. *Je passe vraiment trop de temps chez moi*, songea-t-elle en soupirant. Elle prit donc son courage à deux mains et le téléphone dans l'une.

— Ah, Emilie, bonjour, ma chérie, je ne te réveille pas au moins ?

— Non, maman, je ne dormais pas.

— Ah bon, c'est que comme tu sors beaucoup j'ai toujours peur de te réveiller. Elizabeth va bien ?

— Oui, maman, dit Emilie, elle va très bien, elle est avec son père pour le week-end.

— Ah. (Un silence.)

— Oui.

Devinant ce qui allait suivre, Emilie se blinda moralement, tel un Jedi. Elle s'accorda dix secondes pour s'imaginer ce que ferait Obi-Wan le flegmatique dans pareille situation. Le fait qu'Obi-Wan n'ait pas de mère était un détail avec lequel elle préférait ne pas s'encombrer.

— Elle est avec son père pour tout le week-end ?

— Oui, maman.

— Tu veux dire qu'elle ne rentre que demain ?

— Oui, maman, pourquoi ? Tu voulais la voir ?

— Non, non, c'est juste que… je suis surprise qu'il la prenne tout le week-end, c'est tout. Il est toujours tellement occupé, tellement par monts et par vaux.

— Eh bien, il faut croire que ce week-end il est à Paris, répondit Emilie sur un ton qu'elle voulait léger.

— Il a toujours sa moto ?

— Je pense que oui, pourquoi ?

— Il ne s'en sert pas avec la petite, au moins ?

— Non, maman, ils prennent le métro.

— Il a quelqu'un dans sa vie ?

Comme si Emilie avait vraiment envie de discuter de la vie sentimentale de l'homme qui lui avait brisé le cœur.

— Je n'en sais rien.

— Et toi, toujours personne en vue ?

— Non, maman, l'horizon est toujours dégagé.

— Tu as pris rendez-vous chez le nutritionniste ?

Emilie envisagea un instant de lui mentir, mais ça lui parut inutilement compliqué, eu égard à la ténacité de sa mère.

— Non, je n'ai pas eu le temps.

— Tu devrais, ma chérie. Tu sais que ma voisine a perdu vingt-cinq kilos grâce à lui ? Bon, non pas que tu aies à en perdre autant, mais tu serais tellement mieux dans ta peau si tu retrouvais ta ligne.

— Mmm, fit entendre Emilie, sans se mouiller.

— Tu n'as pas perdu son numéro, au moins ? Sinon, je te le redonne, pas de problème.

— Non, non, je n'ai pas perdu son numéro.

Je l'ai même archivé verticalement dans la poubelle.

— Sinon, je t'appelle pour parler du menu de Noël.

Emilie, qui avait achevé son rangement pendant la conversation avec sa mère, regarda le calendrier punaisé sur la bibliothèque de son bureau. Le sourire de Robert Downey Jr la rassura : on était bien le 20 novembre.

— Je croyais qu'on avait déjà tout planifié ?

Genre, depuis début août.

— Oui, mais il y a un rebondissement dans l'élaboration du menu.

Ouah, se dit Emilie en bâillant silencieusement, *quel suspense, je me liquéfie littéralement.*

— Je sais qu'on avait dit qu'on faisait une volaille (*comme tous les ans, quoi*, pensa Emilie en ouvrant sa boîte mail) parce que ton père y tient, mais bon, ta sœur se demandait si on ne pouvait pas changer un peu, pour une fois. Elle a envie d'un jambon à l'américaine.

Demander un conseil de menu à quelqu'un capable de manger six fois d'affilée la même chose pour ne pas avoir à réfléchir au contenu de son Caddie n'était pas vraiment l'idée du siècle. Sans compter qu'Emilie n'était pas certaine de savoir ce qu'était un jambon à l'américaine. Elle décida donc de botter en touche et d'en dire deux mots à sa sœur la prochaine fois qu'elle l'aurait au téléphone : elle n'était pas bien, de perturber leur mère comme ça à six semaines de l'événement de l'année ?

— Ecoute, maman, je ne peux pas te parler, là, je suis pressée, il faut que j'aille aider Clara à la librairie.

— Ah. Bon. D'accord. Je te rappellerai pour cette histoire de menu alors, mais tu y réfléchis, hein ?

— Promis, maman. Je vous embrasse, papa et toi.

Ce genre de conversation avait le don de déprimer Emilie. La façon qu'avait sa mère de lui rappeler en permanence ses échecs, tout en ayant l'air de s'intéresser à elle, lui faisait plus de mal que si elle lui avait adressé des reproches de manière frontale. Elle n'avait qu'une envie, noyer son vague à l'âme dans un verre de rouge accompagné d'un saucisson bien sec. Mais comme elle n'avait acheté ni l'un ni l'autre (elle connaissait ses limites, pas la peine de se soumettre inutilement à la tentation), elle se contenta d'un sandwich au jambon, d'un café et d'une demi-tablette de chocolat, le tout englouti en lisant la dizaine de mails qui l'attendait. Et ce n'est qu'après en avoir pris connaissance et avoir répondu aux plus urgents (des questions existentielles des copines qui se demandaient dans quel bar était prévue la soirée, ainsi que les devoirs en retard de deux élèves de Seconde) qu'elle se rendit compte, un, qu'il était presque 14 heures et, deux, qu'elle avait oublié d'étendre la lessive. Tant pis pour le linge, il attendrait.

Emilie arriva essoufflée à la librairie, ayant parcouru les quelque deux cents mètres qui la séparaient de l'appartement (Clara avait mesuré la distance, un jour de désœuvrement, histoire de prouver à Emilie que si, elle pouvait y être en cinq minutes, et délaisser ses copies chéries pour lui apporter ses lunettes oubliées sur la table du salon) en courant (enfin, en marchant rapidement, la course étant un élément qui avait disparu de sa vie en même temps que son dernier cours d'EPS au lycée). Clara encaissait une cliente et Emilie vit à sa tête qu'elle piaffait déjà. Elle se faufila derrière le comptoir et lui murmura à l'oreille, alors que la vieille dame tournait les talons, le dernier Musso en main :

— Je suis désolée pour le micro mini riquiqui retard, j'ai eu une urgence. (Après tout, décider d'un bar où se retrouver le soir même avec Maria et Louise en était bien une, non ? Le fait est qu'il y a des décisions qu'il ne faut pas prendre à la légère et dont tous les paramètres — emplacement, âge des serveurs, taille de la carte — devaient être rigoureusement analysés.)

— Pas grave, répondit Clara en filant vers la petite pièce qui servait à la fois de bureau et de réserve, d'où elle réapparut quasiment instantanément, équipée pour affronter le vent glacial qui sévissait depuis quelques heures. De toute façon, les répétitions du chœur ne commencent jamais à l'heure. Et ce week-end, on chante dans une église du 15e, j'y serai rapidement. Diego te fait dire qu'il ramènera Elizabeth demain vers 19 heures, ajouta-t-elle en enfilant ses gants rouges. La machine à café a des vapeurs, ne la brutalise pas, s'il te plaît. Il y a deux cartons à mettre en rayon. J'ai rangé les commandes à leur place. Surtout ne m'appelle pas, je fais confiance à ton légendaire sens de l'improvisation pour gérer les éventuels problèmes, débita-t-elle encore plus rapidement que d'habitude tout en fouillant près de la caisse.

— Tu cherches quelque chose ?

— Mes lunettes.

— Là, répondit Emilie en désignant le gros bocal plein de marque-pages publicitaires qui trônait sur le comptoir.

— Merci.

Elle les glissa dans la poche de son imper rouge, jeta un coup d'œil dans son tout petit sac à main (Clara était la seule femme dans l'entourage d'Emilie à ne pas trimballer sa vie dans un sac XXL), sembla réfléchir quelques secondes puis tourna les talons.

— Bon week-end, chante bien ! lança Emilie en direction de son dos, qui franchissait déjà la porte vitrée, disparaissant sous les affichettes de spectacles.

Sa réponse se perdit dans le carillon et le vent

du nord. Clara était décidément toujours pressée. Un vrai courant d'air.

Le début de l'après-midi passa à toute allure et Emilie ne chôma pas, entre les élèves venus chercher leurs commandes (encore un grand succès pour Maupassant, toutes classes d'âge confondues), les jeunes lectrices en rupture de stock (elle vendit avec une facilité déconcertante des ersatz de *Twilight*, les adolescentes se jetant avec avidité sur tous les titres contenant le mot « vampire ») et des clients occasionnels ou assidus à la recherche de l'objet rare, LE roman qui les passionnerait. N'étant pas libraire et ne travaillant à La Caverne d'Ali Baba que de manière occasionnelle, elle fit ce qu'elle faisait toujours et conseilla avec aplomb et sans état d'âme ce qu'elle aimait, elle, avant tout, arrivant même à refourguer, à une quinquagénaire qui lisait uniquement des romances, un exemplaire d'*Orgueil et Préjugés*. (Après tout, se dit-elle en rendant la monnaie, des générations de femmes avaient bien fantasmé sur Darcy.) Clara avait raison, les clients se bousculaient de manière inhabituelle pour un mois de novembre, à croire qu'une star quelconque avait fait l'apologie de la lecture dans *Glamour*. Peut-être Justin Bieber avait-il été surpris un livre à la main ?

Vers 16 heures, la librairie retrouva un semblant de calme et Emilie en profita pour allumer la machine à café et ouvrir des cartons, dans lesquels elle découvrit essentiellement des romans jeunesse et un stock de nouvelles de Gautier, que les profs du collège du quartier avaient manifestement mis à leur programme, ce qui la réjouit, cet auteur ayant sombré dans un oubli immérité que seule combattait l'Education nationale. Elle hésitait sur l'endroit où elle allait bien pouvoir placer la pile du deuxième volume de *Hunger Games* (Clara, prévoyante, en avait commandé un réassort en prévision de la sortie du film) quand le carillon de la porte fit entendre son bruit pénible (Emilie avait suggéré à Clara de le remplacer par la musique de *Star Wars*, mais cette dernière avait fait mine de ne pas entendre, ce qui était un peu vexant) qui, dans la boutique redevenue quasiment silencieuse, retentit fortement. Elle leva machinalement les yeux de la table des nouveautés jeunesse en lançant le « bonjour » de rigueur et croisa le regard d'un magnifique spécimen masculin, délicieux mélange entre Franck Cammas et Bradley Cooper version *L'Agence tous risques* : un visage viril mangé par une barbe de trois jours, des yeux clairs pris au milieu d'un léger filet de pattes-d'oie et des cheveux blond foncé en bataille un peu trop longs. Elle n'eut pas le temps de s'appesantir plus longuement sur la silhouette haute et carrée ; l'apparition déposa son parapluie trempé dans le pot prévu à cet effet et se dirigea résolument vers elle.

— Bonjour !

Dieu merci, il n'avait pas une voix de fausset, ce qui aurait définitivement ruiné le petit fantasme qui était en train de se former bien malgré elle dans le cerveau d'Emilie, étant donné la rapidité avec laquelle ses hormones réagissaient au charme de cet homme. Il y avait décidément trop longtemps qu'elle n'avait pas vu la couleur d'un poil masculin.

— Je cherche un livre pour ma nièce, poursuivit-il. Elle… Excusez-moi, mais, on se connaît, non ?

Emilie n'eut pas le temps de pester intérieurement contre la banalité de cette remarque.

— Vous êtes Mme Vanderhelde, c'est bien ça ?

— Euh, oui, absolument, dit Emilie, surprise de voir que ce séduisant quadragénaire connaissait son nom et, mieux encore, le prononçait sans l'écorcher.

— Samuel Winterfeld, répondit-il en lui tendant la main. Je suis le père de Louis, ajouta-t-il comme si tout allait s'éclairer.

Emilie comprit qu'elle avait en face d'elle un représentant de la race à part des parents d'élèves. Cette catégorie est constituée de membres aussi divers que variés qui ont, sous toutes les latitudes et dans tous les établissements scolaires, un point commun : ils sont intimement persuadés que les profs ne vivent que pour enseigner à leur enfant, cette huitième merveille du monde. Ils sont donc toujours surpris de découvrir que le seul fait de se présenter en rappelant le prénom de leur chérubin ne suffit pas à ce que l'enseignant s'exclame, ravi : « Oh ! Mais bien sûr, ce cher Thomas, que j'ai eu il y a dix ans, qui s'asseyait toujours au deuxième rang, mâchait du chewing-gum les jours pairs et était promis à une brillante carrière scientifique ! »

Emilie fit donc ce qu'elle faisait toujours dans ces cas-là. Elle bafouilla pour gagner du temps et des informations.

— Heu, Louis, Louis… Louis ? (Comme si en plus le gamin avait un prénom original : elle voyait passer une demi-douzaine de Louis par an. Si les parents voulaient qu'elle n'oublie pas leur sublime progéniture, ils n'avaient qu'à opter pour Amédée ou Fulcran.)

Amusé, le sosie de Bradley vint à son secours avec un sourire.

— Vous l'avez eu en Première, il y a quatre ans.

Emilie fit un rapide saut en arrière et retrouva avec soulagement Louis Winterfeld dans ses souvenirs, un blondinet sérieux et silencieux. Elle espéra qu'il avait eu des notes convenables au bac de français : inutile de demander à une femme qui était capable de faire pipi dans le noir pendant quinze jours parce qu'elle oubliait d'acheter une ampoule de retenir les notes de ses élèves d'une année sur l'autre.

— Mais bien sûr ! s'exclama-t-elle en résistant à la tentation de se frapper le front de la paume de la main, de toute façon encombrée d'une pile de romans dont le poids commençait à se faire sentir.

Elle se débarrassa des livres, qu'elle posa en équilibre instable sur une pile du tome V de *Vampire Academy*, tout en se demandant pourquoi elle n'avait pas souvenir d'avoir croisé cet homme, dont le physique fort séduisant l'aurait frappée. Si être prof de lettres dans une cité scolaire à tendance scientifique lui garantissait une paix royale du côté des parents, cela la privait aussi, et c'était bien dommage, de la fréquentation des pères agréables à regarder, ceux pour qui le corps professoral féminin dans son ensemble était prêt à faire quelques heures supplémentaires, voire à donner de sa personne. Emilie et quelques-unes de ses collègues avaient même déclaré à un proviseur médusé qu'elles ne communiqueraient leurs coordonnées personnelles aux parents, comme l'exigeait depuis peu un ministre zélé, qu'en échange de celles des pères d'élèves et de leurs photos en pied et en sous-vêtements. Inutile de dire que leur proposition n'avait pas eu le succès escompté : s'il y a bien une chose qui fait cruellement défaut aux chefs d'établissement, c'est le sens de l'humour.

— Vous n'enseignez plus ?

La belle voix légèrement voilée de Samuel la ramena sur terre.

— Si, si, mais je donne parfois un coup de main à la propriétaire de la librairie, c'est une amie.

— Clara ?

L'entendre appeler son amie par son prénom lui donna un léger pincement au cœur. *Pas d'enfantillage, ma fille, évidemment qu'il connaît son prénom, si c'est un client régulier. Et il ne peut que la trouver jolie, il a deux yeux qui ont l'air de fonctionner parfaitement.*

— Elle-même.

— C'est étonnant que je ne vous aie pas croisée avant, je viens pourtant souvent.

— Je suis là de temps en temps seulement, quand Clara a besoin d'aide ou quand elle s'absente, comme aujourd'hui. Je suis surprise que vous m'ayez reconnue : je ne me souviens pas vous avoir croisé.

— Nous nous sommes pourtant parlé à la réunion de rentrée. Vous êtes une femme qu'on n'oublie pas, madame Vanderhelde, répondit-il, laissant son regard s'attarder sur le visage d'Emilie.

Cette dernière sentit soudain son rythme cardiaque s'accélérer ; il avait un sourire renversant, qui rendait ses yeux plus lumineux encore.

Gênée par sa remarque autant que par l'intensité de son regard, Emilie changea rapidement de sujet, tout en espérant que la chaleur qu'elle sentait se répandre sur ses joues n'était que le signe d'un dérèglement hormonal passager.

— Comment va Louis ?

— Bien, bien. Il fait des études de droit. Ça ne m'enchante pas outre mesure, mais ça a l'air de lui plaire.

— J'en suis ravie. Que ça lui plaise. C'est bien là l'essentiel, non ? lança-t-elle un peu brusquement.

Sa remarque lui avait remis un peu les idées en place. Par déformation professionnelle, Emilie n'aimait pas que les parents s'immiscent dans les études de leurs enfants ; elle avait trop souvent tenté de dénouer des situations inextricables en fin de Seconde, quand les désirs personnels des élèves se heurtaient à la volonté inexorable de parents qui, pour tout un tas de raisons, ne voulaient pas entendre ce que leur progéniture avait à leur dire. Il n'empêche que Samuel Winterfeld avait un sacré sourire et que sa façon de la regarder provoquait chez elle une étrange faiblesse au niveau des genoux. Emilie s'éclaircit la gorge, dans laquelle un chat avait manifestement décidé de s'établir de manière aussi soudaine qu'irrespectueuse.

— Vous disiez que vous cherchiez un livre pour votre nièce ? enchaîna-t-elle, histoire de ne pas laisser s'installer ce qui pouvait devenir un silence embarrassant.

— Ah oui, Nina. Elle va avoir 12 ans, c'est une très grosse lectrice, et je suis un peu à court d'idées en ce qui concerne les lectures adolescentes. Comme c'est pour son anniversaire, je ne lui ai pas demandé de me faire une liste, je voudrais la surprendre un peu.

Emilie se garda bien de lui dire qu'il y avait beaucoup de chances pour qu'il lui offre des doublons, ce qui était toujours le danger quand on voulait offrir des livres à un gros lecteur, comme pouvaient en témoigner les quatre exemplaires de *La Couleur des sentiments* présents dans sa bibliothèque personnelle. Elle se contenta de lui demander ce que Nina aimait lire, en priant pour qu'il ne fasse pas mention de vampires, ce qui, évidemment, ne se réalisa pas. Elle lui conseilla alors quelques titres, qu'elle sortit des étagères au fur et à mesure. Au bout de quelques minutes, Samuel se retrouva avec une pile de livres assez conséquente dans les bras, et Emilie, qui venait de vérifier auprès de son client que sa nièce avait lu les quatre volumes précédents, tendit la main vers le tome V de *Vampire Academy*, sur lequel elle avait posé un peu plus tôt sept exemplaires de *Hunger Games II*. La loi de la gravité étant ce qu'elle est, ce qui devait arriver arriva : les livres se mirent à trembler puis s'écroulèrent avant qu'Emilie n'ait eu le temps de dire « oups ».

— Jarnidieu ! s'écria-t-elle en s'accroupissant pour réparer les dégâts.

Mais Samuel avait réagi plus rapidement : il avait posé sa pile de livres et il était déjà en train de ramasser les *Hunger Games*. Entraînée par son élan, Emilie le heurta et perdit l'équilibre : il lâcha les bouquins pour la rattraper avant qu'elle ne s'étale.

— Vous allez bien ?

Ses mains n'avaient pas quitté ses épaules, comme s'il craignait qu'elle ne tombe de nouveau, et il la regardait comme s'il était vraiment concerné par la réponse.

— Oui, oui, merci, répondit-elle. Vous comprenez pourquoi Clara ne fait appel à moi que quand elle ne peut pas faire autrement, ajouta-t-elle avec un sourire en se relevant.

Samuel fit une pile nette avec les exemplaires de *Hunger Games* et se redressa à son tour.

— Où voulez-vous que je les mette ?

— Euh, voyons voir, dit Emilie en jetant un regard circulaire dans la librairie. Là, finit-elle par répondre en désignant la place vacante manifestement prévue par Clara, qu'elle n'avait pas remarquée auparavant.

Samuel obtempéra. Pour ce faire, il passa tout près d'Emilie et la frôla. Il sentait délicieusement bon, un mélange de parfum, de pluie et de cuir qui se conjuguaient pour former une fragrance toute personnelle. Son odeur, jointe à son geste, une légère caresse sur le bras, la fit frissonner. *Mon Dieu*, se dit-elle en essayant désespérément de dissimuler son trouble, *j'ai vraiment un problème d'hormones. Et si c'était la préménopause ?*

Apparemment inconscient de l'effet qu'il avait sur Emilie, Samuel aligna les *Hunger Games* au cordeau et récupéra les livres pour sa nièce, auxquels il ajouta le tome V de *Vampire Academy*.

— Je prends tout, annonça-t-il en se dirigeant vers le comptoir. Nina sera ravie.

Clara aussi, pensa Emilie à qui l'encaissement permit de retrouver un semblant de concentration. Elle lui tendit deux sacs rebondis.

— Merci. Dites, ça vous dirait de prendre un verre avec moi un de ces soirs ? Vous pourriez m'expliquer pourquoi les ados ne lisent plus que des histoires de vampires.

Il la regardait en souriant et Emilie eut l'impression que son cœur avait raté un battement. Elle rougit, ce qui devenait manifestement une habitude embarrassante depuis un quart d'heure, et hésita. Elle trouvait cet homme diablement attirant, mais c'était un parent d'élève (d'accord, un *ancien* parent d'élève). De plus, elle n'avait pas pris un verre avec un homme de manière intentionnelle et planifiée depuis longtemps, et elle se demandait si elle saurait encore comment s'y prendre.

Samuel sembla parfaitement décrypter ce qui se passait dans la tête d'Emilie. Son sourire s'élargit.

— Je vous promets que c'est juste un verre. Je ne suis pas un homme facile.

Emilie ne put que sourire à son tour. Elle inscrivit son nom et le numéro de son portable derrière une carte de visite de la librairie et la lui tendit. Samuel y jeta un coup d'œil (*S'il fait une seule remarque sur mon prénom, il boira son verre tout seul*, se dit-elle) et l'empocha en la remerciant.

— A bientôt, donc, dit-il en récupérant son parapluie.

— A bientôt.

Emilie le regarda sortir de la librairie en se demandant dans quel guêpier elle s'était fourrée, lorsqu'elle détecta une vague odeur de brûlé. Elle se précipita dans le bureau : la machine à café rendit l'âme sous ses yeux, avec force vapeur et éclaboussures.

Chapitre 3

Il fallut plusieurs minutes à Samuel pour se rendre compte qu'il marchait sous la pluie, parapluie fermé en main. Il haussa les épaules. Il n'habitait pas très loin et un peu de pluie n'avait jamais tué personne. Il remonta l'avenue Gambetta sur une centaine de mètres, bifurqua au niveau de la rue de la Chine, acheta *L'Equipe* et un paquet de pastilles à la menthe chez le marchand de journaux et rentra chez lui. Délaissant l'ascenseur, il monta les cinq étages avec l'aisance conférée par une longue habitude et déposa sa veste et ses chaussures dans l'entrée immaculée de son deux-pièces.

Depuis l'accident, Samuel vivait seul. Après la mort de sa mère, son fils, Louis, avait demandé à prendre son indépendance, et son père avait fini par la lui accorder à contrecœur en lui louant un studio dans le sud de Paris. Samuel s'était alors retrouvé seul dans leur grand appartement près de la gare Saint-Lazare, où il avait cru devenir fou : les meubles, les livres, les bibelots, tout lui rappelait la cruelle absence de Marie. Il avait soudain l'impression qu'elle avait laissé son empreinte sur le moindre bout de papier qui traînait, et que son souvenir était emprisonné dans tout ce qu'elle avait laissé derrière elle contre sa volonté. Il n'avait touché à rien, comme si les objets dont elle aimait s'entourer s'étaient soudain chargés d'une espèce d'énergie magique, et il avait même refusé de changer les draps, espérant retenir pour toujours son parfum sur l'oreiller. Le matin où il avait découvert que l'odeur s'était définitivement estompée, il en avait sangloté de douleur, cramponné à l'oreiller comme à une bouée. Il avait passé plusieurs semaines dans un état second, en essayant désespérément de donner le change à son fils.

C'est à ce moment-là que Louis, lui aussi en proie au chagrin, avait demandé à quitter la maison. Samuel avait d'abord été choqué et inquiet de la réaction de son fils. Il n'avait cédé que parce que le psy qui suivait Louis l'avait convaincu que ce serait mieux pour tous les deux, que leurs souffrances respectives ne faisaient que s'alimenter l'une l'autre. Et s'il était tout à fait honnête avec lui-même, Samuel était bien obligé d'avouer qu'il en avait été secrètement soulagé, comme s'il allait enfin pouvoir s'enfermer sans retenue en tête à tête avec son chagrin. Il n'était plus obligé de faire semblant pour préserver son fils. Il pouvait passer des heures à contempler le placard ou à faire semblant de lire le roman de Foenkinos que Marie avait laissé sur sa table de chevet, arrêté pour toujours page 54.

Et puis, un matin, la lumière avait semblé percer l'espèce de brume qui l'entourait en permanence. Il avait contemplé la bouteille de jus de canneberge dans la contre-porte du frigo — ils en avaient toujours des stocks entiers parce que Marie en buvait une demi-bouteille par jour — à laquelle il avait, comme au reste, refusé de toucher, et il avait soudain compris que, de façon aussi étrange qu'injuste, il était toujours en vie. Seul, certes, mais vivant. Il avait eu l'impression de s'éveiller après un long sommeil et avait constaté avec surprise que le monde tournait toujours autour de lui. Il avait alors repris pied dans la réalité et son cortège de factures. Il avait commencé par vider l'appartement, ne gardant de sa femme que des dizaines de boîtes pleines de photos et le sweat-shirt qu'il s'était acheté lors d'une conférence dans le Montana et qu'elle mettait tout le temps. « Je l'aime parce qu'il est à toi », avait-elle l'habitude de dire en retroussant les manches. Elle le portait quand elle avait froid, quand elle était malade, quand elle ne voulait pas ouvrir la porte au facteur en chemise de nuit, quand elle regardait la télévision. Samuel l'avait rangé avec ses propres vêtements sans le laver.

Il avait ensuite mis l'appartement en vente. Impossible de continuer à habiter un quartier dans lequel ils avaient leurs habitudes ; il ne voulait pas risquer de fondre en larmes en passant devant le bistro où ils allaient dîner tous les samedis soir. Il se décida sur un coup de tête pour le 20e arrondissement, où ils n'avaient jamais mis les pieds ensemble. Il était entré dans la première agence immobilière de la place Gambetta, avait expliqué qu'il voulait trois pièces dans un immeuble ancien, au cinquième ou au sixième étage, et avait acheté le premier appartement que le jeune agent immobilier lui avait fait visiter. Il avait repeint les murs en blanc, poncé et ciré le parquet et meublé l'appartement entièrement à neuf. Pour ne pas sombrer dans le désœuvrement, père de toutes les dépressions, Samuel s'était ensuite enseveli dans le travail. Durant les cinq mois passés à pleurer sa femme, tout le monde l'avait laissé tranquille, respectant son chagrin. Quand il avait annoncé aux éditeurs qu'il était de retour, les contrats de traduction avaient afflué de nouveau et il avait accepté tout ce qu'on lui proposait, travaillant douze heures par jour, vivant de café et de plats tout préparés. Quand ce rythme de titan avait fini par avoir raison de lui, il s'était rendu compte avec stupeur qu'une année s'était écoulée et que Paris fleurissait sous le soleil printanier. Il avait alors levé le pied et redécouvert tous les plaisirs dont il avait perdu l'habitude : les balades nocturnes dans un Paris illuminé dont il ne s'était jamais lassé, le café matinal en terrasse, les conversations avec le marchand de journaux, les dîners avec son meilleur ami, Guillaume, qui avait continué à prendre de ses nouvelles toutes les semaines sans jamais se décourager, les déjeuners avec son frère et sa famille, le cinéma, le jogging du samedi matin, les grasses matinées dominicales. Et surtout, il s'était rapproché de son fils, qu'il se reprochait d'avoir plus ou moins abandonné. Bref, il s'était remis à vivre.

Samuel déposa les livres et le journal sur le comptoir de la cuisine et mit la cafetière en route. Cette Mme Vanderhelde (*Emilie*, rectifia-t-il) était vraiment charmante. Elle était belle, avec des yeux d'un vert très lumineux comme il n'en avait jamais vu auparavant, et une incroyable chevelure qui semblait animée d'une vie propre et dans laquelle tout homme normalement constitué n'avait qu'une envie, enfouir ses mains et son visage. En plus de cela, il la trouvait fort attirante ; elle s'exprimait d'une façon vive et enthousiaste. On sentait qu'elle se contrôlait pour ne pas parler avec les mains, comme une Méridionale, et ses efforts n'étaient pas toujours couronnés de succès, ce qui l'amusait. Il trouvait sa façon de rougir chaque fois qu'il lui faisait un compliment absolument adorable et il se demanda si elle rougissait de partout.

Il se servit une tasse de café, s'assit sur le bord de son canapé en cuir foncé et sortit de sa poche la carte de visite de la librairie. Il joua avec un instant. Il mourait d'envie de lui téléphoner tout de suite. Les magazines féminins lui avaient toujours dit qu'il fallait attendre trois jours avant d'appeler, mais la vie lui avait appris de manière violente qu'il ne fallait jamais rien remettre au lendemain, et il avait envie que son lendemain soit rempli du sourire d'Emilie.

Emilie était en train d'encaisser une jeune femme, venue acheter un roman pour en faire cadeau à son copain, quand son portable sonna. Elle l'avait déposé sur le comptoir à côté de l'ordinateur, au cas où Elizabeth chercherait à la joindre. Comme toujours quand elle ne reconnaissait pas le numéro qui s'affichait sur l'écran, elle imagina le pire (l'hôpital, la police), décrocha et coinça l'appareil entre son épaule et son oreille pour pouvoir rendre la monnaie.

— Allô ?

— Emilie, c'est Samuel.

Il n'entendit pour toute réponse qu'un bruit sourd : Emilie, qui jonglait avec de la monnaie et le sac pour la cliente, avait laissé échapper son téléphone, qui était tombé sur le comptoir.

— Allô ? Allô ?

— Je suis toujours là, répondit Samuel (et Emilie eut l'impression qu'il bataillait pour réprimer un rire).

— Au revoir, madame, dit-elle à la cliente. Je ne pensais pas que vous appelleriez si vite, reprit-elle à l'intention de Samuel.

— Que j'appellerais si vite ou que j'appellerais tout court ?

Il m'a bien cernée, pensa-t-elle. *Suis-je donc si transparente ?*

— Je me demandais si vous étiez libre demain

vers 17 heures. On pourrait prendre un café place Gambetta.

Emilie se demanda quelle raison elle pourrait objectivement invoquer pour refuser une tasse de son breuvage préféré en compagnie de l'homme le plus séduisant qu'elle ait jamais croisé.

— 17 heures, donc, reprit Samuel comme si son silence avait été un acquiescement. Le café le plus proche du métro, celui qui est en face du kiosque. A demain.

— A… à demain, bafouilla Emilie.

Elle eut l'impression de l'entendre rire avant de raccrocher.

Chapitre 4

Emilie ferma la librairie bien après 19 heures et envisagea de rentrer chez elle se changer : elle avait des taches de café sur la manche et la jambe gauches. Mais la pluie avait redoublé d'intensité et la perspective de faire un détour, même minime, ne l'enchantait guère. Elle mesura du regard la force de l'averse, décida que ça ne valait pas le coup d'extirper son parapluie de la malle-cabine qui lui tenait lieu de sac à main et fonça vers la station de métro dans laquelle elle s'engouffra en tentant de ne pas déraper sur les marches glissantes. Quelques minutes plus tard, elle était sur le quai, s'apprêtant à appeler Elizabeth. Diego et elle avaient établi un accord tacite : il avait fini par comprendre qu'Emilie ne voulait pas lui parler et, depuis quelques mois, il laissait donc leur fille décrocher quand il voyait s'afficher le nom de la jeune femme.

— Bonsoir, Emilie.

Contre toute attente, c'était lui qui avait décroché. Le cœur d'Emilie s'emballa. Ce n'était pas pour rien qu'elle était tombée amoureuse de lui sans l'avoir vu, juste en l'écoutant. Il avait une voix extraordinaire, grave et veloutée. *Toutes les femmes succombent au charme de sa voix*, se rappela-t-elle. Elle ne devait pas oublier que cet homme l'avait quittée pour une femme de dix ans sa cadette, qui présentait de troublantes similitudes avec une poupée Barbie.

— Bonsoir, Diego, répondit-elle, glaciale.

Elle aurait bien aimé que ses mains arrêtent de trembler.

— Emilie, je voudrais te parler.

— Elizabeth va bien ?

L'angoisse serra soudain la gorge d'Emilie.

— Très bien, oui, ce n'est pas d'elle que je veux te parler.

— Je n'ai rien à te dire, alors. Passe-moi la petite.

— Emilie, s'il te plaît, est-ce qu'on pourrait arrêter ces enfantillages ? J'ai vraiment quelque chose à te dire et je ne peux pas le faire au téléphone. Je voudrais qu'on se voie.

Elle ne répondit pas.

— Très bien, céda-t-il, je te passe la petite.

— Bonsoir, maman. Papa m'a fait une surprise, tu sais. Devine où nous avons passé l'après-midi ?

— Je ne sais pas, ma puce. A la ménagerie ? (Un de ses endroits préférés à Paris, avec la librairie de Clara et les musées, où son père refusait de mettre les pieds.)

— Au Louvre ! J'ai fait découvrir à papa mon département préféré, et je lui ai expliqué pourquoi j'aimais tellement la peinture romantique. Il m'a acheté un livre sur Delacroix et une reproduction du lion qui rugit et…

Au musée ? Diego avait amené sa fille au musée ? Emilie n'eut pas le temps de s'interroger plus avant sur son soudain goût pour l'art, Elizabeth s'étant interrompue au beau milieu de sa description enthousiaste du *Radeau de la Méduse*.

— Je te laisse, maman, on va manger et regarder un film. Tu veux que je te repasse papa ?

Ah, cette façon qu'ont les enfants de tout remarquer.

— Non, ma chérie, ce n'est pas la peine. Je t'embrasse. A demain.

— A demain, maman. Je t'aime. Bisou magique, hein ?

— Evidemment, bisou magique. Je t'aime, mon ange.

Le bisou magique était un autre des rituels d'Emilie, presque aussi vieux qu'Elizabeth : c'était le bisou qu'elle lui faisait la nuit quand elle allait remettre les couvertures en place et vérifier qu'elle dormait bien, et qu'elle pratiquait à distance quand la petite était chez son père. Emilie raccrocha et mit les écouteurs de son lecteur MP3 dans ses oreilles : elle n'était pas d'humeur à se plonger dans son roman et préférait écouter une obscure chanteuse écossaise se lamenter sur son sort.

Elle déboucha à l'air libre devant l'Opéra Garnier pour découvrir que l'averse avait cessé. Elle traversa l'avenue et se dirigea vers les pubs de la rue Daunou. Elles avaient choisi pour ce samedi soir un établissement à l'atmosphère très *british*, sombre et masculine, dont les prix étaient indexés sur le cours de la Bourse. Les consommateurs étaient donc obligés de se placer face aux écrans pour savoir si c'était le bon moment de commander. Un tel système étant bien au-dessus de ce qu'elle pouvait endurer un samedi soir, elle avait donc pris l'habitude d'y boire ce qu'elle voulait sans se soucier de l'addition. Elle poussa la lourde porte et repéra ses copines attablées au fond de la salle : elles avaient choisi le coin le plus cosy du pub, avec la table basse et les gros canapés.

— Choix de table très judicieux, les filles, fit remarquer Emilie en s'approchant.

— Ah, enfin, Emilie, mais qu'est-ce que tu foutais ?

Louise déplia son mètre soixante-dix-neuf et ses jambes interminables pour lui faire la bise.

— Ben, j'étais de librairie aujourd'hui, tu le sais bien. (Elle se tourna vers Maria pour l'embrasser à son tour.) Pourquoi ? Ça fait longtemps que vous êtes là ?

— Une bonne heure, rétorqua Louise en se rasseyant.

Le regard d'Emilie s'attarda sur les pommettes rouges de Maria.

— Vous m'avez l'air d'avoir commencé sans moi. Vous en êtes à combien ?

— Trois, avoua Maria en lissant sa jupe.

— Et ça ne fait qu'une heure que vous êtes là ?

Vraiment ? Vous avez quelque chose à fêter ou à oublier ?

Emilie s'assit à côté de Maria, qui poussa le tas impressionnant de ses sacs pour lui faire de la place. La menue Maria ne se déplaçait jamais sans deux énormes sacs pleins qui contenaient toujours des livres et souvent des légumes. Cette fois-ci, des poireaux en dépassaient.

— Ah, j'ai eu une rude journée, répondit Louise. J'avais besoin d'un remontant. Je suis venue directement du bureau.

— En même temps, si tu as bossé alors qu'on est samedi, je comprends que tu aies besoin de boire, nota Emilie.

— Oh ! Ce n'est pas le boulot qui a été rude, répondit Louise.

Les gloussements de Maria orientèrent Emilie.

— Non, ne me dis rien, j'ai compris. Encore une histoire de casse-croûte ?

— Exactement. (Les yeux de Louise étincelaient dans la semi-pénombre du pub.) Un casse-croûte pas piqué des vers. Je pense que tout le rhum de ce bar ne suffira pas à effacer de ma mémoire ce qui s'est passé cet après-midi.

— OK, il me faut un verre, lança Emilie. Et je veux tous les détails.

— Ça tombe bien, je comptais vous les donner. Tu sais bien que je suis une femme généreuse. C'est pour ça qu'on t'attendait aussi impatiemment, je ne voulais pas déflorer cette merveilleuse histoire.

De toute façon, j'avais déjà beaucoup à raconter avec l'histoire de M. Petite-Bite. Un bloody mary pour ma copine, demanda-t-elle à la serveuse qui s'approchait pour débarrasser. Et un mojito pour moi. Tu recommandes, Maria ?

— Oui, la même chose ! Je ne sais même plus ce que j'ai bu, avoua-t-elle en se tournant vers Emilie.

Par la barbe de saint Pierre, se dit cette dernière, *la soirée s'annonce longue.*

— Un mojito, un bloody mary et un sex on the beach, énuméra la serveuse.

— Voilà, c'est un sex on the beach que je bois depuis tout à l'heure, gloussa Maria. Et vous savez quoi ? Je pense que c'est diablement plus efficace que du sexe, *on the beach* ou *on the* lit.

— Tsss, c'est parce que tu n'as pas rencontré les bons hommes, répondit Louise en picorant dans la coupelle de pop-corn.

— Ou les bons sex-toys, fit remarquer Emilie.

— C'est moche, mais je garde un meilleur souvenir de certains godes que de certains amants, dit Maria en s'installant confortablement au fond du canapé. Mon préféré était Peter.

— Peter ?

— C'était un *rabbit* violet avec qui j'ai eu une relation aussi intense que passionnée. Il a fini par rendre l'âme mais, je ne sais pas pourquoi, son successeur ne lui arrive pas à la cheville.

— Peter ? demanda Louise.

— Ben oui, Peter Rabbit, expliqua Maria.

— …

— Ne me dites pas que je suis la seule à donner un nom à mes godes !

— En tout cas, pas le nom d'un lapin, dit Louise.

— Un personnage de littérature jeunesse en plus, commenta Emilie. C'est limite pervers.

— J'en ai un qui s'appelle Rocco, expliqua Louise.

— Ah, voilà, ça c'est du nom de gode ! renchérit Emilie.

— Ce n'est pas un gode, c'est un canard vibrant.

— Tu as donné ce nom-là à un canard ?

— C'est toujours mieux que Donald, non ?

L'arrivée de leurs cocktails interrompit la litanie des différents noms de baptême de leurs sex-toys.

— Bon, alors, ce casse-croûte ? demanda Emilie à Louise, en vérifiant que son bloody mary était suffisamment épicé.

— Tu te souviens du beau gosse qui fait des photos en sous-vêtements ?

— En même temps, une fois qu'on a vu les photos, il est difficile à oublier, fit remarquer Emilie.

Maria hocha la tête avec enthousiasme, manifestement en proie elle aussi à d'agréables réminiscences.

— Vous vous rappelez qu'on s'est vus plusieurs fois et qu'il ne s'était rien passé, ce que je trouvais un peu bizarre ? Bon, j'en ai eu assez de cette situation et je lui ai donné un ultimatum : soit on couchait ensemble, soit on ne se voyait plus.

Louise s'interrompit pour boire une gorgée de mojito.

— Il m'a alors filé un rencard pour une pause déjeuner du genre allongée.

— Un 12 à 14, quoi, intervint Emilie.

— Voilà. Je le retrouve donc chez lui tout à l'heure. On s'embrasse, pas mal sans plus, on se chauffe, on se met au pieu et les affaires sérieuses commencent. Pas délirant, mais j'ai connu pire. Et puis, en pleine action, il s'arrête et me dit : « Ah, je suis désolé mais ça va pas être possible. »

— Hein ? Comme ça ? En plein milieu ? demanda Maria en levant le nez de son verre.

— Comme ça, je vous jure. Je le regarde et je lui dis : « Qu'est-ce qui se passe ? Il y a un problème ? » Et là, il me répond un truc que je n'avais jamais entendu en vingt ans de vie sexuelle active : « Oui, il y a un gros problème : t'es pas dans l'axe. »

Maria haussa un sourcil. Emilie s'étouffa avec son bloody mary.

— Hein ? Mais dans l'axe de quoi ? demanda Maria en tapant dans le dos d'Emilie, qui toussait comme une tuberculeuse en phase terminale.

— Je ne sais pas, je cherche encore, répondit Louise en finissant son mojito d'un trait.

— Oh mon Dieu, c'est énorme, dit Emilie en essuyant ses larmes.

— Ben non, il était plutôt dans la moyenne, rétorqua Louise, pince-sans-rire.

— Mais après ? Qu'est-ce qui s'est passé ? s'enquit Maria.

— Ben, j'ai essayé de discuter un peu, tu vois,

pour élucider cette histoire de malade. Tout ce qu'il a réussi à m'expliquer avant d'enfiler son caleçon, c'est que son ex avait tenté de se suicider en faisant l'amour et que, du coup, il était traumatisé.

Cette fois-ci, ce fut au tour de Maria d'avaler de travers.

— Eh ben, si les femmes veulent se suicider quand elles couchent avec lui, bonjour le mauvais coup, commenta Emilie.

— Se suicider en faisant l'amour ? Mais comment ? Elle a tenté de s'étouffer avec un emballage de préservatif ? demanda Maria.

— Je ne sais pas et, franchement, je ne veux pas savoir. Je me suis rhabillée et je me suis barrée en lui conseillant de remplacer mon numéro de téléphone par celui d'un psy. Je commence à en avoir marre de tomber sur des tarés, des nuls ou des menteurs, ajouta-t-elle en hélant la serveuse.

Les deux autres se regardèrent en silence. Maria haussa un sourcil et Emilie acquiesça imperceptiblement.

— Tu devrais peut-être arrêter de les chercher sur Internet, glissa Maria.

— Mais ça marche pour les autres, se plaignit Louise en poignardant les glaçons restant dans son verre à grands coups de paille.

— Quelles autres ? intervint Emilie. On connaît toutes un couple qui s'est formé comme ça, d'accord. Mais pour combien de milliers de rencontres ? Statistiquement, ces couples modèles doivent représenter quoi ? Un pour cent des clients des sites de rencontres ?

— Je sais, je sais, dit Louise. Mais je ne peux pas m'empêcher d'espérer : si ma folle de collègue a trouvé chaussure à son pied comme ça, c'est pas juste que ça ne m'arrive pas à moi.

— Comme tu le dis toi-même, ta collègue est folle. Normal qu'elle ait trouvé quelqu'un sur ce genre de sites, où il y a un sacré ramassis de losers.

— Peut-être, admit Louise sans conviction.

— Je vous remets la même chose ? les interrompit la serveuse.

— Pour moi, oui, répondit Emilie. Et vous, les filles ? Un screaming orgasm pour toi, Maria, non ? Ça s'impose après tout ce sex on the beach.

— J'en aurai au moins un ce mois-ci, comme ça, répondit l'intéressée.

— Ça me console, dit Emilie, je ne suis pas la seule à avoir une vie sexuelle qui ressemble au désert de Gobi.

— Arrête de te lamenter et prends-toi en main, répliqua Louise. Il y a plein d'endroits où tu peux trouver un mec.

— Ah oui ? Genre où ?

— Si on en croit les magazines féminins, les trois quarts des rencontres se font au boulot, lança Maria.

— On voit bien que tu n'as pas vu la tête de mes collègues, répondit Emilie en soupirant.

— Il faut élargir ton cercle de connaissances. Personne n'est potable dans ton cours d'espagnol ?

— Il n'y a que des femmes.

— Il te reste la solution ultime : les bars, assena Louise.

— Non, merci. Les coups d'un soir, je trouve ça glauque. Et puis, coucher avec un mec que je ne connais pas, ça me stresse, j'imagine toujours des choses affreuses, genre c'est un *serial killer*.

— Ou pire, un éjaculateur précoce, renchérit Louise.

— Pfff, tu ne peux pas comprendre. Je sais que je te parais complètement vieux jeu, mais j'ai besoin de connaître un mec avant de me déshabiller, sinon c'est le fiasco total, déclara Emilie en goûtant son deuxième bloody mary.

— Cela dit, intervint Maria, je ne peux pas te donner entièrement tort. Je ne sais pas si vous vous souvenez, mais quand Laurent m'a larguée, j'ai couché avec un mec que je ne connaissais pas, et ça a été un tel échec que j'ai fait vœu de chasteté pour les six mois qui ont suivi. Six mois qui se sont transformés en huit, d'ailleurs, ajouta-t-elle en soupirant.

— Les filles, vous êtes pathétiques, reprit Louise. Vous êtes belles, jeunes et sexy et vous n'avez pas couché avec un type depuis des mois. Franchement, je ne vous comprends pas.

— C'est facile pour toi, rétorqua Emilie. Tu es dans une espèce de routine de la drague. Moi, je n'ai pas eu de mec depuis Diego, avec qui je suis restée pendant plus de dix ans. Inutile de te dire que la simple idée de me dessaper devant un homme me tétanise.

— Il faut te remettre le pied à l'étrier, affirma Louise. C'est valable pour toi aussi, Maria.

— Je ne sais pas si je suis prête, avoua cette dernière. Peut-être que je vais me mettre aux femmes, finalement.

Emilie et Louise n'eurent pas le temps de commenter la remarque de leur amie ; ce fut le moment que choisit le portable d'Emilie (évidemment posé sur la table dès son arrivée, au cas où Elizabeth chercherait à la joindre) pour émettre les quelques notes du générique de *Supernatural*, ce qui annonçait l'arrivée d'un texto. Elle saisit l'appareil et rougit.

— Oh ! Oh ! Si j'en crois ta mine, ce n'est pas ta fille qui te dit bonne nuit, fit Louise. Qui t'écrit ?

— Personne, dit Emilie en rougissant de plus belle.

— Personne ? Vraiment ? C'est si sérieux que ça ? insista Louise.

— Emilie a un secret, Emilie a un secret, chantonna Maria, le nez dans son screaming orgasm.

— Te fais pas prier, accouche, ordonna Louise.

— Je n'ai rien à dire, vraiment, répondit Emilie.

— Tu veux la jouer comme ça ? Aux grands maux les grands remèdes.

Joignant le geste à la parole, Louise saisit l'iPhone d'Emilie et lut le texto à haute voix :

Voici l'itinéraire pour aller de la librairie au café, histoire que vous ne vous perdiez pas. Smiley. A demain. S.

— Alors, soit ce S. te prend pour une demeurée, soit il te connaît hyper bien et il sait que tu t'es déjà perdue dans ton propre appartement, commenta Louise en relevant le nez du portable. Mais tout ça ne nous renseigne pas sur l'identité de ce mystérieux S.

— Superman ? proposa Maria.

— Bon, ça va, dit Emilie. C'est rien du tout. Un mec qui est venu à la librairie cet après-midi et qui m'a proposé d'aller boire un café demain. Vous voyez bien qu'il n'y a pas de quoi fouetter un chat.

Les deux jeunes femmes regardèrent fixement Emilie.

— Quoi ? Qu'est-ce qu'il y a ? J'ai de la tomate sur le nez ? finit-elle par demander.

Louise retrouva la première l'usage de la parole.

— Tu as accepté de boire un verre avec un inconnu qui t'a draguée ? Toi ?

— Ben oui. Qu'est-ce qu'il y a de si étrange à ça ?

— En sachant que tu as refusé les invitations d'une dizaine de mecs ma foi tout à fait potables ces derniers mois ? Tu as raison, rien. Je veux tout savoir. Nom, prénom, parfum, pointure, taille, bogossitude sur une échelle de 1 à Hugh Jackman, débita-t-elle sans respirer.

— Et sa profession, n'oublie pas, super important, ajouta Maria.

— Il s'appelle Samuel, c'est un ancien parent d'élève…

— Ah ! la coupa Louise en levant doctement l'index. Donc, en fait, tu le connais, je respire un peu mieux, tu n'as pas été enlevée par des extra-terrestres et remplacée par ton clone.

— Il est très séduisant, un peu genre Bradley Cooper en plus grand, il portait *La Nuit de l'Homme* de Saint Laurent, reprit Emilie sans se soucier de l'interruption, et je ne sais pas ce qu'il fait dans la vie.

— Comment ça, tu ne sais pas ce qu'il fait dans la vie ? Et Google ? demanda Maria.

— Je n'ai pas eu le temps, crois-moi, répondit Emilie, le nez dans son verre.

— Ce n'est pas grave, on a tout le temps du monde, rétorqua Louise en dégainant son portable. Son nom ?

— Nooon, cria Emilie, je n'ai pas envie de vous le dire.

— Les filles, je vous annonce qu'en fait Emilie a 14 ans. Elle a un amoureux secret et elle ne veut pas dire son nom.

— Je me demande bien laquelle de nous deux a 14 ans, maugréa Emilie.

Ses amies la dévisagèrent en silence.

— Quoi ? Bon, OK, je m'avoue vaincue, sinon vous allez m'enquiquiner toute la soirée. Il s'appelle Winterfeld.

— Attends, tu parles de Samuel Winterfeld ?

Maria se redressa sur le canapé.

— Ben, je parle d'un Samuel Winterfeld. Pourquoi, il y a « le » Samuel Winterfeld ?

— Mais sur quelle planète tu vis ? demanda Maria, qui contenait à grand-peine son excitation. Winterfeld, le traducteur !

— Et là, on est censées hurler « mais bon sang, c'est bien sûr » en agitant les bras ? demanda Louise, qui lisait en moyenne quatre livres par an : le Goncourt, le Nothomb et deux polars à la plage.

— Toi non, mais Emilie oui, quand même ! Il est célèbre, ce mec, il y avait une interview de lui dans *Le Magazine littéraire* il y a quelques mois, et une récemment sur le site de *Livres Hebdo*.

— Tu t'adresses à quelqu'un qui lit *Elle* et *Les Echos*, rappela Louise.

— Quant à moi, je n'ai pas le temps de lire des magazines, j'ai trop de copies à corriger, reprit Emilie.

— Mais enfin, il a retraduit une tonne de littérature victorienne, dont *Nord et Sud*, ton roman adoré !

— Non ? s'exclama Emilie. Non ?

Elle farfouilla dans son immense sac et en exhuma son exemplaire flambant neuf.

— Putain, si c'est pas un signe, ça, je veux bien arrêter de m'épiler, constata Louise. Faut fêter ça.

Et elle fit signe à la serveuse.

Chapitre 5

Le lendemain matin, Emilie ouvrit un œil pour le moins hagard et découvrit qu'il était, si les renseignements du réveil chinois qui fluoresçait dans la pénombre étaient exacts, 9 h 27. Elle s'assit sur le bord du lit. Les coups sourds qui pulsaient dans son crâne lui rappelèrent la soirée de la veille et elle maudit le réveil trop matinal, les cocktails et tous les dieux du panthéon nordique pour faire bonne mesure. Elle se rappelait avoir proposé aux filles de passer boire un dernier verre chez elle après le restau japonais (d'après une légende urbaine, le riz était censé éponger l'alcool, mais Emilie commençait à croire que ça dépendait quand même pas mal de la quantité de liquide ingéré), et elle se souvenait vaguement du trajet en métro (elles avaient donc dû rentrer avant 2 heures du matin), mais pas vraiment de ce qu'elles avaient fait ensuite.

Boire, apparemment. La table du salon disparaissait sous les tasses et il n'y avait manifestement plus une goutte d'Amaretto dans la bouteille. Emilie retrouva subitement la mémoire : elle avait proposé du café vénitien, ce nectar traître qui se descendait comme du petit-lait. Si elle en croyait ce qui restait dans la cafetière, elles avaient rapidement abandonné l'aspect caféiné du breuvage pour se concentrer sur son aspect alcoolisé.

Emilie soupira et contourna les canapés d'angle. Elle comprit alors que les bruits de respiration qu'elle entendait depuis qu'elle était entrée dans le salon étaient ceux de Louise et Maria endormies, la première roulée en boule sous un plaid écossais, la seconde étalée, une jambe traînant par terre et un bras sur les yeux.

Aucune des deux n'avait eu le courage de se traîner jusqu'à la station de taxis en bas de la rue la veille au soir.

Emilie se dirigea vers la cuisine et ouvrit bruyamment tiroirs et placards.

— On peut savoir ce que tu cherches avec autant de délicatesse ? marmonna Maria, qui s'était légèrement redressée sur le canapé, appuyée sur ses coudes, les yeux entrouverts.

— De l'Advil. Mon royaume pour de l'Advil, gémit Emilie sans se retourner, refermant brusquement un quatrième tiroir, dont le bruit la fit tressaillir.

— Qu'est-ce qui se passe, les filles ?

La voix pâteuse de Louise surgit des profondeurs de la couverture à carreaux.

— Emilie a décidé que citer Shakespeare un

dimanche matin après avoir picolé était la meilleure façon de débuter la journée, répondit Maria avant de se rallonger.

— Shake-qui ? murmura Louise en se retournant.

Emilie abandonna sa quête : elle venait de se souvenir que l'armoire à pharmacie était à sa place, dans la salle de bains, qu'elle gagna aussi rapidement que son état le lui permettait. La vision qui s'offrit à elle dans le miroir au-dessus du lavabo la fit grimacer. Tous les magazines féminins ainsi que sa mère l'avaient pourtant bien prévenue qu'il ne fallait jamais négliger l'étape démaquillage : elle avait des yeux de panda et des traînées de fond de teint sur l'encolure du top qu'elle n'avait pas enlevé avant de se coucher. Elle noya cette vision d'horreur sous le jet brûlant de la douche, enfila son vieux jogging du dimanche (qu'elle ne pouvait pas porter en public à cause de l'inscription à l'arrière) et dénicha enfin la boîte d'Advil.

Redevenue quasi humaine, elle regagna la cuisine et mit la cafetière en route. Elle était en train de considérer vaguement l'idée de débarrasser la table du salon, voire de laver les tasses, lorsque la voix de Maria la tira de ses réflexions.

— Il y a écrit « Pétasse » en rose sur tes fesses, tu es au courant ?

— Bonjour à toi aussi, se contenta de répondre Emilie en se retournant.

Elle sursauta face à la vision d'outre-tombe qui s'offrait à elle. Maria avait les yeux cernés, son rouge très sombre avait filé sur sa joue droite et ses cheveux courts emmêlés se dressaient, hirsutes, sur une partie de son crâne.

— Oh putain, Maria, mais qu'est-ce qu'on a bu, hier soir ?

— Tu veux dire : « Oh ! Putain, Maria, mais qu'est-ce qu'on a bu, hier soir ! » répondit son amie en se laissant tomber sur le tabouret face à la minuscule table de cuisine, le visage enfoui dans ses bras. Maintenant que tes ablutions matinales m'ont réveillée, sers-moi un café ou achève-moi.

Ses lamentations furent interrompues par l'arrivée tonitruante de Louise, qui revenait de la salle de bains.

— Putain, Emilie, ton réveil fait des siennes, impossible de l'éteindre !

— Est-ce qu'on sait s'exprimer sans dire « putain », les filles ? demanda Emilie en se dirigeant vers sa chambre.

« La tempélatule est de 87 deglés Fahlenheit », glapissait le réveil, avec un accent asiatique prononcé. « Il est 21 heules 18. »

— 21 h 18 ? répéta Louise, qui s'était arrêtée dans l'encadrement de la porte. Déjà ou c'est tout ?

— Je ne comprends rien à ce réveil, se plaignit Emilie en appuyant simultanément sur tous les boutons. Ma sœur me l'a rapporté de Chine et je n'ai jamais réussi à lire la notice. Il se met parfois en route tout seul, et il ne sonne jamais quand je veux.

« La tempélatule est de 77 deglés Fahlenheit. »

— Par les couilles de Zeus ! s'écria Emilie.

— On a perdu dix degrés d'un coup, c'est inquiétant, commenta Louise. Tu peux m'expliquer pourquoi tu n'achètes pas un autre réveil ?

— Mais parce qu'il est trop mignon, regarde, il est jaune et en forme de fraise, répondit Emilie.

— Et dire que je croyais que le pire avait été atteint avec les pendules qui ne donnent pas l'heure, glissa Louise en tournant les talons.

— J'ai très bien entendu, va ! s'exclama Emilie.

« Il est 21 heules 19. La tempélatule est de 80 deglés Fahlenheit. »

La journée allait être longue, songea-t-elle en dissimulant le réveil sous l'oreiller. Au moins, là, on ne l'entendrait plus.

Après avoir englouti l'équivalent de trois cafetières et d'une boîte d'Advil, et être passée chacune à leur tour dans la salle de bains, les trois amies retrouvèrent un semblant de figure humaine, prirent un petit déjeuner pour le moins tardif, puis finirent par s'installer dans le salon pour faire ce qui s'imposait toujours un lendemain de cuite : un atelier manucure. Maria était en train de dessiner des galaxies sur les ongles d'Emilie quand Clara rentra, apportant avec elle le froid et la pluie.

— Salut, les filles ! Oh ! Vous avez sorti les vernis, génial ! dit-elle en s'asseyant près de Louise, qui regardait sécher ses ongles laqués de rouge.

— Tu as passé un bon week-end ? s'enquit sa voisine.

— Excellent ! (Clara commença à farfouiller dans la boîte à vernis d'Emilie.) Le concert d'hier soir a été un franc succès, on a vendu plein de disques. Du coup, on a un peu bu pour fêter ça, le réveil a été duraille. Et vous ? Bonne soirée ?

— Sobre, répondit Emilie.

— Et intellectuelle, renchérit Louise.

— On a eu une discussion très intéressante sur l'exégèse de l'Evangile selon saint Luc, ajouta Maria.

— OK, qu'est-ce que j'ai raté ? demanda Clara, qui avait jeté son dévolu sur un vernis rose pailleté.

— Une information capitale, répondit Louise en jetant un coup d'œil malicieux en direction d'Emilie. Ta coloc a accepté d'aller boire un pot avec un de tes clients.

Clara se figea, pinceau en l'air.

— Non ? Qui ça ?

— Un certain Samuel.

— Je ne vois pas qui c'est, répondit Clara, les sourcils froncés. Il ressemble à quoi ?

— On aimerait bien le savoir, mais on n'est pas arrivées à lui tirer les vers du nez, répondit Maria.

— Je vous ai dit qu'il ressemblait à Bradley Cooper, protesta Emilie.

— Ah, le grand blond avec une veste en cuir, jamais rasé ? demanda Clara. Il est hyper sexy, celui-là. Il vient au moins une fois par semaine, c'est un gros client.

— Il lit des trucs sulfureux ? demanda Louise.

Clara se mit à rire.

— Pas vraiment. Il achète surtout de la littérature américaine et pas mal de bouquins pour sa nièce, une ado. Il t'a invitée à prendre un verre, alors ?

L'attention de Clara était de nouveau sur Emilie.

— Oui, répondit celle-ci sans lever les yeux de ses ongles sur lesquels des voies lactées jaune orangé étaient en train de sécher.

— Quand ?

— Tout à l'heure, répondit Emilie en levant machinalement le nez vers les pendules internationales. Oh ! Par le manteau de saint Martin, il est déjà 16 heures ?

— Laisse-moi dix minutes pour faire une soustraction, et je te réponds, répliqua Louise, sarcastique.

— Oui, il est 16 h 05, intervint Clara après un coup d'œil à sa montre.

— Je dois le retrouver dans une heure !

Elle se leva d'un bond.

— Nooon, attention à tes doigts ! s'écria Maria.

Emilie leva les mains avec le réflexe pavlovien de celle qui a ruiné des dizaines de manucures.

— Oh mon Dieu, oh mon Dieu, oh mon Dieu, dit-elle en regardant ses amies, le visage défait.

— Quoi ? demanda Clara. Vous avez rendez-vous à l'autre bout de Paris ?

— Non, juste à côté. Mais je ne suis pas coiffée, pas maquillée, et je ne sais pas quoi mettre !

Son expression horrifiée était presque comique,

mais, convaincues de la gravité de la situation, les trois autres se gardèrent bien de rire.

— On va t'aider à choisir une tenue le temps que ton vernis sèche, tu te maquilleras ensuite, proposa Maria.

— Ouais, par contre, pour les cheveux, on est désolées mais on ne peut rien pour toi, ajouta Louise.

Emilie lui tira la langue avant de disparaître dans sa chambre.

Finalement, elle se décida, après une discussion enflammée (ce n'est pas pour rien que les magazines féminins consacraient des articles entiers à l'épineuse question de la tenue pour un premier rendez-vous), pour un jean, une blouse brodée (« Tu as l'air d'une matriochka, avec ça », avait commenté Louise d'un air désapprobateur) et un de ses éternels gilets de grand-père dont elle possédait une dizaine d'exemplaires dans une palette de couleurs qui allait du noir profond au bleu pétrole, en passant par le gris anthracite et le marron chocolat. Comme la manucure n'était pas encore sèche, elle avait confié le soin du maquillage à Clara, la seule qui ne chercherait pas à la transformer en femme fatale à grand renfort de *smoky eyes*, et elle n'avait que dix minutes de retard en arrivant au café, ce qui était un exploit de sa part. En prenant en compte le fait qu'elle avait toujours un quart d'heure de retard, elle était en réalité en avance de cinq minutes. Sauf que Samuel ne savait pas qu'elle était toujours en retard et qu'elle l'avait fait attendre. *Arrête de te prendre la tête*, se sermonna-t-elle. *Tu es en retard, et alors ? Si ça ne lui plaît pas, il peut partir.* Elle se demanda si ce n'était pas en fait ce qu'elle espérait secrètement. Elle était bien obligée d'avouer que ce premier rendez-vous la mettait dans un état d'énervement et d'excitation qu'elle n'avait plus connu depuis l'adolescence.

Samuel était installé à une table près de la baie vitrée, le nez dans un livre. Elle inspira profondément, histoire de tenter de contrôler les battements de son cœur, qui avait décidé de vivre sa vie et de s'emballer. Peine perdue, évidemment.

Elle constata en entrant qu'il s'était placé de manière à avoir une vue dégagée sur la porte. Il leva immédiatement les yeux de son roman, avec l'air un peu égaré du lecteur qui retrouve en une seconde la réalité, et il lui adressa un sourire chaleureux qui accentua les petites rides au coin de ses yeux.

Un sourire pareil devrait être interdit par la convention de Genève, se dit Emilie.

— Bonjour.

Il s'était levé, et, comme s'ils se connaissaient depuis toujours, il se pencha pour lui faire la bise. Il sentait divinement bon, et Emilie espéra très fort que l'alcool qu'elle avait ingurgité la veille ne suintait pas par les pores rapidement maquillés de sa peau.

— Vous allez bien ? demanda Samuel pendant qu'elle enlevait son manteau et ses gants. Vous avez l'air fatiguée.

— Disons que la soirée a été longue et arrosée, expliqua-t-elle en s'asseyant. Une de mes amies avait besoin d'un remontant et… Bon, pour être tout à fait honnête, c'était une soirée cocktails avec mes copines et je crois pouvoir affirmer sans trop m'avancer que le patron du bar a été ravi de notre visite.

Samuel la dévisagea, et elle crut lire de l'amusement dans son regard.

— Et vous faites ça souvent, rendre heureux les patrons de bar ?

Emilie rougit. *Autant lui dire la vérité tout de suite, je ne vais pas me laisser troubler par un homme qui ne supporterait pas mes nombreux travers.*

— Assez souvent, oui.

— Et moi qui croyais que les profs passaient leur temps enfermés dans un placard à corriger des copies, répondit-il, amusé.

— Oh ! Mais certains, oui, je vous rassure, répliqua Emilie en ayant une pensée pour Véronique, sa collègue de philo, qui mangeait boulot, respirait boulot et dormait boulot.

— Ouf, j'avais peur que toutes mes illusions ne s'envolent d'un coup. Je suis enchanté d'apprendre qu'il reste encore quelques spécimens.

Le serveur choisit cet instant pour surgir à leurs côtés.

— Un café allongé et un verre d'eau, commanda Emilie.

— Vous savez, ce n'est pas parce que je vous ai proposé de prendre un café que vous êtes obligée d'en boire un.

Emilie le regarda, surprise.

— J'aime le café, j'en bois des litres, du matin au soir, voire tard dans la nuit, répondit-elle.

— Parfait, alors. Un expresso pour moi, dit-il en levant le nez vers le serveur. Oui, moi aussi, j'aime le café, expliqua-t-il à Emilie. Je dois vous remercier pour les bons conseils que vous m'avez prodigués hier, enchaîna-t-il. Nina a été ravie.

— Pas de doublons ?

— Non. Il y avait même un titre dont elle n'avait jamais entendu parler, *Les Sœurs Wilcox*.

— Ah, génial. J'espère que tous ces bouquins lui plairont. Pour être tout à fait honnête, je n'ai pas lu tout ce que je vous ai conseillé, je n'en peux plus, des vampires scintillants et des amours adolescentes. Même si ça fait lire les jeunes, je finis par me dire que Stephenie Meyer aurait mieux fait d'écrire un bouquin de cuisine que *Twilight*. Et vous, vous lisez quoi ? demanda-t-elle en désignant le bouquin qu'il avait fermé à son arrivée et mis de côté sous ses gants en cuir.

— Un polar, dit-il en saisissant le roman. La nouvelle traduction de Ross Macdonald.

— Ah, j'adore Lew Archer !

— Vous l'avez lu ? demanda-t-il, surpris.

— Je les ai tous lus, mais dans l'ancienne traduction. J'ai un gros faible pour les privés américains. Le côté silencieux qui prend des coups et qui en pince toujours pour la mauvaise femme, certainement. Ça parle à mon côté superficiel, dit-elle en souriant, tout en versant de l'eau de son verre dans sa tasse.

— Plutôt Sam Spade ou plutôt Philip Marlowe, alors ?

— Philip Marlowe, sans hésiter. Je crois que c'est parce que je préfère le style de Chandler, je trouve Hammett un peu sec. Mais j'ai beaucoup aimé son roman avec le couple, là, comment s'appelle-t-il déjà ?

— *L'Introuvable* ?

— Voilà. (Emilie était étonnée de la facilité avec laquelle elle conversait avec cet homme.) Ceci dit, je me demande si je ne préfère pas les films noirs aux romans noirs.

— Il y a une rétrospective Humphrey Bogart au Champo. Ça vous dirait de m'accompagner voir un film ?

Emilie le regarda un instant, décontenancée. Et elle rougit, évidemment.

— Euh, oui, mais il faudra que je m'arrange avec ma coloc pour qu'elle garde ma fille.

— Quel âge a-t-elle ?

— Ma coloc ou ma fille ? rebondit Emilie en

souriant. Elle a 9 ans passés. C'est moi qui ai la garde, précisa-t-elle pour répondre à la question qu'il n'avait pas posée. On est séparés depuis dix-huit mois.

— Séparés, pas divorcés ?

Samuel avait posé cette question d'un air détaché, en buvant une gorgée de café.

— Nous n'avons jamais été mariés, expliqua Emilie. Diego n'en voyait pas l'intérêt. Je suppose que ça nous a évité beaucoup de paperasse et de temps perdu, au final. (Elle eut un petit sourire contraint.) Et vous, vous êtes divorcé depuis quand ? demanda-t-elle pour changer de sujet.

— Je suis veuf. Ma femme est morte dans un accident il y a un peu plus de deux ans. Elle a été renversée par une voiture.

— Oh mon Dieu, je suis désolée, dit Emilie. Excusez-moi, je ne savais pas.

— Ce n'est rien, vous ne pouviez pas le savoir, la rassura Samuel. Et sinon, vous êtes depuis combien de temps à Stendhal ?

Emilie, embarrassée de ce qu'elle considérait malgré tout comme une bourde, lui sut gré d'orienter ailleurs la discussion.

— Cinq rentrées. (Samuel haussa un sourcil, amusé.) Oui, non seulement pour nous autres, profs, les années sont scolaires et pas civiles, ce qui fait que nous sommes toujours décalés par rapport au reste du monde, mais en plus nous comptons nos années de service en rentrées, expliqua-t-elle. Les profs, c'est un autre monde. Et vous, vous traduisez quoi en ce moment ? demanda-t-elle abruptement.

Samuel la considéra un instant, manifestement surpris, puis éclata de rire.

— Google ?

— Presque, dit Emilie en souriant. Une amie bibliothécaire.

— Je traduis le dernier roman de Richard Russo.

— Il est comment, alors ?

— Je ne sais pas encore.

Emilie le regarda fixement, perplexe.

— Je ne lis jamais en entier un roman que je traduis, expliqua-t-il. Si je fais ça, je ne peux pas m'empêcher de le lire dans l'optique de le traduire, un crayon à la main, et au final je travaille deux fois plus et je perds la fraîcheur de la première lecture. Quand on passe trois mois avec le texte d'un autre, il peut finir par vous sortir par les yeux, croyez-moi. Il vaut mieux ne pas se saborder.

— Et s'il y a des incohérences ou des choses à reprendre ?

— C'est en partie le travail de l'éditeur, de voir ça. Et puis, je vous rassure, je me relis, ajouta-t-il en souriant.

Emilie n'eut pas le temps de faire de commentaire : son iPhone fit entendre le générique de *Doctor Who* et le nom de son ex s'afficha sur l'écran.

— Excusez-moi, il faut que je réponde, dit-elle en joignant le geste à la parole.

— Mais je vous en prie.

— Oui, ma puce ? dit-elle.

Mais au lieu du timbre enfantin de sa fille, ce fut la voix de baryton de Diego.

— Emilie, je vais ramener Elizabeth plus tôt que prévu, je serai là dans un quart d'heure.

— D'accord, répondit-elle froidement.

Elle se contenta d'une réponse minimale, ne voulant pas faire participer Samuel à ses histoires personnelles.

— Je voudrais te parler, j'attendrai le temps qu'il faudra sur le palier, mais j'aime autant te prévenir, comme ça tu auras le temps de te faire à l'idée.

— Je ne vois pas pourquoi…

— A tout à l'heure, la coupa-t-il, et il raccrocha.

Furieuse, Emilie se demanda pourquoi les hommes pensaient toujours qu'elle allait finir par céder. Peut-être parce que c'était vrai.

— Je suis obligée de vous laisser, dit-elle en levant les yeux vers Samuel.

Ce dernier la regardait avec une expression indéchiffrable.

— Pas de problème. J'ai été ravi de pouvoir vous enlever à votre vie bien remplie pendant quelque temps.

Emilie s'était déjà levée et avait enfilé rapidement son manteau.

— Je vous appelle pour le ciné, promit-il en se levant à son tour.

— Merci pour le café, répondit-elle en filant vers la sortie.

Samuel la regarda disparaître par la porte battante, longer le kiosque à toute allure et traverser la rue des Pyrénées sans faire attention à la circulation.

Ce n'est que quand son manteau gris eut disparu qu'il se rendit compte qu'elle avait oublié ses gants sur la table.

Chapitre 6

Le trajet entre le café et son appartement était trop court pour permettre à Emilie de décolérer et elle claqua la porte violemment derrière elle, furieuse.

— Emilie ?

Clara surgit de sa chambre, les lunettes sur le front, un bouquin à la main.

— Qu'est-ce qui se passe ? Samuel t'a posé un lapin ?

— Samuel ? Non, non, répondit Emilie en accrochant son manteau et son écharpe à la patère de l'entrée, c'est Diego qui me prend la tête. (Elle ôta ses bottes sans se pencher.) Il veut me parler. Me parler ! Comme si ce n'était pas ce que j'avais réclamé pendant des mois ! (Elle balança son sac sur le coffre à chaussures.) Et le fait que je ne veuille pas lui parler, moi, tu penses bien qu'il n'en a rien à foutre !

Clara savait que quand Emilie se mettait à jurer il valait mieux laisser passer l'orage, et elle se contenta de l'écouter sans rien dire. Elle suivit son amie dans la cuisine, où Emilie fit ce qu'elle faisait toujours quand ça n'allait pas : elle alluma la cafetière.

— Je ne peux pas le voir, mais ça, il ne comprend pas, reprit-elle d'une voix tremblante. Je ne peux pas, c'est au-dessus de mes forces.

Elle tournait le dos à Clara, appuyée sur le comptoir de la cuisine, concentrée sur la porte du placard. Son amie se rapprocha et entoura ses épaules de son bras.

Emilie luttait visiblement pour refouler ses larmes.

— C'est trop dur, murmura-t-elle.

— Tu l'aimes encore, hein ? demanda Clara en resserrant son étreinte.

— Non. Je ne sais pas. Peut-être.

Ce fut comme si cet aveu avait ouvert les vannes qu'Emilie tenait soigneusement fermées depuis des mois, et elle se mit à pleurer à chaudes larmes.

— Je ne peux pas pleurer, il va arriver d'une minute à l'autre, dit-elle entre deux sanglots.

— On s'en fout de Diego, je peux très bien le renvoyer chez sa mère dans un carton enrubanné, répondit Clara.

Emilie étouffa un petit rire malgré ses larmes.

— Qu'est-ce que je ferais sans toi ?

— Des bêtises, assurément, dit Clara avec un léger sourire. Comme planter Samuel au café à cause de ton connard d'ex.

— Je ne l'ai pas planté, je lui ai très poliment dit au revoir, s'indigna Emilie.

Clara la regarda sans rien dire.

— Bon, OK, je l'ai peut-être un peu planté, admit Emilie. Je suis une grosse nulle.

— Non, juste une nulle temporaire, la taquina Clara.

Emilie soupira et attrapa un mouchoir en papier dans la boîte qui traînait sur le bar.

— Je ressemble à quoi ? demanda-t-elle en se mouchant bruyamment.

— A une femme qui a eu un long week-end. Va te rafraîchir, je retiendrai l'abruti s'il arrive.

Emilie considéra ses yeux rouges et ses traits tirés dans le miroir de la salle de bains. Elle était persuadée que Diego voulait lui annoncer qu'il allait épouser celle pour qui il l'avait quittée. Il venait faire étalage de son bonheur et elle, elle avait l'air d'être passée sous un camion-citerne. *La vie, ça craint*, se dit-elle en rectifiant son mascara.

Elle fut interrompue dans cette indispensable tâche par la sonnerie de l'i nterphone, ce qui lui donnait trois minutes pour se préparer à l'entrevue avec Diego. *Show-time*, se dit-elle en remettant un peu de gloss. Elle ne toucha pas à ses cheveux, la cause étant désespérée.

Clara l'attendait dans l'entrée.

— Tu veux que je m'en occupe ? Je peux lui dire que tu n'es pas là.

— Non, inutile de reculer, il va bien falloir que je l'affronte à un moment ou à un autre.

— Tu es forte, Emilie, ne l'oublie pas. Et tu sais

où me trouver, annonça Clara avant de disparaître avec tact.

On frappa à la porte.

Emilie ouvrit et se trouva nez à nez avec sa fille… et son ex.

— Bonjour, maman ! J'ai passé un super week-end ! Et j'ai envie de faire pipiiiiiiiii, s'exclama Elizabeth en la dépassant en trombe.

Elle prit le couloir, courant en direction des toilettes, laissant ses parents en tête à tête.

Emilie se força à lever les yeux pour croiser le regard de Diego. Le voir en chair et en os après autant de mois lui coupa presque le souffle. Il était toujours aussi beau, d'une beauté sombre et latine. Il portait son blouson de motard, qui lui donnait l'air d'un *bad boy*, et ses yeux noirs semblaient lire au plus profond d'elle, comme d'habitude.

Et dire que j'ai aimé cet homme à la folie.

— Tu ne m'invites pas à entrer ? On ne va pas parler sur le palier, non ?

Autant en finir le plus vite possible.

— Entre.

Elle alla dans la cuisine en le précédant et comprit, aux bruits de voix qui lui parvenaient depuis la chambre de Clara, que celle-ci avait intercepté Elizabeth.

— Tu veux un café ?

Puisqu'il était fait, autant en boire une tasse, ça l'aiderait peut-être à surmonter l'épreuve.

— Oui, je veux bien.

Emilie en servit une petite tasse sans sucre pour Diego, et un grand mug avec deux sucres pour elle, dans lequel elle ajouta de l'eau froide.

Diego la regardait faire en souriant.

— Quoi ? demanda brusquement Emilie.

— Tu bois toujours ton café de la même manière.

— Eh oui, certaines choses ne changent pas, elles, répondit froidement Emilie.

Diego se rembrunit.

— C'est pour ça que je suis là, dit-il en faisant tourner sa tasse entre ses mains. Emilie, j'ai beaucoup réfléchi ces derniers temps. Je suis vraiment désolé pour tout ce que je t'ai fait subir.

Il s'interrompit, comme s'il attendait qu'elle dise quelque chose, mais Emilie regardait obstinément le motif peint sur son mug, comme si elle s'apprêtait à trouver dans le visage du prince William une réponse à toutes les questions de l'univers.

— Emilie, je… (Il inspira profondément.) Je sais que je me suis comporté comme un sale type et que tu as toutes les raisons du monde de m'en vouloir. Mais, je… je voudrais que tu me redonnes une chance.

Emilie leva brusquement la tête, stupéfaite.

— Pardon ?

— J'ai fait une grosse connerie en te quittant.

— Et tu t'en rends compte maintenant ? Dix-huit mois après ?

Elle avait envie de lui balancer quelque chose

à la figure, n'importe quoi, pourvu que ce soit un objet contondant.

— Comment peux-tu me sortir des choses pareilles après tout ce par quoi je suis passée ? L'humiliation, la souffrance, les larmes, les difficultés matérielles ? Tu te fous de moi, là ?

— Non. Je suis très sincère. Et je comprends très bien ta réaction. Mais il fallait que je te le dise.

Il y eut un silence. Emilie tentait de reprendre le contrôle de sa respiration, menton baissé et poings serrés.

— Je suis parti pour de mauvaises raisons, reprit Diego à voix basse. J'ai cru tout d'un coup que ma vie m'échappait. Quand je regardais derrière moi, j'avais l'impression de n'avoir rien accompli de valable.

Emilie eut un rire amer.

— Une carrière de journaliste sportif que tout le monde t'envie, une émission hebdomadaire sur une radio nationale, une fille merveilleuse, de l'argent sur ton compte en banque, que dis-je, sur tes comptes en banque, et tu avais l'impression d'avoir raté ta vie ? Ne me sers pas la fameuse crise de la quarantaine, s'il te plaît, je mérite mieux que ça. Dis plutôt que tu en avais marre de m'avoir dans ta vie et dans ton lit.

— Tu es bien placée pour savoir que je n'en ai jamais eu marre de t'avoir dans mon lit, Em.

— Arrête tout de suite, dit-elle en levant une

main. C'est pire pour moi de penser que je t'ai partagé avec une autre.

— Je suis parti tout de suite. Techniquement, tu ne m'as partagé avec personne.

— Techniquement, comme tu dis, ça revient au même : tu es parti.

— Et c'était la pire connerie de ma vie, poursuivit Diego en la regardant droit dans les yeux. J'ai pété un plomb. J'ai cru que le foutoir que j'avais dans la tête s'arrangerait si je retrouvais une vie de célibataire sans entraves. Mais le truc, c'est qu'à 42 ans être célibataire sans entraves, c'est juste pathétique. Et je me suis rendu compte que ce que j'avais construit avec toi me manquait.

— Il t'en a fallu du temps, pour t'en rendre compte.

— Tu sais bien que je suis un peu lent à la détente, répondit-il avec cet air un peu canaille qui l'avait fait fondre, des années auparavant. Le fait est que j'ai envie de me réveiller à tes côtés. J'ai envie de voir grandir Elizabeth et pas seulement un week-end sur deux. J'ai envie de t'entendre râler sur tes copies, ton proviseur et tes cheveux. J'ai envie de te consoler quand tu pleures parce qu'il est arrivé malheur à un personnage d'une série télé. J'ai envie de t'apporter ton dixième café de la journée quand tu bosses encore à 2 heures du matin. J'ai envie de refaire partie de ta vie. Je veux qu'on reforme une famille.

— C'est trop facile, de te pointer dans ma

cuisine et de me balancer tout ça, répliqua Emilie, la voix tremblante. Qu'est-ce que tu crois ? Qu'on peut effacer dix-huit mois comme ça ? Qui te dit même que j'en ai envie ?

— Je ne te demande pas de me sauter au cou comme s'il ne s'était rien passé. Je te dis juste que je veux essayer de reconstruire ce que j'ai foutu en l'air comme un con. J'attendrai le temps qu'il faudra.

Il posa la tasse à laquelle il n'avait pas touché sur le comptoir et se dirigea vers l'entrée.

— J'attendrai, répéta-t-il avant de quitter la pièce.

Les battements sourds du cœur d'Emilie l'empêchèrent d'entendre la porte d'entrée se refermer.

Chapitre 7

Après un week-end pareil, Emilie entama la semaine sur les rotules.

Lundi matin, à la récréation, après deux heures d'explication de texte qu'elle avait eu l'impression (fort juste) d'assurer toute seule, ses élèves ayant laissé leurs neurones dans leur lit, elle se précipita en salle des profs pour faire la queue à la machine à café. Elle attendait que le breuvage amer finisse de couler dans le gobelet rouge et vert (sa mère n'était apparemment pas la seule à penser que Noël était déjà là), les yeux dans le vague, quand une voix féminine la sortit de sa torpeur.

— Emilie ! Comment vas-tu ? Passé un bon week-end ?

— Salut, Gisèle. Je vais.

Gisèle, qui, malgré son prénom hérité d'une arrière-grand-mère, n'avait pas 30 ans, la regarda attentivement.

— Ouh là, le week-end a été rude, je le vois à ton aura.

— A mon aura ou à mes cernes ? répliqua

Emilie en récupérant son café. Par la tête de saint Jean-Baptiste, y a plus de touillettes.

— J'ai des cuillères en plastique dans mon casier, annonça Gisèle. Tu peux te servir.

Emilie dut réfléchir une fraction de seconde avant de se souvenir où était le casier de Gisèle Brun (entre ceux de Michel Balin et de Denise Coulon). Sa collègue appartenait à cette catégorie de profs qui laissaient toujours ouvert leur casier, qui leur servait à entreposer tout sauf des affaires de cours. Véritable caverne d'Ali Baba, celui de Gisèle contenait, outre des cuillères en plastique, objet de la quête d'Emilie, du café soluble, des stylos de toutes les couleurs, une immense paire de ciseaux, trois tubes de colle, un magazine de jeux vidéo certainement confisqué à un élève, un paquet de petits-beurre, une ampoule et une boîte de Tampax.

OK, se dit Emilie en refermant le casier, une cuillère à la main, *je n'ai pas vu ça*.

— Alors, ce week-end ? demanda de nouveau Gisèle.

— Arrosé, lâcha Emilie en soupirant. Je suis trop vieille pour ce genre de trucs. Et toi, tu as fait quoi ?

— J'ai passé le week-end dans ma maison de campagne.

Quand elle entendait cette expression idiote, Emilie imaginait toujours une source dans laquelle se roulaient des aspirantes nymphes.

— Samedi soir, j'avais invité un voisin, un Parisien

qui a quitté la capitale pour élever des chèvres, à partager un repas végétarien, c'était vraiment bien.

— Je n'en doute pas un seul instant.

Emilie avala une gorgée de café brûlant et grimaça : il était vraiment infect.

— Tu devrais venir passer un week-end là-bas avec ta fille (Emilie aurait bien été incapable, même pour un baiser avec Hugh Jackman, de dire où était ce « là-bas »), ça te ferait beaucoup de bien. La campagne, y a pas mieux pour se reconnecter avec soi-même.

Etant donné que pour Emilie la campagne arrivait en bonne place sur la liste des choses à éviter à tout prix, entre un vendredi soir toute seule et le choléra, elle n'avait jamais pris au sérieux les invitations répétées de Gisèle.

Le panégyrique de la Picardie (ou de la Normandie) fut interrompu par la sonnerie.

— Tu as quoi, toi, maintenant ? demanda Gisèle en enfilant son manteau de toutes les couleurs de l'arc-en-ciel.

— Les Troisième 4. Attends, non, les Seconde 8.

Emilie récupéra ses trois chemises pleines de polycopiés qu'elle avait posées sur une table en rentrant, et emboîta le pas à sa collègue.

— Les Troisième 4 ne fichent rien en ce moment, se plaignit Gisèle. Vendredi dernier, il y en avait quatre qui n'avaient pas fait leurs exercices de géométrie.

— Ils ont un contrôle de lecture, ce matin.

Pour une fois, ils ne se sont pas plaints et n'ont pas demandé à repousser le devoir. C'est louche, dit Emilie, qui pensa soudain qu'elle allait récupérer encore trente copies. Par les yeux de sainte Cécile, qu'est-ce qu'il fait froid ! commenta-t-elle en débouchant dans la cour.

— Et d'après la météo, ça ne va pas s'arranger, renchérit Gisèle d'un ton léger. On déjeune ensemble ?

Emilie acquiesça et gagna le plus vite possible sa salle de classe.

Le froid cinglant s'aggrava au cours de la journée, et c'est une Emilie frigorifiée (allez chauffer correctement un lycée parisien dont les salles ont cinq mètres de hauteur sous plafond et où les fenêtres datent de 1875) qui quitta l'école à 15 heures pour regagner ses pénates, heureusement mieux chauffés que le vieux bâtiment plein de courants d'air.

Elle ralluma son portable dans le métro pour découvrir un texto de Samuel.

Vous m'avez laissé un souvenir de vous et vu le temps, je crains que vous n'en ayez be soin. Je vous le rendrai en échange d'un dîner. Votre date sera la mienne. S.

Voilà donc où était sa paire de gants préférée, les verts avec un nœud bleu. Emilie se mordit la lèvre inférieure : sa vie s'était brutalement compliquée, ces derniers jours, et elle se demandait s'il était vraiment sage d'y laisser entrer Samuel et son sourire désarmant. Elle était débordée, fatiguée, incapable de tirer au clair ses sentiments pour Diego, et elle avait franchement besoin de perdre une dizaine de kilos. Elle rangea son portable. C'était une décision qu'elle ne voulait pas prendre seule.

Elle profita donc d'une pause entre deux copies ce soir-là pour lancer le sujet sur Facebook.

Emilie il y a 7 min — Samuel m'a invitée à dîner.

Louise il y a 5 min — Ah, te voilà enfin !! Youhou pour l'invitation à dîner !

Emilie il y a 5 min — Je ne sais pas.

Maria il y a 5 min — Pourquoi ? Tu ne veux pas y aller ?

Emilie il y 4 min — C'est compliqué. Diego m'a demandé de lui redonner une chance.

Maria il y a 4 min — QUOI ???

Louise il y a 4 min — Putain, tu vas pas faire ça ?

Emilie il y a 4 min — Ouh là, ça va les filles, je n'ai rien fait. J'étais trop occupée à l'insulter.

Louise il y a 3 min — Ouf. Si tu as une pulsion et que tu veux lui pardonner, surtout, appelle-moi et je viens t'attacher. Ce mec est un gros connard.

Clara il y a 3 min — Exactement ce que je lui ai dit ! (Salut les filles !)

Emilie il y a 3 min — Tiens, te voilà, toi. Tu ne

peux pas venir me parler directement dans le bureau ?

Clara il y a 2 min — Te parler à toi, oui, mais pas aux autres.

Louise il y a 2 min — Bon, les geekettes, quand vous aurez fini de bavarder sur FB à cinq mètres de distance, vous nous permettrez de revenir au sujet principal de la conversation. C'était comment, le café avec Samuel ?

Maria il y a 2 min — On a bien vu que tu n'as pas répondu à nos messages, hier, tu sais.

Emilie il y a 1 min — C'était bien.

Clara il y a 1 min — C'était court.

Louise il y a 1 min — Pourquoi court ?

Clara il y a 54 secondes — Elle a été obligée de le planter à cause de cet abruti de D.

Louise il y a 43 secondes — Tu as planté Bradley à cause de Taré Ier et tu te demandes si tu dois accepter son invitation à dîner ? Tu es obligée, question de courtoisie.

Maria il y a 21 secondes — Louise a parfaitement raison.

Clara il y a 6 secondes — Ah ! Tu vois ! Elles sont d'accord avec moi !

Je suis disponible vendredi. Gardez mes gants au chaud d'ici là. Emilie.

Les trois notes de *Supernatural* retentirent tout de suite.

20 heures chez moi ? S.

Chez lui ?

Emilie — Au secours ! Il veut qu'on dîne chez lui !

Louise — Chez lui ? Va chez l'esthéticienne !

Maria — Chez lui ? Il est mordu ! Et mieux encore, il cuisine !

— Chez lui ? Hiiiiiii !

Clara avait passé la tête dans l'entrebâillement de la porte.

— Regarde, répondit Emilie en lui tendant son portable.

— Accepte, ordonna Clara en lui rendant l'iPhone. Vraiment, reprit-elle en voyant que son amie hésitait.

Pas avant 21 heures, j'ai un conseil de classe qui se termine vers 20 heures. Emilie.

La réponse ne se fit pas attendre.

Parfait. J'espère que vous avez une autre paire de gants, ce serait dommage d'abîmer une aussi jolie manucure. A vendredi. S.

— Il a remarqué ma manucure, dit Emilie, abasourdie.

— En même temps, difficile de faire autrement, tu as tout un système solaire au bout des doigts, fit remarquer Clara avant de tourner les talons.

Chapitre 8

Comme elle l'avait prévu, Emilie croulait sous le travail. Elle calcula que, si elle voulait en venir à bout d'ici au vendredi suivant, elle devait réduire considérablement son temps de sommeil et arrêter de manger, ce qui, vu ses difficultés à fermer son jean le lundi matin, n'était pas une mauvaise idée.

Elle décida donc de hiérarchiser les priorités et passa une heure à faire un rétroplanning qu'elle était certaine de ne pas tenir.

Mardi soir, après une journée particulièrement chargée (dépose d'Elizabeth à l'école, quatre heures de correction de copies, trois heures de cours, récupération d'Elizabeth à l'école), elle se rendit quand même à son cours d'espagnol. Après tout, elle n'était pas à deux heures près, et cette leçon était une vraie bouffée d'air dans ses semaines surchargées.

En quittant la salle vers 21 heures, elle trouva un texto de Louise.

Appelle-moi dès que tu sors. Crise.

Emilie, qui avait besoin d'un agenda pour organiser sa propre vie, se demandait toujours comment Louise parvenait à se souvenir avec précision de tout ce que faisaient les autres. Elle n'oubliait jamais un anniversaire et c'était la seule à toujours prendre des nouvelles après un rendez-vous important, qu'il s'agisse d'un entretien d'embauche, d'une visite d'appart ou d'un rendez-vous chez le phlébologue. Et dans sa vie de femme moderne, qui jonglait avec un job de juriste dans un gros cabinet américain et une vie sociale et amoureuse plus que remplie, c'était la deuxième fois qu'elle employait le mot « crise ». La première, c'était quand ses parents avaient divorcé, cinq ans auparavant, après quarante-cinq ans de vie commune et apparemment sans histoire, son père ayant décidé d'assumer enfin au grand jour son homosexualité et de s'installer avec son amant de longue date.

Emilie l'appela donc aussitôt.

— Tu as le temps de boire un verre, ce soir ? demanda Louise sans même lui laisser le temps de dire « allô ».

— Oui, mais…

— Je viens dans ton quartier, t'inquiète. Le bar-PMU ?

— OK. Si j'ai un bus, j'y suis dans cinq minutes.

— On se retrouve là-bas.

Et elle raccrocha.

Quand Louise, qui habitait rue de Rennes et ne franchissait la Seine que pour aller picoler le samedi soir, se déplaçait jusque dans le 20e, qui plus est dans le bar portugais de quartier où Emilie prenait souvent un café en attendant de récupérer sa fille à l'école, c'était que l'heure était grave.

Emilie traversa l'avenue Simon-Bolivar et gagna l'abribus. Prochain bus 26 : dans vingt et une minutes. Elle ferait plus vite à pied.

Elle marcha rapidement, histoire de se réchauffer, et effectua le trajet en un temps record. Mais lorsqu'elle entra dans le petit bar moins d'un quart d'heure plus tard, Louise était déjà installée devant une pinte à l'une des tables en faux marbre.

— Salut, Manuel, dit Emilie au barman qui faisait des mots croisés derrière son comptoir. Tu me mets un café ?

— Un café à cette heure ? Tu es sûre ? Tu ne vas pas dormir.

— C'est un peu l'idée, hélas, répondit Emilie en s'asseyant face à Louise.

Cette dernière était en proie à une agitation manifeste : le col de sa veste était légèrement de travers et elle était vaguement décoiffée.

— Qu'est-ce qui se passe ? s'enquit Emilie, inquiète.

— Je suis tombée sur mon ex.

Dans la vie de toutes les femmes, il y a l'Ex avec un E majuscule, celui avec qui on a vécu une histoire qu'on croyait éternelle et qui, pour une mauvaise raison ou pour une autre, est parti. Une femme a beau avoir eu des dizaines d'amants, quand elle dit « mon ex », ses amies savent immédiatement de qui elle parle. Pour Louise, cet ex était sorti de sa vie cinq ans auparavant. Ils avaient vécu une relation aussi intense que destructrice, s'étaient séparés plusieurs fois et la dernière rupture avait été particulièrement douloureuse, puisqu'il l'avait trompée avec une des collègues de Louise. Après deux mois passés à devoir le voir tous les soirs, car il prenait un malin plaisir à venir chercher sa nouvelle conquête au boulot, Louise avait changé de boîte.

— Merde. Où ?

— Au BHV. Au rayon liste de mariage.

— Oh non !

— J'y étais pour déposer de l'argent sur la liste d'un collègue. Et il était là… (Elle détourna le regard et lutta pour refouler ses larmes.)

— Pour sa propre liste, acheva Emilie.

— Tu te rends compte ? Monsieur qui soi-disant ne croyait pas en cette institution bourgeoise qu'est le mariage !

— Je te rappelle que ton antibourgeois a été élevé dans le 16e avec golf obligatoire le samedi et messe le dimanche.

— Je sais. Mais il n'a jamais voulu m'épouser, moi.

— Si j'étais toi, je brûlerais un cierge pour remercier le ciel d'avoir échappé au pire et pour laisser une autre épouser ce coprolithe à ta place. On parle quand même d'un type qui a dragué ta cousine à une fête de famille, qui passait ses week-ends à picoler avec ses potes et qui ne se donnait pas la peine de garder un job puisque papa et maman allongeaient la monnaie. Alors soit il a changé du tout au tout, ce que j'ai du mal à croire, soit sa future femme mérite une médaille *a priori* et la canonisation *a posteriori*. Enfin, à condition qu'elle ne demande pas le divorce dans six mois.

— Je sais que tu as raison, je le sais, mais ma première réaction a été de me dire que j'étais celle que personne ne voulait épouser.

— Pourquoi ? Tu aurais voulu en épouser d'autres en dehors de Celui-dont-il-ne-faut-pas-prononcer-le-nom ?

Louise sourit.

— Non, c'est vrai, c'était son nom à lui que je voulais porter, aucun autre.

— C'est vrai que Voldemort, c'est classe.

Cette fois-ci, Louise rit vraiment.

— Tu es conne.

— Et toi, tu vaux mieux que ce nodocéphale. Si tu l'avais épousé, tu serais divorcée, à l'heure actuelle. Il t'a épargné de passer du temps chez l'avocat. Entre autres.

— Je sais, je sais.

— Tu lui as parlé longtemps ?

— Non, juste le temps de lui glisser qu'au vu de son embonpoint il avait l'air déjà bien engagé sur le chemin du mariage.

— Tu lui as vraiment dit ça ? s'exclama Emilie, étonnée, en riant.

— Et comment ! Avoir cru que cet homme serait le père de mes enfants ne m'empêche pas d'avoir deux yeux. Il a pris au moins dix kilos depuis qu'il m'a larguée. Et je dois dire que j'étais bien contente d'avoir mis ma petite jupe grise aujourd'hui, glissa Louise. Et de passer autant de temps à la salle de sport dans la semaine.

— Ouais, faudrait que je fasse ça aussi, dit Emilie avec un soupir. Ou alors je pourrais essayer le nouveau régime qui fait fureur, le régime paléolithique.

Louise s'en étouffa presque dans sa bière.

— Le régime quoi ?

— Paléolithique. Tu ne manges que ce que tu peux chasser, cueillir et ramasser toi-même.

— Sans déconner ? Et il faut arrêter de s'épiler aussi, histoire d'être dans le trip jusqu'au bout ?

— Va savoir. Le truc, c'est que je me demande comment tu fais ce régime, à Paris. Tu chasses des pigeons myxomatosés et tu ramasses des crottes de chiens ?

— Chasser le rôti au rayon boucherie du Monop', ça compte peut-être ? Ecoute, Emilie, si tu veux vraiment perdre du poids, ce que tu n'es pas obligée de faire, quoi que ta mère en dise, il n'y a qu'un truc qui marche, il faut te mettre au sport. Je t'ai déjà proposé dix fois de venir avec moi.

— Je n'ai pas de survêtement.

— Ça tombe bien, plus personne n'en porte depuis dix ans. Il te faut un pantalon de fitness, que tu peux acheter dans n'importe quel magasin de sport.

— Je n'ai pas fait de sport depuis vingt ans, je vais être ridicule.

— Je ne veux pas te faire de peine, mais personne ne te regardera, tu sais. Il n'y a que dans les séries américaines que les gens vont draguer dans les salles de sport. Ecoute, je vais demander à quelle plage horaire il y a le moins de monde et on fera une séance avec mon coach.

— Mmm, répondit Emilie sans se mouiller.

— Allez, si tu te mets au sport, j'arrête les rencontres Internet.

— On verra, je ne te promets rien.

— Ça tombe bien, moi non plus, dit Louise en terminant sa bière.

La fin de la semaine passa rapidement, entre boulot et activités d'Elizabeth. Emilie dut faire un saut à la librairie pour remplacer Clara quelques heures le jeudi dans l'après-midi, son amie ayant été obligée d'aller faire une démarche administrative qui s'était éternisée.

Etant donné qu'elle avait passé toutes ses nuits à travailler, lorsque la sonnerie retentit vendredi à 8 heures, Emilie se demanda si elle n'allait pas avoir besoin de s'agrafer les paupières pour les tenir ouvertes. Heureusement, elle n'avait pas prévu de devoir sur table (le plus sûr moyen de succomber à la torpeur quand on manquait cruellement de sommeil) et elle assura du mieux possible les deux premières heures de cours, consacrées ce matin-là à l'explication d'un extrait de *Phèdre*, devant des élèves de Seconde manifestement aussi peu réveillés qu'elle.

Mon Dieu, se dit-elle en regagnant la salle des profs, aussi mal chauffée que le reste du lycée, *cette journée ne va jamais finir.*

Il faut dire que le dieu des emplois du temps l'avait clairement oubliée, cette année : son vendredi était plein de trous. Elle consacra donc les deux heures suivantes à lutter contre le sommeil à grand renfort de mauvais cafés pris à la chaîne à la machine, tout en préparant vaguement la structure de la séquence qu'elle prévoyait de faire en Seconde après les vacances de Noël. Comme elle avait la flemme de braver le froid et la pluie intermittente, elle troqua le sandwich de la boulangerie où elle avait ses habitudes contre trois barres chocolatées redécouvertes au fond de son casier sous une pile de papiers. Résultat des courses, quand vint son premier cours de l'après-midi, elle frôlait le coma diabétique, était au bord de la tachycardie, et sa fatigue n'avait pas disparu d'un pouce.

Et dire qu'elle enchaînait sur deux conseils de classe.

Et un dîner avec Samuel.

Loin de la réjouir, cette perspective l'angoissait un peu.

Qu'est-ce qu'il peut bien me trouver ? se demanda-t-elle en écoutant distraitement ses collègues monopoliser la parole pendant le traditionnel tour de table qui ouvrait chaque conseil de classe. *Et qu'est-ce que je vais bien pouvoir me mettre ?* Emilie n'avait jamais accordé une importance démesurée à sa garde-robe ; de toute façon, elle trouvait que rien ne lui allait. Elle admirait beaucoup le style de Louise, toujours tirée à quatre épingles et qui, à presque 40 ans, portait la minijupe avec une classe folle. Elle chassa de son esprit la pensée de sa sublime amie : inutile de complexer encore plus que d'habitude.

La voix du proviseur la tira de ses réflexions.

— Madame Vanderhelde ? Vous êtes avec nous ?

Les parents d'élèves et ses collègues des matières scientifiques souriaient, indulgents. Encore une pierre à l'édifice de ceux qui prenaient les littéraires pour des rêveurs chroniques.

Laissant de côté ses considérations vestimentaires, Emilie retrouva en un instant tout son professionnalisme pour s'intéresser aux élèves de Seconde 8.

Quand le second conseil s'acheva, il était 20 heures passées, il faisait nuit depuis une éternité et il s'était remis à pleuvoir. La perspective de se taper une bonne demi-heure de métro bondé, de passer chez elle se changer, puis de se rendre chez Samuel l'épuisait déjà. Frigorifiée (la salle des conseils était encore moins chauffée que le reste de l'établissement), elle sortit du lycée en boutonnant son manteau et pêcha son iPhone dans la pochette au fond de son sac.

Un texto de Samuel l'attendait.

Il y a un taxi devant le lycée. Il est pour vous. S.

Emilie leva la tête : il y avait vraiment un taxi devant le lycée, garé en double file. Elle hésita puis se dirigea vers lui. Le chauffeur baissa sa vitre.

— Emilie Vanderhelde ?

Elle acquiesça, muette.

— Bonsoir. Vous montez ? finit-il par demander en voyant qu'elle ne bougeait pas.

Elle n'en croyait pas ses yeux. Samuel lui avait vraiment commandé un taxi. Elle frissonna, plus sous l'effet de l'émotion que du froid, et ouvrit la portière.

— Je vais…, commença-t-elle en s'installant sur la banquette arrière.

— … rue de la Chine, la coupa le chauffeur en s'insérant dans la circulation.

L'adresse de Samuel. Tant pis pour ses réflexions vestimentaires, il la verrait dans sa tenue de travail du jour : un jean, des bottes, une blouse et un gilet. *So be it*, se dit-elle, fataliste.

Elle téléphona à Clara pour embrasser Elizabeth, puis se laissa bercer par le ronronnement et la chaleur de la voiture, oubliant pour un temps le manque de sommeil, le froid et les soucis, tandis que le taxi roulait silencieusement dans la nuit parisienne.

Vingt minutes plus tard, le taxi se gara en bas de chez Samuel. Emilie était sur le point de sortir son porte-monnaie de son sac, mais le chauffeur l'arrêta d'un geste.

— La course est payée. Bonne soirée.

— Bonne soirée, répondit-elle, un peu interdite.

Elle se demandait si Samuel agissait comme ça avec toutes les femmes qu'il invitait à dîner ou si cet accès chevaleresque lui était uniquement réservé.

Arrête de te prendre la tête, s'ordonna-t-elle en faisant défiler les noms sur l'interphone pour trouver celui de Samuel.

Il répondit instantanément.

— Oui ?

— C'est Emilie.

— Cinquième.

— Cinquième ? Pitié, dites-moi que vous avez un ascenseur.

Elle l'entendit rire.

— Oui, répondit-il en lui ouvrant la porte.

Le temps d'arriver au cinquième, Emilie avait pu faire la liste de tout ce qui n'allait pas dans son apparence grâce au miroir placé dans la cabine de l'ascenseur. Elle était pâle, avait les yeux cernés et sa blouse fleurie lui rajoutait cinq kilos, ce dont elle n'avait vraiment pas besoin. Elle venait de prendre la ferme résolution de redemander à sa mère le numéro de téléphone de son nutritionniste, lorsque la cabine s'immobilisa. Elle n'eut pas le temps d'ouvrir la porte, Samuel le fit pour elle.

— Bonsoir.

— B-bonsoir, répondit-elle, déconcertée.

Il portait une chemise noire dont les deux premiers boutons étaient ouverts et un pantalon de costume de la même couleur. Il avait les cheveux en bataille et le sourire désarmant : Emilie le trouva beau comme un dieu grec. Enfin un dieu grec habillé. La pensée de l'éventuelle nudité des dieux était un terrain sur lequel Emilie ne voulait définitivement pas s'aventurer, mais c'était trop tard et elle rougit comme une adolescente. Samuel se pencha pour lui faire la bise et elle inspira, l'air de rien, le délicieux parfum qui était le sien et qu'elle reconnaîtrait désormais les yeux fermés. Il posa la main au creux de ses reins pour la guider vers la porte ouverte de son appartement et ce contact la fit frémir, malgré ses trois épaisseurs de vêtements.

Ils furent accueillis par une délicieuse odeur de sauce tomate.

— Oups, il faut que je baisse le gaz, annonça Samuel en refermant la porte. Mettez-vous à l'aise, faites comme chez vous, dit-il en disparàissant derrière le bar de la cuisine américaine.

Emilie obéit et se débarrassa de son manteau et de son écharpe, qu'elle accrocha à la patère de l'entrée. Elle le rejoignit dans le coin cuisine, où Samuel s'affairait à déboucher une bouteille de vin.

— Merci pour le taxi. C'était vraiment une très gentille attention, dit-elle en s'accoudant au bar face à lui.

— Mais de rien. Je me suis dit que vous alliez avoir une rude journée et que je vous empêchais de rentrer chez vous ; c'était le moins que je puisse faire. Vous aimez le vin rouge ? demanda-t-il en sortant deux immenses ballons.

— Oui, répondit Emilie. C'est quoi ?

— Du valpolicella. J'ai préparé un repas italien. Ça vous va ? s'enquit-il, l'air soudain inquiet.

— Parfaitement. J'ai une tendresse particulière pour la cuisine italienne. Et chinoise. Et indienne. Et japonaise.

Il se mit à rire.

— C'est bien, vous êtes une femme facile à satisfaire. Et ce conseil de classe, alors ?

— *Same old, same old.* Les collègues se plaignent, les parents prennent des notes, je bâille. Avec discrétion, bien sûr. J'ai beaucoup d'entraînement.

— Je pense que vous êtes un professeur atypique, madame Vanderhelde, dit-il en lui tendant un verre de vin. Quand Louis me racontait vos cours, j'avais envie d'y assister.

— Louis vous racontait mes cours ? demanda Emilie, stupéfaite.

— Oui. C'est si surprenant que ça ?

Samuel lui tourna le dos pour remuer quelque chose dans une cocotte.

— Etant donné que c'était un ado de 16 ans, oui. A cet âge-là, on ne raconte pas ce qui se passe en cours à ses parents, à moins que le prof ne raconte les détails croustillants de sa vie.

— Je peux vous assurer que Louis ne m'a jamais raconté votre vie. (Samuel se retourna vers elle, une spatule de bois à la main.) En revanche, je crois qu'il se souviendra longtemps de votre cours sur *Alcools*. Vous lui avez fait découvrir la poésie, Emilie, et je vous en serai éternellement reconnaissant.

Elle dissimula sa gêne en buvant une gorgée de vin.

— Vous n'aimez pas les compliments, n'est-ce pas ?

Elle leva brusquement la tête. Il la dévisageait, indéchiffrable.

— Le vin est délicieux, dit-elle pour toute réponse.

Il se mit à rire.

— Passons à table.

Cette dernière était sobrement dressée dans le coin salle à manger. Emilie constata avec soulagement qu'il n'y avait ni fleurs ni bougies : Samuel n'était manifestement pas un homme de clichés. C'était en revanche un excellent cuisinier et Emilie apprécia le choix du menu. Elle aurait été vaguement vexée s'il lui avait servi une salade verte et du poisson.

— Mmm, ce risotto est juste sublime, je me retiens pour ne pas gémir de plaisir, là.

Samuel la dévisagea intensément et Emilie, soudain consciente du sens que pouvait prendre sa remarque, devint aussi écarlate que le vin qu'elle avait dans son verre. Samuel découpa un morceau d'osso-buco.

— Je suis ravi de l'effet que vous fait ma cuisine, répondit-il, un sourire en coin.

Emilie remarqua pour la première fois qu'il avait des cils incroyablement longs.

— Parlez-moi de votre fille, reprit-il. Comment s'appelle-t-elle ?

— Elizabeth, dit Emilie, soulagée par le changement de sujet.

C'était la deuxième fois qu'il rattrapait une de ses bévues et elle lui en était reconnaissante.

— Avec un « z », à l'anglaise, poursuivit-elle.

— Il y a une raison à cette orthographe ?

— Une raison qui s'appelle *Orgueil et Préjugés*, avoua Emilie, qui espéra qu'il ne la trouverait pas idiote d'avoir nommé sa fille en hommage à un personnage de roman.

— Joli choix, commenta Samuel. Bon roman, même si Jane Austen n'est pas mon auteur britannique préféré.

— Ce n'est pas le mien non plus.

— Allez, vous avouez le vôtre et j'avoue le mien, proposa-t-il en souriant et en lui resservant du vin.

— Vous d'abord.

— On peut jouer à ce jeu-là toute la soirée. Je suis un homme très patient.

Il avait de nouveau son expression indéchiffrable, assortie de son sourire en coin, celui qui faisait frémir Emilie.

— OK. Mon préféré, c'est Dickens. A vous.

— *Idem*.

— Quel roman ? Et cette fois-ci, vous êtes obligé de répondre en premier.

— *La Maison d'Apre-Vent.* Et vous ?

— *Un conte de deux villes.* Ce n'est objectivement pas son meilleur mais, la première fois que je l'ai lu, j'ai sangloté comme une perdue à la fin. J'étais dans le métro, mes voisins me regardaient comme si j'étais une bête curieuse, c'était n'importe quoi.

Samuel ne répondit pas et la dévisagea avec une telle force qu'elle sentit ses genoux chanceler alors même qu'elle était assise.

— J'ai quelque chose sur le nez ? demanda Emilie en frottant l'appendice en question.

— Non. J'allais vous faire un compliment, mais comme vous n'aimez pas ça, je me suis retenu. Vous aimez le tiramisu ? s'enquit-il avant qu'elle n'ait eu le temps de réagir.

— Oui.

Il disparut deux secondes derrière la porte de son frigo et revint avec deux ramequins.

— Avec tout ça, je ne sais rien de plus sur votre fille. Elle est en CM1 ?

— CM2. Elle a sauté la grande section de maternelle. Je n'étais pas vraiment pour, mais l'institutrice a été très persuasive et son père était d'accord, j'ai fini par m'incliner.

— Pourquoi n'étiez-vous pas d'accord ?

— Je pense que le décalage entre le développement intellectuel et le développement psychologique chez ces enfants peut nuire à leur intégration auprès d'élèves plus âgés. Et se pose le problème de la suite des études : en général, ils n'ont pas le choix et sont obligés de choisir une voie scientifique parce que la voie littéraire demande plus de maturité.

— En tant qu'ancien enfant précoce à qui on a fait sauter une classe, je ne peux qu'être d'accord avec vous.

— Vous avez fait des études scientifiques ? dit Emilie, étonnée.

— J'ai fait Centrale.

— Et la traduction ?

— Une passion plus tardive, qui est arrivée un peu par hasard. Comment votre fille vit-elle son avance scolaire ?

— Pour l'instant bien, parce qu'elle est très sociable. Mmm, ce tiramisu était divin, dit Emilie en reposant sa cuillère avec un soupir de satisfaction.

— Vous êtes décidément une femme pour qui il fait bon cuisiner, commenta Samuel en souriant. Un café ?

— Evidemment.

— Filtre ou expresso ?

— Oh ! Vous avez une machine à expressos ? Je peux voir ? demanda Emilie en se levant de table pour le suivre dans la cuisine. J'ai bien envie d'en acheter une. D'un autre côté, j'aime le café à l'américaine, très allongé, alors je ne sais pas si… Quoi ? dit-elle, s'apercevant que Samuel la regardait fixement.

— J'ai terriblement envie de vous embrasser.

Emilie se rendit soudain compte qu'il était tout près d'elle. Elle était acculée contre le plan de travail et il se tenait à quelques centimètres. Elle inspira profondément et son odeur, si masculine, lui monta à la tête.

— Je…

Il se rapprocha encore, jusqu'à la frôler. Emilie sentit sa bouche s'assécher.

— Je…

— Chhhhhhut, ordonna-t-il en lui caressant légèrement la joue. Arrêtez de penser.

Il se pencha et ses lèvres effleurèrent les siennes. Emilie frémit. Il mit une main sur sa taille et posa doucement sa bouche contre la sienne. Elle gémit et entrouvrit les lèvres. Comme si c'était la permission qu'il attendait, Samuel fit alors glisser sa main sur la nuque d'Emilie pour la tenir plus fermement et il l'embrassa profondément, lentement. Elle fit remonter ses mains dans le dos de Samuel et s'abandonna tout entière à son étreinte, répondant à son baiser avec une fougue qu'elle ne voulait pas contrôler. Leur baiser changea alors d'intensité, il devint plus exigeant, plus affamé, et quand ils finirent par se séparer, à bout de souffle, Emilie chancela. Elle avait l'impression de s'être liquéfiée au contact de cet homme.

Mon Dieu. Soit je perds la mémoire, soit je n'ai jamais été embrassée comme ça.

Samuel avait l'air aussi secoué qu'elle. Il la lâcha et recula soudain.

— Je…

— Je…

Il sourit, de ce sourire en coin qu'elle aimait tant.

— Je crois que j'allais faire du café.

— Je… je crois que je vais rentrer, bafouilla-t-elle. Il est tard, ajouta-t-elle en cherchant à le contourner pour regagner l'entrée.

— Emilie, attendez. (Il l'attrapa par le bras mais elle se dégagea gentiment.)

— Merci pour le dîner, c'était… parfait.

— Emilie, attendez, je…

Mais elle avait déjà enfilé son manteau, récupéré son sac et ouvert la porte.

— Merci encore. Pour tout, dit-elle en s'enfuyant par l'escalier.

Chapitre 9

Samuel referma lentement la porte de son appartement et s'y adossa. Mais qu'est-ce qui lui avait pris ? Il avait décidé de ne pas la brusquer et voilà qu'il s'était jeté sur elle avec toute la délicatesse d'un adolescent excité. Pas étonnant qu'elle ait pris peur. Il pensait avoir plus de maîtrise de lui que ce qu'il venait de montrer, mais sa présence, chez lui, dans sa cuisine, s'était révélée… irrésistible. Voilà, c'était ça, elle était irrésistible. Son regard chaleureux, sa façon de parler, de bouger, de rougir, tout en elle l'attirait. Et s'il était tout à fait honnête avec lui-même, il était bien obligé de reconnaître qu'il n'avait pas éprouvé une si forte attirance pour une femme depuis des années. Depuis qu'il l'avait croisée à la librairie, elle occupait une bonne partie de ses pensées et fantasmes. La nuit dernière, il avait même rêvé d'elle avec une intensité suffisamment vive pour que, comme dans la chanson, les draps s'en souviennent. Et quand elle était dans les parages, il n'avait qu'une envie : la débarrasser de ses gilets trop grands et découvrir ce qu'elle cachait dessous. Il voulait lui faire l'amour jusqu'à ce qu'elle crie grâce. Il voulait la faire frémir, la faire gémir, la faire jouir. Il voulait l'entendre prononcer son prénom dans un soupir et se noyer dans ses yeux vert pâle. Et l'embrasser n'avait fait qu'aggraver les choses : elle avait été à la fois si tendre et si fougueuse entre ses bras, elle avait répondu à son baiser avec tant d'ardeur et de savoir-faire qu'il avait dû faire appel à tout ce qui lui restait de sang-froid pour s'empêcher d'aller plus loin.

Il secoua la tête, abasourdi par la force de ce qu'il ressentait. Son regard erra vers le portemanteau de l'entrée : elle avait oublié son écharpe. Il y enfouit son visage, respirant le délicieux parfum qui était le sien, secoué par des émotions qu'il n'avait pas éprouvées depuis longtemps.

Vivant. Il se sentait incroyablement vivant.

Il se rappela alors qu'il n'avait pas eu le temps de lui rendre ses gants. Il se demanda ce qu'elle lui abandonnerait la prochaine fois. S'il y en avait une.

Emilie, de son côté, descendit l'escalier aussi vite que le lui permettaient ses bottes à talons et déboucha dans la rue déserte, essoufflée.

Je suis une vraie gamine, se dit-elle en boutonnant son manteau et en s'orientant pour prendre la rue du bon côté. *On pourrait croire qu'à mon âge, quand un homme m'embrasse, je réagisse avec un peu plus de naturel, mais non. N'importe quoi. Pourquoi est-ce que j'ai fui comme ça ? Je suis vraiment une idiote.*

Elle descendit la rue de la Chine jusqu'à l'avenue Gambetta, en proie à la plus grande confusion. Ce baiser avait été bouleversant, il n'y avait pas d'autre mot. Elle n'avait jamais été embrassée comme ça, par personne, même pas par Diego. C'était un baiser qui promettait des ébats passionnés et des étreintes moites, des caresses enflammées et des plaisirs torrides, tout ce dont elle était privée depuis des mois et que son corps, comme au sortir d'un long hiver, réclamait, affamé.

Il fallait se rendre à l'évidence : pour la première fois depuis longtemps, elle avait envie d'un amant. C'était la révélation de son propre désir, puissant, presque effrayant, qui l'avait précipitée hors de chez Samuel.

Qui devait à l'heure actuelle la prendre pour une folle.

Frigorifiée, Emilie remonta le col de son manteau, pêcha ses gants dans ses poches et farfouilla dans son sac à la recherche de son écharpe. Qu'elle ne trouva pas. Et pour cause.

Par le marteau de Thor, se dit-elle en soupirant. *Il va me prendre pour le Petit Poucet.*

Le lendemain matin, Emilie se réveilla avec un mal de gorge lancinant et le souvenir vivace des lèvres de Samuel sur les siennes. Elle avala deux Advil pour calmer le premier et entama un ménage en profondeur de la cuisine pour oublier le second.

Clara la découvrit, à 8 heures, debout sur une

chaise en train de nettoyer les placards, qu'elle avait entièrement vidés.

— Ouh là ! Ça s'est si mal passé que ça, hier soir ? demanda-t-elle en mettant la bouilloire en route.

— Je ne veux pas en parler, répondit Emilie en rinçant son éponge. Hier soir n'existe pas et n'a jamais existé.

Elle jeta un coup d'œil rapide par-dessus le bar américain pour vérifier que la porte du salon était bien fermée.

— Il m'a embrassée.

— Hein ? (De surprise, Clara lâcha son sachet de thé.) Raconte ! Je veux tout savoir. En commençant par le début. Où, quand, comment, et encore comment.

— Dans sa cuisine, après le dîner, torride, j'ai failli m'évanouir.

Clara la regarda, le sachet récupéré en suspens au-dessus de son mug, incrédule.

— Pour de vrai ?

Emilie hocha la tête.

— Pour de vrai de vrai ? Comme dans une romance ?

— Je ne sais pas, je ne lis pas de romances, lui rappela Emilie en rangeant les verres sur l'étagère propre. C'était juste incroyable, poursuivit-elle. J'avais l'impression que j'étais en caoutchouc et que je n'avais subitement plus de genoux.

— Veinarde ! lança Clara. Et après ?

— Après, j'ai fui lâchement.

Emilie descendit de sa chaise et se mit à ranger les casseroles dans le placard sous le plan de travail.

— *Too much*, hein ? demanda Clara en remuant son thé.

— Complètement *too much*. J'ai passé des mois sans avoir même envie d'un mec, et voilà que débarque cet ultra-beau gosse qui embrasse comme un dieu et qui me fait un effet pas croyable. J'ai eu la trouille, je suis partie.

— Tu as eu des nouvelles de lui ?

— Je ne sais pas.

Clara la regarda d'un air inquisiteur.

— J'ai peur de regarder mon portable, expliqua Emilie en se redressant pour contempler son œuvre.

La cuisine rutilait comme jamais.

— Si ce n'est que ça, je peux le faire pour toi, proposa Clara.

— Et s'il ne m'a pas écrit ? Ou pire, s'il m'a écrit ?

— Il n'y a qu'une façon de le savoir, dit son amie. Où est ton portable ?

— Dans mon sac.

— Tu ne l'as pas sorti depuis hier soir ? Eh ben, ce baiser a vraiment dû être quelque chose, commenta Clara en récupérant l'iPhone d'Emilie dans le sac qu'elle avait laissé sur le canapé en rentrant la veille au soir.

Cette dernière s'affaira à préparer du café.

— Tu as un texto de Samuel ! s'exclama Clara en lui tendant le portable.

— Qu'est-ce qu'il dit ?

— Je ne sais pas. Je crois que c'est plutôt à toi de me le dire, non ? Allez, arrête de faire la gamine, insista Clara.

Emilie prit le téléphone à contrecœur.

Vous avez oublié quelque chose chez moi. Si j'avais un ego plus démesuré, je penserais que vous le faites exprès pour me revoir. Puis-je passer vous le rendre ? Je vous embrasse. S.

P-S : Merci pour le délicieux deuxième dessert.

— Alors ? Alors ?

Clara attendait, impatiente.

— Tiens, lis toi-même.

Elle ne se fit pas prier.

— Oh ! Emilie, c'est trop mignon ! Tu vas dire oui, bien sûr ?

— Je ne sais pas, dit Emilie en soupirant. J'ai beaucoup de choses à faire et il faut que je mette un peu d'ordre dans mes pensées avant de le revoir.

La porte du salon s'ouvrit sur Elizabeth, et Clara changea de sujet. *Thank God*, pensa Emilie en se servant sa troisième tasse de café.

Chapitre 10

Pendant qu'Emilie briquait sa cuisine comme si sa mère allait venir en faire l'inspection, Samuel enfilait ses baskets pour aller courir aux Buttes-Chaumont avec Guillaume, comme tous les samedis depuis un an.

Les deux hommes se connaissaient depuis toujours. Leurs parents étaient des amis d'enfance et leurs fils avaient perpétué cette amitié avec une facilité que ni leurs parcours scolaires, ni leurs choix de vie respectifs n'avaient pu mettre à mal. Guillaume était ingénieur en informatique, père de quatre enfants, et il habitait le 19e arrondissement depuis des années, ce qui avait fait des Buttes-Chaumont leur lieu de jogging évident, même s'il fallait pour cela braver les nombreux dénivelés.

Comme par miracle, il ne pleuvait pas ce matin-là, Samuel décida donc de gagner le parc à pied, prenant cela comme une séance d'échauffement. Après vingt minutes de marche à un rythme soutenu, il retrouva Guillaume qui s'échauffait à l'entrée principale en face de la mairie.

— Il fait un froid de canard, se plaignit ce dernier avant même de saluer Samuel. Je ne sais pas pourquoi on court dans ces conditions.

— Toi, je ne sais pas, mais moi, je sais. Je cours pour rester jeune et beau, le taquina Samuel.

— T'as raison, il te faut au moins ça. Alors que moi, je suis jeune et beau naturellement.

— Et rapide, ajouta Samuel en se mettant à courir.

— Eh, attends, je suis pas chaud !

— Ah bon ? Ce n'est pas le bruit qui court.

Et Samuel accéléra.

Il aimait courir. C'était une activité à laquelle il s'adonnait avec sa femme, le dimanche matin. Il avait cru que s'y remettre ne ferait que raviver des souvenirs douloureux, mais ça n'avait pas été le cas. Il avait rapidement retrouvé de vieux automatismes et la course lui vidait la tête, ce qui, pour un homme cérébral comme lui, était inespéré. C'est en général dans ces moments-là qu'il résolvait un épineux problème de traduction. Guillaume, lui, courait surtout pour échapper à un appartement qui contenait trop d'enfants et pas assez de pièces. C'était un père attentionné et un mari aimant (et *vice versa*), et les deux heures qu'il volait à son emploi du temps surchargé tous les samedis lui permettaient de tenir le cap dans une mer de devoirs liés à la paternité.

— Comment vont Mia et les enfants ? demanda Samuel quand Guillaume le rejoignit.

Ils couraient toujours sur un rythme qui permettait

tout de même la conversation, histoire de remplacer les apéros, pour lesquels Guillaume, père d'un bébé de 8 mois, ne pouvait plus se libérer aussi facilement.

— Bien, bien, mis à part que Faustine fait ses dents, du coup on ne dort plus depuis deux jours.

— Et le boulot, ça va mieux ?

— Pas vraiment. Je crains qu'il n'y ait une charrette d'ici la fin de l'année.

— Bonjour le cadeau de Noël. Pourquoi tu ne cherches pas ailleurs ? Tu trouverais sans problème.

— Tu me connais, je suis un flemmard doublé d'un routinier. Je ne chercherai que si je me fais virer.

— Je ne sais pas comment tu fais pour être aussi zen, avec une femme et quatre enfants.

— Comme disait mon paternel : « Inutile de crier avant d'avoir mal. » On verra.

Les deux hommes se turent quelques minutes, histoire de négocier une pente particulièrement ardue.

— Et toi ? reprit Guillaume. Quoi de neuf ?

Samuel ne répondit pas tout de suite. Il ne savait pas exactement ce qu'il avait envie de dire à Guillaume.

— Niveau boulot, rien.

— Et niveau le reste ? dit Guillaume, hors d'haleine. Putain, cette pente est rude.

— Pas plus que la semaine dernière.

— Je crois que si. Tu ne penses pas qu'ils modifient les pentes d'une semaine sur l'autre pour nous faire chier ?

— Si, si, bien sûr.

La foulée de Samuel était toujours aussi régulière et, comme d'habitude à cet endroit du parcours, Guillaume se mit à peiner. Samuel ralentit un peu et ils parcoururent quelques centaines de mètres sans parler.

— Je pense que je vais cracher un poumon, annonça Guillaume. On fait une pause ?

— Si tu veux, répondit Samuel en courant sur place, histoire de ne pas se couper les jambes.

Guillaume s'arrêta et posa les mains sur ses cuisses en soufflant bruyamment.

— Je ne sais pas comment tu fais pour être aussi en forme.

— Je n'ai pas de bébé qui me réveille deux fois par nuit.

— Pas faux. Je te le dis, la paternité passé 40 piges, c'est pas facile tous les jours. Entre Faustine qui fait ses dents et Thomas qui est en pleine crise d'adolescence, c'est le zoo à la maison. Je comprends les quadras qui plaquent tout, tu sais.

Samuel le regarda avec inquiétude.

— Tu essaies de me dire quelque chose ?

— Non, non, j'aime trop Mia pour l'abandonner à tous ces petits monstres suceurs de sang. Mais une semaine tous les deux loin de tout ça ne nous ferait pas de mal. Allez, on repart maintenant, sinon je ne pourrai pas faire un pas de plus, dit-il en redémarrant lentement.

Samuel lui emboîta le pas.

— Au fait, reprit Guillaume après quelques mètres, tu n'as pas répondu à ma question.

Samuel répondit sans se faire prier.

— Eh bien, figure-toi que j'ai rencontré quelqu'un.

De surprise, Guillaume s'arrêta net.

— Hein ?

Comme Samuel n'avait pas cessé de courir, il fut obligé de piquer un sprint pour le rattraper.

— Putain, tu ne peux pas m'annoncer ça comme ça !

— Et comment veux-tu que je te l'annonce ? Par lettre recommandée ?

— Ne fais pas le mariole. Qui est-ce ?

— L'ancienne prof de français de Louis.

— Non ? Celle que tu trouvais super jolie ?

— Elle-même.

Samuel se souvenait avoir fait une ou deux remarques sur Emilie quand Louis était en Première.

— Tu l'as recroisée où ?

— A la librairie.

— Y a que toi pour trouver une nana dans une librairie. En même temps, le ratio joue en ta faveur, non ? Combien de mecs fréquentent les librairies ?

— Je ne sais pas, mais je compte sur toi pour dénicher sur Internet une étude américaine qui nous donnera la réponse.

— Elle est toujours aussi canon ?

Samuel se dit que la confiance de Guillaume, qui n'avait jamais croisé Emilie de sa vie, lui faisait chaud au cœur.

— Encore plus qu'avant. Elle a une espèce de vulnérabilité que je n'avais pas remarquée.

— En même temps, tu ne l'avais vue qu'au lycée, sur son terrain. On marche ? proposa Guillaume d'un ton qu'il voulait léger mais qui avait tout de la supplique.

— Si tu veux.

— Tu en es où avec elle ?

— Pas bien loin. Un café, un dîner.

— Vous n'avez pas couché ?

— On s'est juste embrassés.

— Je suis vraiment content pour toi, Sam, franchement. Même si je suis déçu que ça n'ait pas marché avec Livia.

— Et Hélène. Et Julie. Et comment s'appelait la dernière déjà, Noémie ?

— Natacha. Ecoute, c'est mon job en tant que meilleur ami de te présenter des nanas même si tu n'as jamais daigné les inviter à prendre un café.

— On va dire que je n'étais pas prêt.

— Tu y mettais de la mauvaise volonté, c'est tout.

— C'est vrai que tu ne m'as présenté que des femmes merveilleuses.

— Attends, c'étaient toutes des canons.

— Livia était timbrée, Hélène dépressive, Julie aimait en secret un homme marié depuis des années et Noémie…

— Natacha, rectifia Guillaume.

— Natacha avait 17 ans.

— 25.

— C'est bien ce que je disais.

— On va dire que tu n'étais pas prêt. Et cette… comment elle s'appelle, en fait ?

— Emilie.

— Encore une victime de Philippe Chatel. Cette Emilie, donc, elle est comment, alors ?

— Belle…

— Tu l'as déjà dit.

— Intelligente, cultivée, drôle, un peu maladroite mais je soupçonne que c'est uniquement quand elle est stressée, enthousiaste, avec une belle voix, elle a des goûts vestimentaires charmants…

— « Des goûts vestimentaires charmants » ? Putain, tu es mordu, mon vieux.

— Je ne sais pas. Elle me plaît vraiment, mais je ne suis pas certain de vouloir me lancer dans une relation, je ne supporterais pas de repasser par tout ce que j'ai traversé.

Guillaume le regarda en silence.

— Une rupture, ce n'est pas un deuil, tu sais.

— Quelque part, si. Et puis je ne sais pas si je saurai aimer une autre femme comme j'ai aimé Marie.

— Je pense que les amours ne se ressemblent pas. Tu n'aimeras jamais une autre femme comme tu as aimé Marie, mais ça ne t'empêchera pas d'en aimer d'autres quand même. Tu ne vas pas t'interdire de vivre une histoire d'amour à cause de ça. Et puis, ce n'est pas à toi que je vais apprendre que la vie est courte. Par contre, tu risques d'être rouillé au pieu, mon vieux, poursuivit-il en lui donnant une petite tape sur l'épaule. Tu aurais vraiment dû coucher avec Noémie.

— Je croyais que c'était Natacha.

— Bah, c'est pareil.

Le samedi s'écoula à toute allure.

Emilie et sa fille passèrent une partie de la journée aux Halles à faire du shopping : parties pour acheter un nouveau manteau à Elizabeth, elles se retrouvèrent comme d'habitude avec tout un tas d'autres choses, dont un stock de cahiers pour Elizabeth ; depuis qu'elle avait découvert la *fanfiction* après avoir fini *Harry Potter*, elle en faisait une consommation effrénée. Sur un coup de tête, Emilie acheta un pantalon de fitness chez Go Sport en se disant qu'au pire elle le porterait pour traîner chez elle le dimanche. Elles déjeunèrent ensuite en tête à tête au restaurant japonais où elles avaient leurs habitudes, et Emilie en oublia pour un temps Samuel, Diego, le boulot, la fatigue, le mal de gorge et le froid.

Elles rentrèrent en fin d'après-midi. Emilie prépara du chocolat pour sa fille et du café pour elle, et elles se pelotonnèrent chacune sous un plaid pour regarder *La Momie* pour la énième fois. Elle s'endormit avant d'avoir fini sa tasse, roulée en boule contre l'accoudoir, bercée par le bavardage de sa fille, qui était incapable de regarder un film sans le commenter.

Quand elle émergea, la télé était éteinte et une odeur de tomate flottait dans l'air. Son mal de gorge avait empiré et elle se sentait un peu fiévreuse.

Elle rejoignit Clara et Elizabeth, qui garnissaient une pizza en bavardant.

— Tiens, voilà la Belle au bois dormant, dit Clara en levant les yeux de son ouvrage. Ouh, tu n'as pas l'air bien.

— J'ai mal à la gorge, rien de grave. Où est l'Advil ?

— A l'endroit où tu l'as laissé, certainement.

— Tiens, maman, intervint Elizabeth en lui tendant la boîte qu'elle avait trouvée sur le bar.

— Merci, ma chérie. A quoi est la pizza ? s'informa-t-elle en remplissant un verre d'eau.

— A tout ce qu'on veut. J'ai mis du jambon, du chorizo, des olives et du Kiri sur la mienne, et Clara a choisi aubergines et courgettes pour la sienne. Tu veux quoi, toi ?

— Tout sauf des courgettes. Œuf, jambon, fromage, aubergines et mozza, c'est possible ?

— Bien sûr, répondit sa fille. Je m'en occupe.

Laissant la cuisine aux mains des professionnelles, Emilie se réfugia dans son bureau. Elle relisait pour la troisième fois le même paragraphe dans un commentaire de Seconde consacré à la mort d'Hippolyte dans *Phèdre* (*Mais pourquoi est-ce que je leur donne à expliquer des trucs aussi affreux ?*) lorsque Clara frappa à la porte entrebâillée.

— C'est prêt, tu viens manger ?

— Avec plaisir, tout plutôt que de corriger des copies.

— Tu as répondu à Samuel ?

— Non, avoua-t-elle, un peu honteuse. J'ai même éteint mon portable.

— Il ne mérite pas ce silence, tu sais.

— Je sais. Je suis nulle. Mais j'ai honte de lui avoir faussé compagnie comme ça hier soir. Et j'ai peur de m'engager dans un truc trop grand pour moi.

— Réponds-lui. Trouve quelque chose. Tu n'auras pas ta pizza tant que tu ne l'auras pas fait.

Sur cette menace, elle tourna les talons.

Emilie ralluma son iPhone. Il y avait un deuxième texto de Samuel, reçu quelques minutes plus tôt.

Je ne veux pas vous importuner, dites-moi juste si vous allez bien. S.

Elle lui répondit tout de suite, histoire de ne pas se donner le temps de réfléchir.

Je me suis enrhumée, ça m'apprendra à oublier mon écharpe. Merci encore pour le dîner. Vous n'êtes pas qu'un cuisinier hors pair. Bise. Emilie.

Samuel contempla l'écran de son portable avec un ineffable soulagement. Elle ne lui en voulait pas. Il avait passé la journée à ronger son frein, incapable de se concentrer sur son travail, hésitant sur la conduite à tenir. Il mourait d'envie de l'appeler mais il ne voulait pas s'imposer ; le texto lui permettait de lui donner la distance dont elle avait manifestement besoin. Mais, en lisant le message d'Emilie, il ne put résister. Après tout, elle était libre de ne pas décrocher.

— Oui, Samuel ?

Elle avait la voix un peu voilée, et il s'en voulut de ne pas lui avoir couru après la veille au soir pour lui rendre son écharpe.

— Je voulais juste vérifier que vous étiez vraiment en vie et que ce n'était pas un robot qui avait envoyé ce texto.

Le rire d'Emilie s'acheva en quinte de toux et il cilla.

— Non, non, c'est vraiment moi.

— Je suis désolé pour hier soir.

— S'il y a quelqu'un qui doit s'excuser, c'est moi, répondit-elle. J'ai réagi comme une gamine.

Vous n'avez rien d'une gamine, avait-il envie de lui dire, en se souvenant de son corps tiède contre le sien.

— Et si on oubliait ça et qu'on recommençait à zéro ? proposa-t-il.

— Si vous voulez, dit Emilie, se rendant compte qu'elle n'avait absolument pas envie d'oublier ce qui s'était passé la veille.

— Ma proposition de cinéma tient toujours.

— Ma réponse aussi.

— Je vous rappelle alors. Soignez-vous bien.

— Merci, Samuel. Bonne soirée.

Il adorait la façon dont elle prononçait son prénom.

— Bonne soirée, Emilie.

Cette dernière raccrocha et découvrit que Clara la regardait de la porte, tout sourires.

— Si j'en crois le peu que j'ai entendu, tu as mérité ta pizza.

— Tu es trop bonne, répliqua Emilie en se levant.

— C'est effectivement ce que m'a dit le dernier mec avec qui j'ai couché.

Le rire d'Emilie se noya dans une quinte de toux.

Quand arriva le lundi matin, Emilie dut se rendre à l'évidence : ce qu'elle avait pris pour un simple refroidissement était plus que ça. Elle avait l'impression qu'on lui passait la gorge au papier de verre chaque fois qu'elle déglutissait, elle toussait sans arrêt, sa fièvre avait monté et elle avait une migraine épouvantable. Elle se leva à 6 heures comme tous les lundis, franchit avec difficulté le mètre qui séparait sa chambre de la salle de bains, et se laissa tomber sur le tabouret, où Clara la découvrit cinq minutes plus tard, grelottante.

— Merde, Emilie, ça ne va pas mieux ?

— C'est r-rien, j'ai juste de la fièvre, répondit-elle en claquant des dents. Et m-mal à la gorge, ajouta-t-elle en toussant à s'arracher un poumon.

— Tu ne peux pas aller bosser comme ça. Va te recoucher.

Voyant que son amie ne bougeait pas, Clara la força à se lever.

— Viens.

Elle la reconduisit dans sa chambre et la borda.

— Tu as pris quelque chose ?

— N-non.

— Je reviens.

Emilie plongea dans une torpeur dont elle ne sortit que le temps de prendre les cachets apportés par Clara. Elle entendit vaguement des bruits de voix, des pas, la porte d'entrée claquer et finit par s'endormir.

Quand elle émergea de nouveau, elle n'allait guère mieux, même si elle avait un peu moins froid. Elle tenta de se lever, mais abandonna, vaincue par les frissons. Clara fit alors son apparition.

— J'ai déposé Elizabeth à l'école, prévenu le lycée de ton absence et appelé le médecin, il passera dans la matinée.

— Tu n'aurais pas dû lui demander de venir, j'aurais pu aller au cabinet.

— Mais bien sûr. Et attendre une heure dans la salle d'attente. Tu veux que je te fasse un thé avant de partir ?

— Une théière plutôt. Avec plein de sucre.

Clara revint quelques minutes plus tard avec une thermos remplie de thé et un mug.

— Tiens, je t'ai apporté aussi ton portable, histoire que tu puisses m'appeler s'il y a quoi que ce soit. Paul commence à bosser aujourd'hui, je ne serai pas toute seule. N'hésite pas à me téléphoner, je peux être là en cinq minutes. (Elle lui tendit l'iPhone.) Il a sonné plusieurs fois ce matin.

Emilie tremblait trop pour attraper le portable.

— Dis-moi qui a appelé.

Clara déverrouilla le portable.

— Tu as deux textos de Samuel. Je les lis ?

Emilie acquiesça.

— Il s'inquiète de ta santé.

— Dis-lui que je vais mieux.

Clara la regarda comme si elle était folle, mais se contenta de pianoter sur l'écran sans répondre.

— Je m'en vais, il est déjà 10 heures. J'irai chercher Elizabeth ce soir, ne t'inquiète pas pour elle. Et ne fais pas de folie avant d'avoir vu le médecin. Promets-le-moi.

— Promis, maman.

— Si tu es sarcastique, je suis rassurée, c'est que tu n'es pas à l'article de la mort.

Sur ces mots, Clara tourna les talons et Emilie dériva lentement dans un sommeil léger et agité dont elle fut tirée par la sonnette. Elle se leva, dans un état second, se traîna jusqu'à l'entrée et appuya sur le bouton de l'interphone sans prendre la peine de vérifier l'identité de son visiteur.

Elle attendit, les jambes flageolantes, adossée au mur de l'entrée, que quelqu'un frappe à la porte, ce qui se produisit deux minutes plus tard.

Elle ouvrit et se trouva nez à nez avec Samuel.

— Samuel ? Mais qu'est-ce que vous faites ici ? demanda-t-elle du filet de voix qu'il lui restait.

— Je viens vérifier que vous allez vraiment mieux.

— Mais comment savez-vous ? Clara me le paiera, menaça-t-elle.

— Vous penserez à tous les moyens de vous venger quand vous serez rétablie, répondit-il en refermant la porte derrière lui. Où est votre chambre ?

— Ce n'est pas bien de vouloir profiter d'une femme malade.

— Je croyais que vous alliez beaucoup mieux, rétorqua-t-il en la saisissant par le coude pour l'empêcher de vaciller. Votre chambre, reprit-il.

Elle obtempéra et remonta le couloir jusqu'à sa porte.

Il la recoucha sans un mot et se dirigea vers la fenêtre. Il tendit la main pour fermer les doubles rideaux.

— Non. Je n'aime pas le noir.

Il interrompit son geste et se rapprocha d'elle.

— Dormez, ordonna-t-il en lui caressant les cheveux. Je reste là.

Cette fois-ci, elle lui obéit sans discuter.

Elle fut réveillée par une main fraîche sur sa joue. Il lui fallut un moment avant d'entendre la voix qui allait avec.

— Emilie ? Emilie, le médecin arrive, dit gentiment Samuel.

Elle ouvrit les yeux et le vit disparaître. Il revint un instant plus tard en compagnie du Dr Borrel.

— Bonjour, madame Vanderhelde. Qu'est-ce qui vous arrive ?

Samuel avait quitté la chambre et fermé la porte derrière lui.

— Je n'ai rien du tout, juste un refroidissement.

— On va vérifier ça.

Il se révéla, après auscultation, que ce n'était pas un rhume mais une bronchite particulièrement virulente.

— Le médecin m'a donné l'ordonnance, annonça Samuel après l'avoir raccompagné. Je vais faire un saut à la pharmacie. Surtout, restez couchée.

— Ma carte Vitale est dans mon sac. Prenez-la.

— Ne vous souciez pas de ça. Je reviens tout de suite. Je peux prendre la clé qui est sur le bar ?

Elle acquiesça, les yeux fermés.

Samuel descendit les trois étages au pas de course. Il ne voulait pas la laisser trop longtemps seule, elle était capable de se lever et de se mettre en tête d'aller travailler. Quand il avait reçu le texto de Clara lui disant qu'Emilie était malade et qu'elle craignait qu'elle ne se lève pour aller bosser malgré tout, il avait immédiatement laissé de côté ce qu'il était en train de faire pour passer la voir. Elle allait encore plus mal que ce qu'il redoutait. Il ne voulait pas analyser les sentiments qui l'avaient saisi quand elle avait ouvert la porte, frissonnante de fièvre. Il avait simultanément eu envie de la soigner et de la gronder de s'être levée pour lui ouvrir la porte, ce qui était, il l'admettait sans peine, parfaitement ridicule. Et la façon dont elle lui avait demandé de ne pas fermer les rideaux lui avait, contre toute attente, serré le cœur. Il se demandait ce que pouvait bien receler l'obscurité pour qu'elle en ait peur, comme une enfant.

Pendant l'heure qu'il avait passée à attendre le médecin, il avait tenté de se cantonner dans le salon-cuisine et de ne pas jeter un œil aux autres pièces, mais la tentation avait été trop forte : il voulait voir comment vivait la jeune femme. L'appartement était très grand, à vue de nez plus de cent mètres carrés, tout en longueur. A côté de la chambre blanche encombrée de livres d'Emilie, il avait découvert une chambre d'enfant, elle aussi pleine de livres. Un long couloir desservait l'appartement et séparait la salle de bains du salon-salle à manger-cuisine, une pièce immense dont les trois fenêtres donnaient sur la rue. A côté, il y avait une troisième chambre, aux murs rouge vif, qui ne pouvait être que celle de Clara et qui donnait sur l'entrée, comme la dernière pièce, qui était manifestement un bureau. Celui d'Emilie.

Malgré sa résolution de se contenter de jeter un coup d'œil depuis le seuil, il n'avait pu résister à la tentation et était entré. Trois murs disparaissaient derrière des bibliothèques IKEA blanches qui débordaient littéralement. Elles ne contenaient que des livres. Ni bibelots ni photos. Il n'avait pas détecté de système de classement : les livres étaient rangés les uns à côté des autres dans un ordre qui lui parut aléatoire. Il avait remarqué une prédominance de romans anglo-saxons, de classiques français et de très nombreux ouvrages critiques. Son regard avait été attiré par une étagère sur laquelle s'entassaient des documents reliés.

Je ne devrais pas regarder, s'était-il dit, *je n'en ai pas le droit.*

Mais la curiosité avait été la plus forte. Ces documents étaient des travaux de recherche. Il avait découvert qu'Emilie avait écrit une thèse sobrement intitulée « L'insulte en littérature », ce qui l'avait fait sourire. Sur la même étagère, il y avait de nombreux actes de colloques. Il avait rapidement parcouru leurs sommaires : Emilie avait participé à tous ces colloques, et ses communications étaient publiées dans ces actes. Il avait jeté un coup d'œil aux dates de parution : la plus récente avait cinq ans.

Il avait alors détourné son attention des bibliothèques et contemplé le bureau gigantesque qui trônait quasiment au milieu de la pièce. C'était un meuble rouge, étrangement conçu, un peu tarabiscoté, bourré de tiroirs et surchargé de papiers, de dossiers, de stylos et de bibelots. Le moins que l'on puisse dire, c'est que la conception de l'ordre d'Emilie était toute personnelle.

En attendant que le pharmacien rassemble les remèdes prescrits par le Dr Borrel, Samuel se demanda pourquoi Emilie avait abandonné la recherche universitaire. Il se demandait aussi ce qui s'était passé avec son ex et pourquoi ils s'étaient séparés.

Le sac de la pharmacie à la main, il remonta rapidement chez la jeune femme. Muni des médicaments et d'un verre d'eau, il s'arrêta dans l'encadrement de la porte de la chambre d'Emilie. Cette dernière dormait, roulée en boule sous sa couette comme pour garder le plus de chaleur possible. Ses cheveux indisciplinés, d'un roux flamboyant, étalés sur l'oreiller, formaient un contraste saisissant avec la pâleur de sa peau. Sa respiration était saccadée et ses paupières frémissaient. A sa grande surprise, la voir ainsi éveillait tous les instincts protecteurs de Samuel, ceux qu'il croyait avoir perdus depuis longtemps. Il se rapprocha et posa une main légère sur son front : elle avait toujours de la fièvre.

— Emilie ? appela-t-il doucement en s'asseyant sur le bord du lit.

Elle bougea et gémit.

— Emilie, il faut prendre vos médicaments, dit-il en lui caressant les cheveux.

Elle ouvrit les yeux.

— Ah, vous voilà.

— Vos médicaments.

Il lui tendit les cachets et un verre d'eau, et l'aida à se redresser.

— Merci.

Elle avala les comprimés et se rallongea.

— C'est gentil d'être allé à la pharmacie. Je suis désolée de vous embêter comme ça. Surtout que je n'ai pas grand-chose.

— Ce n'est pas ce qu'avait l'air de penser le médecin.

— Il est comme ça, il exagère toujours. C'est

juste une petite bronchite de rien du tout. Un peu de repos et il n'y paraîtra plus.

Samuel se dit qu'il ne servait à rien de discuter avec une femme délirante.

— Vous voulez que je vous refasse du thé ?

— Vous êtes gentil, mais je ne veux pas vous retenir, vous avez certainement mieux à faire de votre journée.

— Il se trouve que non, déclara-t-il en saisissant la thermos que Clara avait posée sur la table de nuit. Vous voulez autre chose ?

— Une paire de poumons neufs.

Et elle ferma les yeux.

Samuel fit du thé, qu'il sucra beaucoup et qu'il versa dans la thermos. Il ouvrit le frigo à la recherche de quelque chose qu'elle pourrait manger, mais n'y trouva rien de comestible pour une femme dans son état. Une rapide inspection des placards lui révéla que l'intérêt premier de Clara et d'Emilie ne devait pas être les fourneaux. Il n'y avait même pas de quoi faire un bouillon.

Il lui apporta la thermos. Elle ouvrit les yeux en l'entendant entrer dans la chambre.

— Merci. Vous pensiez vraiment ce que vous disiez tout à l'heure ?

— A quel propos ?

— Que vous n'aviez rien à faire cet après-midi ?

— Oui.

— Ça ne vous ennuie pas de rester encore un peu avec moi, alors ?

Elle lui posa la question d'un air détaché, mais il sentit toute la vulnérabilité qui était en elle.

— Bien sûr que non.

Il jeta un coup d'œil circulaire dans la pièce, pour trouver un endroit où s'asseoir. Un fauteuil se tenait non loin du lit, près de la fenêtre, enseveli sous les livres et les gilets.

— Allez-y, faites comme chez vous, lui dit Emilie, qui avait suivi son regard.

Il débarrassa le siège et s'assit, prenant machinalement le premier bouquin sur le haut de la pile qu'il avait déplacée.

— Vous aimez lire à haute voix ? demanda Emilie.

Il la regarda, surpris.

— Je ne sais pas, c'est une activité que je ne pratique pas. Vous aimez qu'on vous fasse la lecture ?

— Terriblement.

Il retourna le bouquin qu'il avait en main pour lui montrer la couverture.

— Partante pour *Romances sans paroles* ?

Elle acquiesça, les yeux fermés.

Il ouvrit le recueil au hasard.

C'est l'extase langoureuse,
C'est la fatigue amoureuse,
C'est tous les frissons des bois
Parmi l'étreinte des brises,
C'est, vers les ramures grises,
Le chœur des petites voix.
O le frêle et frais murmure !
Cela gazouille et susurre,

Cela ressemble au cri doux
Que l'herbe agitée expire…
Tu dirais, sous l'eau qui vire,
Le roulis sourd des cailloux.
Cette âme qui se lamente
En cette plainte dormante,
C'est la nôtre, n'est-ce pas ?
La mienne, dis, et la tienne,
Dont s'exhale l'humble antienne
Par ce tiède soir, tout bas ?

Il y eut un silence.

Qui s'éternisa.

Il osa enfin relever les yeux du livre.

Emilie le regardait avec intensité, et dans ses yeux vert pâle apparaissait toute une palette d'émotions qu'il ne sut déchiffrer.

— C'est un beau poème, dit-il platement.

— Vous avez une belle voix, s'entendit répondre Emilie, qui mit cette remarque sur le compte de la fièvre.

— Vous voulez que je continue avec Verlaine ou… ?

— Vous pourriez me lire un extrait de tous les livres de la pile, proposa-t-elle en souriant.

— D'accord, dit-il, amusé.

Elle s'endormit à la moitié du premier chapitre de *Beignets de tomates vertes*, qu'il continua à lire pour lui en l'écoutant respirer.

Chapitre 11

Lorsque Emilie se réveilla, il faisait nuit et sa lampe de chevet avait été allumée, certainement par celui qui avait déposé un petit mot sur la table de nuit.

Reposez-vous. Je vous emprunte Beignets de tomates vertes. Je vous embrasse, S.

Emilie se dit qu'elle aimait bien cette façon qu'il avait de signer par son initiale. Et son écriture, ferme et droite. Et sa voix. Et sa façon d'être parfois un peu autoritaire. Et… elle était vraiment mal barrée.

Si elle en croyait le réveil chinois, il était un peu plus de 18 heures. La fièvre était tombée et elle avait moins mal à la gorge. Elle se leva d'un pas mal assuré et gagna la salle de bains, où elle prit une douche rapide.

Quand elle sortit, dans un pyjama propre en flanelle écossaise, Clara et Elizabeth étaient rentrées.

Cette dernière se précipita vers sa mère.

— Oh ! Maman, tu vas mieux ?

— Oui, ma chérie, beaucoup mieux. Tu as passé une bonne journée ? Tu as beaucoup de devoirs ?

— Un peu. J'ai commencé à la librairie, avec Clara.

— D'ailleurs, il n'est pas 7 heures, tu as fermé plus tôt ? dit-elle à l'adresse de son amie.

— Oui, répondit Clara en gagnant la cuisine. Les clients n'en mourront pas, de toute façon, je n'ai pas vu grand monde aujourd'hui.

— Et Paul, alors ? s'enquit Emilie en la suivant. Sa première journée s'est bien passée ?

— Très bien, répondit Clara en ouvrant le frigo. Je pense qu'il a du potentiel. Il comprend vite et il a envie de bien faire.

— Il était habillé comment aujourd'hui ? poursuivit Emilie, l'air de rien.

— Un jean délavé, une chemise à carreaux et des bottes genre Caterpillar. Une vision délicieuse, détailla Clara dans un soupir, en sortant le poulet.

Emilie gloussa.

— Tu es vilaine de me taquiner comme ça. Pas ma faute s'il est beau, ce garçon.

— « Garçon » étant le maître mot, rappela Emilie. Tu te souviens de notre credo, non ? Jamais de mineurs.

— Il a 22 ans.

— Il en fait 17.

— Comment tu le sais ?

— J'ai vu la photo agrafée à son CV.

— Je vais lui suggérer d'arrêter de se raser, dit Clara d'un air décidé.

— Et sinon, tu sais qui est passé, ce matin ? demanda Emilie, l'air détaché.

— Le médecin, non ?

Clara la regardait avec innocence.

— Avant le médecin.

Son amie se mit à fouiller dans le placard.

— Le facteur ? proposa-t-elle d'un ton désinvolte.

Emilie profita de ce que Clara lui tournait le dos pour lever les yeux au ciel en soupirant.

— Samuel.

Clara se retourna, un paquet de macaronis dans les mains, et eut la décence de rougir.

— La prochaine fois, préviens-moi.

— Je suis désolée, mais je ne voulais pas te laisser toute seule, tu avais vraiment l'air trop mal en point.

— Vu qu'il est allé à la pharmacie et qu'il m'a fait du thé, je ne t'en veux pas trop, va.

— Tu es vraiment trop sympa, méfie-toi, ça pourrait durer, répondit Clara.

— Mais bon, pour te faire vraiment pardonner, tu pourrais faire à manger, ce soir.

— Mouais, comme si tu avais un seul instant prévu de cuisiner, répliqua Clara en versant de l'huile dans la poêle.

Les antibiotiques prescrits par le médecin se révélèrent efficaces : Emilie passa une nuit correcte et envisagea d'aller travailler le mardi après-midi, même si elle toussait encore beaucoup. Samuel lui avait téléphoné dans la matinée pour prendre de ses nouvelles, et elle avait essayé de ne pas penser à lui de la journée. Enfin, pas trop.

Emilie assura péniblement ses trois heures de cours, dont l'apogée fut sans conteste l'explication du *Dormeur du val* en Troisième. L'un de ses élèves lui demanda s'il était vrai que Rimbaud et Verlaine avaient eu une liaison. Quand elle répondit par l'affirmative, Camille s'étonna alors, les yeux écarquillés : « Mais, madame, l'homosexualité, ça existait au XIXe siècle ? » Emilie avait donc passé cinq minutes à répondre à la question à grand renfort d'histoire. Certains jours, elle se sentait vraiment vieille.

En sortant du lycée, elle découvrit que Diego avait tenté de la joindre trois fois. Alors qu'elle avait le téléphone en main, il appela pour la quatrième fois. Elle décrocha à contrecœur : puisqu'elle avait accepté de lui parler la semaine dernière, elle pouvait bien le faire de nouveau.

— Allô ?

— Salut, Em, tu décroches enfin !

Pour une obscure raison, l'entendre utiliser le diminutif qu'il lui avait donné pendant des années l'agaça.

— J'étais au boulot, figure-toi.

— Ah, désolé. Tu as une drôle de voix, tu es malade ?

— J'ai une bronchite.

— Et tu as bossé quand même ? Certaines choses ne changent jamais.

— Tu avais vraiment quelque chose à me dire ou tu appelles juste pour me faire des reproches ?

— Oui, oui, désolé, ne prends pas la mouche. Je ne pourrai pas prendre Elizabeth mercredi prochain, alors je voulais savoir si elle pouvait venir demain.

— Pas de problème pour moi, mais pose-lui la question.

— D'ac, je l'appelle.

Elle détestait cette façon qu'il avait de dire « D'ac ». Et de raccrocher systématiquement sans dire au revoir. Finalement, reparler à Diego avait un effet positif : elle voyait tous les défauts qu'elle avait oubliés pendant les mois passés à le pleurer. Emilie se demanda si finalement elle n'avait pas plus pleuré sur l'échec de leur relation et de la famille qu'ils avaient formée que sur sa trahison et son départ.

Elle sortit du métro à Gambetta : la nuit était tombée et il faisait un froid de canard sibérien. Alors qu'elle remontait la rue Malte-Brun, son portable sonna. Samuel. Son cœur s'accéléra à la vue de son nom.

— Allô ?

— Qu'est-ce que vous faites dehors ?

— Comment savez-vous que je suis dehors ? demanda Emilie en regardant autour d'elle comme si elle s'attendait à le voir surgir derrière son épaule.

— Au bruit des voitures. Vous étiez censée vous reposer.

— Je vais beaucoup mieux, je suis allée travailler.

Il y eut un silence tellement long qu'elle se demanda si la communication n'avait pas été coupée.

— Vous êtes allée travailler ? répéta-t-il froidement.

Etait-ce de la colère qu'elle percevait dans sa voix ?

— Oui, répondit-elle fermement. J'ai un planning serré, figurez-vous, à cause de cette chose qu'on appelle le programme, et je ne peux pas me permettre de manquer un cours de plus.

— Emilie, vous avez une bronchite, hier vous aviez de la fièvre. (*Ce matin un peu aussi, heureusement qu'il ne le sait pas*, se dit-elle.) Vous n'êtes pas raisonnable.

— Raiso-quoi ?

Il marmonna quelque chose qu'elle ne comprit pas.

— Pardon ?

— Rien, répondit-il et elle n'en crut pas un mot. Bon, si vous allez mieux, on peut peut-être envisager d'aller au cinéma ensemble. Le cycle Bogart se termine la semaine prochaine. Ils donnent *Le Grand Sommeil* vendredi, *Le Faucon maltais* samedi et *Le Port de l'angoisse* dimanche. Vous êtes libre ce week-end ?

La question était : l'était-elle pour lui ?

Il était beau, intelligent, cultivé et sexy, mais il était aussi un peu trop autoritaire à son goût et avait tendance à s'immiscer dans sa vie. Elle ne savait pas si elle aurait le courage de s'embarquer dans une relation en plus du reste. En même temps, qui lui disait que Samuel avait envie d'une relation ? Il voulait peut-être juste une aventure.

— Emilie, reprit-il comme s'il avait senti ses réticences, je ne vous bouscule pas, je vous propose juste d'aller voir un film. Je vous promets de ne pas vous reprocher d'être sortie sans écharpe.

— D'accord. Samedi.

Au diable les atermoiements, se dit-elle, *nous sommes au XXIe siècle, je peux bien coucher avec un homme sans que ça fasse toute une histoire.*

Comme Elizabeth avait accepté de passer le mercredi avec son père, Emilie passa une journée plutôt tranquille. Elle n'oublia pas cette fois-ci de faire les courses dès l'ouverture du Monop', corrigea quelques copies et, comme elle était fatiguée par sa bronchite et ses insomnies, elle fit la sieste sur le canapé du salon.

Elle fut réveillée par la sonnette.

— Tu n'as pas bonne mine, remarqua Diego quand elle ouvrit la porte. Tu prends bien tes médocs ?

Mais pourquoi tous les hommes autour d'elle étaient-ils persuadés qu'elle était incapable de se prendre en main et de se soigner correctement ?

— Oui, je prends bien mes médicaments, merci, répondit Emilie en se promettant de ne pas les oublier ce soir-là comme la veille. Vous avez passé une bonne journée ?

— Nickel. (Encore un des tics de langage qui l'horripilaient.) Il n'y a pas de cours de basket la semaine prochaine, au fait, les gamins rattrapent un cours ou je ne sais quoi et il n'y aurait pas assez d'enfants, enfin bref, tu ne seras pas obligée de sortir pour l'amener, je pourrai aller la récupérer directement à l'école.

— OK.

Diego ne faisait pas mine de partir.

— Tu voulais autre chose ?

— Ecoute, je me disais qu'on pourrait peut-être aller dîner tous les deux, un de ces quatre.

Emilie vérifia que leur fille n'était pas dans le couloir.

— Pardon ?

— Qu'est-ce que tu en penses ?

— Tu veux vraiment savoir ce que j'en pense ? Je ne peux pas te le dire parce que je vais m'énerver et je ne veux pas qu'Elizabeth sorte de sa chambre.

— Je ne comprends pas pourquoi tu montes sur tes grands chevaux comme ça. On a dîné ensemble des milliers de fois.

— Tu le fais exprès, d'être aussi obtus ? On est séparés, Diego. Parce que tu es parti. Je veux bien te voir quand tu viens chercher Elizabeth, mais je ne veux pas dîner avec toi, point.

— Réfléchis-y. Et appelle-moi quand tu auras changé d'avis, dit-il, la main sur la poignée de la porte.

Quand il eut disparu, Emilie serra les poings et se mit à trépigner sur place, frustrée.

— Grrrrrrr, mais c'est pas vrai !

Si elle avait été un homme, elle aurait donné un coup de poing dans le mur de l'entrée mais, comme la loterie génétique l'avait affublée d'une paire de seins, elle gagna la cuisine, sortit du placard un paquet d'Oreo et l'entama, remerciant le ciel et tous les dieux du panthéon grec pour l'invention du chocolat.

Chapitre 12

Vendredi soir, Emilie profita de l'absence de sa fille pour rejoindre ses amies dans un pub, cette fois-ci vers Montparnasse.

Et, une fois n'est pas coutume, elle arriva la première.

Elle choisit une table pour trois, enleva son manteau, son bonnet, son écharpe, ses gants, son premier gilet et se demanda comment elle allait s'habiller en janvier. Le réchauffement climatique ne concernait manifestement pas Paris, où le soleil n'avait pas montré le bout de son nez depuis au moins quinze jours. Elle contemplait la carte en hésitant entre rhum et tequila (le seul moyen de limiter les dégâts un lendemain de cocktails était d'éviter les mélanges) lorsque Louise fit son entrée. Elle enleva son manteau léger et s'assit, tout décolleté dehors.

— Tu sais qu'on est fin novembre ? demanda Emilie en se penchant pour lui faire la bise.

— Oui, et ?

— Tu n'as pas froid ?

— Non. Je devrais ?

— Tu as bien de la chance. Si tu étais arrivée une minute plus tard, je commandais un café, rien que pour me réchauffer.

— L'alcool, ça réchauffe mieux, contra Louise. Rhum ou tequila ?

— Rhum, ce soir.

— Moi aussi, répondit Louise en appelant le serveur. Tiens, il a changé, remarqua-t-elle.

— Ah bon ? (Emilie lui lança un bref regard.) Bof, il n'est pas terrible.

— Pas terrible ? Emilie, c'est exactement ton genre : un latino ténébreux.

— Je ne savais pas que j'avais un genre, dit Emilie en replongeant le nez dans la carte.

Tapas *or not* tapas ?

— Ouh, toi, tu ne vas pas bien, commenta Louise. Je m'en doutais. Quand j'ai vu que tu te faisais rare sur Facebook cette semaine, j'ai compris qu'il y avait baleine sous caillou, bronchite ou pas bronchite. Un mojito classique et un mojito fraise, commanda-t-elle au serveur qui avait fait son apparition.

— Comment tu fais pour toujours savoir ce que je vais commander ? demanda Emilie.

— C'est un talent. Bon, alors, vas-y, je t'écoute.

— Après des mois de vide intersidéral, c'est la panique, commença Emilie en soupirant. Samuel me court après, Diego me court après, et moi, je cours après le temps, le sommeil, et maintenant ma santé. Je suis épuisée, je voudrais me rouler en boule dans un coin et dormir deux jours d'affilée.

— Je ne veux pas entendre parler de Diego, il n'en vaut pas la peine. Tu n'envisages pas de te remettre avec ce connard, hein, rassure-moi ?

— Bien sûr que non.

— Tu n'as pas oublié qu'il t'a plaquée pour la stagiaire aux jambes d'Adriana Karembeu ?

— Merci de me le rappeler, c'est vrai que j'aurais pu être prise d'une amnésie aussi soudaine que sélective et oublier ce détail.

— Avec toi, on ne sait jamais. Bon, alors, revenons à l'essentiel. Ce Samuel, là, quel est le problème ?

— Le problème, c'est moi, avoua Emilie. Je suis morte de peur. Je n'ai pas réussi à garder le père de ma fille, comment puis-je imaginer un seul instant qu'un mec comme lui soit vraiment intéressé par moi ?

— OK, laisse-moi te dire deux choses, ma chérie. Un : même les mecs les plus merveilleux ont des défauts, et il ne doit pas faire exception à la règle. Deux : si tu acceptais de te regarder deux minutes dans la glace, tu verrais à quel point tu es une femme formidable.

— Je n'ai jamais pensé que j'étais moche, rétorqua Emilie.

— Je te parle d'un miroir métaphorique, pas de celui devant lequel tu te maquilles tous les matins. Cette histoire avec Diego t'a fait beaucoup de mal, c'est normal, mais maintenant c'est fini, tu dois arrêter de t'apitoyer sur ton sort. Tu es drôle, intelligente, parfois bizarre, mais d'une manière charmante, et en plus tu es jolie.

— Tu vas me demander en mariage ?

L'arrivée du serveur dispensa Louise de répondre.

— Tu vas me faire le plaisir de coucher avec ce Samuel, poursuivit-elle sans tenir compte de la présence du jeune homme qui déposait leurs boissons devant elles. Et s'il est aussi bon au pieu que ce que son baiser augurait, tu vas t'éclater et nous faire un compte rendu détaillé. T'es épilée au moins ?

— Oui, chef, bien, chef. Et évidemment que je suis épilée, ce n'est pas parce que je n'ai personne dans ma vie que je fais concurrence au yéti. C'est une obsession chez toi, les poils.

— Ce n'est pas une obsession, c'est juste que, comme la plupart des femmes, en hiver, tu oublies que tu as une esthéticienne. Tu y es allée quand ?

— Jeudi dernier.

— Tu y étais pas allée depuis quand ?

Emilie baissa les yeux sur son verre.

— Blabembre, marmonna-t-elle dans sa paille.

— Excuse-moi mais j'ai subitement perdu l'usage de l'ouïe. Tu disais ?

— Septembre.

— Tu vois ! Ce Samuel est une oasis dans ton désert sexuel, qui va en plus te sauver de la malédiction poilesque. Que demander de plus ?

— Que je perde dix kilos d'ici demain ?

Louise leva les yeux au ciel.

— Parce que tu crois vraiment que tes jeans moulants dissimulent quoi que ce soit ? Si ce mec te veut habillée, il te voudra nue.

— Qui la voudra nue ? demanda Maria.

— Ah, enfin, pas trop tôt, on a failli attendre pour picoler, répondit Louise.

— Désolée, les filles, j'ai été retenue à la bib' par une urgence.

— Ne le prends pas mal, Maria, mais c'est quoi, une urgence à la bibliothèque ? Une rupture de stock de marque-pages ?

— Eh ben, t'es en forme, toi, ce soir, répliqua Maria. Qu'est-ce qui t'arrive ?

— J'ai eu une semaine de merde. Je suis sur un dossier pourri qui me prend la tête, la coiffeuse a raté ma teinture… Je l'ai refaite le lendemain, ajouta-t-elle devant les regards perplexes des deux autres. Je me suis fait mal à la cheville à la salle de sport et je n'ai pas baisé de la semaine.

— Qu'est-ce que je devrais dire, moi qui n'ai pas baisé depuis des mois ? dit Emilie.

— Même pas de sex-toy ? demanda Maria.

— Ben si, mais c'est pas baiser, ça, c'est combattre l'insomnie.

— Où est Clara ? s'enquit soudain Maria. Elle ne devait pas venir ce soir ?

— Elle fait des heures sup pour former son nouvel employé.

— Vraiment ? reprit Maria après avoir commandé un demi. Mais c'était pas censé être un temps partiel ?

— Ce qui n'est pas partiel, c'est son potentiel de sexytude. J'y suis passée hier sous prétexte d'acheter un bouquin pour le boulot, *oh my God*, j'ai eu soudain très chaud, expliqua Emilie.

— Tu es censée rester concentrée sur Samuel, lui rappela Louise. Tu as une mission.

— Ah bon, laquelle ? dit Maria en entamant sa bière.

— Elle doit coucher avec lui. Si elle ne le fait pas, on la prive de cocktails.

— Eh ben, comme ça, je perdrai du poids. On commande des tapas ?

Le lendemain, Emilie se réveilla évidemment aux aurores. Elle abandonna rapidement toute velléité de se rendormir et décida de faire du ménage, son grand remède contre les doutes. Elle était en train de ranger ses sous-vêtements par couleurs quand Clara fit son apparition, les yeux cernés et les cheveux en bataille.

— Tu fais du ménage un samedi matin à 7 heures ? demanda-t-elle en bâillant.

— Pourquoi ? C'est interdit par la convention de Genève ?

— Ouh là ! Tu as dormi, toi, cette nuit ?

— Environ quatre heures, ce qui, vu ma moyenne des dernières semaines, n'est pas si mal. Tu as passé une bonne soirée ?

— J'ai surtout passé la soirée à la librairie.

— Avec Paul.

— Avec Paul, dit Clara.

— Et ?

— Et quoi ?

— Et rien.

— S'il n'y a rien, je vais me doucher alors, annonça Clara.

Clara refusait parfois de répondre aux questions implicites, ce qui avait le don d'horripiler Emilie. Mais cette dernière refusait d'expliciter ses allusions et ce petit jeu pouvait durer quelques heures, voire quelques jours, jusqu'à ce qu'Emilie finisse par capituler. Elle termina de ranger ses culottes. Mais ce n'était pas parce qu'elle avait mis de l'ordre sur cette étagère que le reste de ses vêtements était miraculeusement rangé. Elle alla mettre en route la première cafetière de la journée.

Elle buvait sa deuxième tasse quand Clara entra dans la cuisine, fraîche comme une rose. Il devait vraiment y avoir un truc magique dans les produits Dior.

— Tu sais que si tu buvais moins de café tu dormirais peut-être mieux.

— Je sais, dit Emilie, mais c'est un cercle vicieux. Moins je dors, plus j'ai besoin de café pour tenir toute la journée, et plus j'en bois, moins je dors. Tu fais quoi, ce soir ?

— Je vais au cinoche avec ma copine Maud. Tu veux savoir si je dors là ? demanda-t-elle en souriant.

— Je suis si transparente ?

— Je te connais depuis plus de quinze ans, Emilie. On a fait les quatre cents coups ensemble, je te rappelle, on a même partagé un mec.

— Eh, pas en même temps ! s'indigna Emilie.

— C'est vrai, rectifia Clara en souriant. On s'est cuitées ensemble, on a voyagé ensemble, on s'est consolées de nos chagrins d'amour, on a fêté ton agrég, ta thèse, ta fille, ma librairie, et je sais plus de choses sur toi que ta propre sœur. Et si tu veux, ce soir, j'irai dormir chez Maud.

— Merci, tu es un amour !

— Je sais. Dommage que les mecs ne le sachent pas, se plaignit Clara en terminant son thé.

— Tu sais ce qui te gagnerait définitivement une place au paradis ? demanda Emilie en reposant son mug.

— Qu'est-ce que tu veux m'emprunter ?

— Rien. Mais si tu me fais un brushing, je ferai les courses deux fois d'affilée.

— Un brushing ? Ouh là ! Tu vas sortir le grand jeu ? Ne me dis pas que tu vas te mettre en jupe.

— En robe. Je peux bien faire un effort, pour une fois. Qu'est-ce que tu penses de la noire ?

— Elle est parfaite. Mais tu vas te geler.

— On n'attrape pas les mouches avec du vinaigre. Tu veux bien me faire un brushing, alors ? *Please, pretty please ?*

— A condition que tu fasses les courses ET toutes les lessives pendant quinze jours.

— Eh, tu n'as pas l'impression d'abuser un peu, là ?

— Tu as vu ta tignasse ? répliqua Clara. Je risque la tendinite.

— OK. Va pour les courses et les lessives.

Chapitre 13

Emilie avait pris pour prétexte une course urgente à faire chez Gibert pour ne retrouver Samuel devant Le Champo qu'au dernier moment. Résultat des courses, elle avait passé une demi-heure au rayon des cartouches d'encre, à hésiter entre le bleu et le moins bleu, et c'est une Emilie en retard mais parfaitement brushée, en petite robe noire, les pieds meurtris par ses talons hauts, qui rejoignit Samuel, lequel l'attendait, adossé au mur du cinéma.

— Désolée pour le retard.

— Vous n'êtes pas en retard, la séance n'a pas commencé, répondit-il en souriant. En revanche, vous êtes ravissante. Vous allez mieux ?

Emilie se dit qu'elle aimait la façon dont il s'intéressait à sa santé chaque fois qu'il la voyait. C'est alors qu'elle se souvint que cet homme lui avait fait la lecture alors qu'elle était fiévreuse, dans son pyjama en pilou, et elle rougit. Heureusement, la nuit était tombée.

Ils s'installèrent sur les sièges inconfortables.

— Mon Dieu, je ne suis pas venue ici depuis

des années, commenta-t-elle. Ils ont changé les fauteuils, mais je ne suis pas certaine qu'on gagne au change. Vous venez souvent, vous ?

— Non, pas très, uniquement quand il y a des rétrospectives de vieux réalisateurs américains.

— Je crois bien que c'est ici que j'ai découvert Lubitsch, répondit Emilie.

— Et moi Capra.

— Ah, Capra, mon cinéaste préféré !

Elle n'eut pas le temps d'en dire plus, les lumières s'éteignirent et le film commença.

— J'avais oublié qu'ici, pas de bande-annonce, chuchota Emilie.

— Tss-tss, on ne parle pas pendant le film, madame Vanderhelde.

— Vraiment ?

— Vraiment.

Par esprit de contradiction et vu que la salle était presque vide, Emilie se mit à prononcer à mi-voix ses répliques préférées en même temps que les personnages à l'écran. Elle en était à *« I haven't lived a good life. I have been bad, worse than you could know »*, quand Samuel se pencha vers elle.

— Taisez-vous, lui murmura-t-il à l'oreille, ou je vais être obligé de vous faire taire.

— Essayez, pour voir, chuchota-t-elle en retour.

Pour toute réponse, il lui mordilla le lobe de l'oreille.

— Je…

— Tss-tss, j'ai dit qu'on ne parlait pas pendant

la séance, lui rappela-t-il en déposant un baiser à la jointure de l'oreille et de la mâchoire.

— Je ne suis pas obligée de vous obéir, murmura-t-elle.

Il bougea soudain et, malgré l'accoudoir, elle se retrouva dans ses bras sans comprendre comment, et ses lèvres effleurèrent les siennes.

— Je vous ai demandé de ne pas parler pendant le film, chuchota-t-il sans bouger, ses lèvres contre les siennes.

— J'aime parler au cinéma, dit-elle sans se dégager.

— Tant pis pour vous, répondit-il.

Et il l'embrassa.

Emilie était dans l'incapacité de bouger, clouée au fauteuil par deux bras musclés et elle trouvait ça follement excitant. Comme ils étaient dans un lieu public, elle ne voulait pas faire de bruit pour ne pas attirer l'attention des quelques spectateurs et, paradoxalement, cette contrainte était terriblement érotique.

Leurs langues se mêlèrent dans un souffle et elle se sentit fondre. Elle ne s'était pas trompée, la première fois : cet homme méritait le titre de Mister Univers du *french kiss*. Quand il rompit le baiser, elle eut du mal à reprendre son souffle.

Il reporta de nouveau son attention vers l'écran, sans la lâcher pour autant.

— Je…, commença-t-elle.

— Madame Vanderhelde, je vais finir par croire

que vous le faites exprès, répondit-il en déposant une série de baisers le long de son cou.

Elle ferma les yeux.

Voilà qui redonnait sans conteste de l'intérêt aux séances de cinéma.

Il bougea légèrement la main qui lui tenait la taille.

Elle retint son souffle.

Il la remonta lentement le long de son buste.

Emilie sentit se répandre en elle une chaleur irrépressible.

Les lèvres de Samuel refirent le chemin inverse le long de son cou. Quand il parvint au lobe de son oreille, elle dut se mordre les lèvres pour ne pas gémir.

— Allez-vous vous tenir tranquille, maintenant ?

— Je ne crois pas, dit-elle.

Un plan plus clair illumina soudain la salle : Samuel la regardait intensément. Emilie le dévisagea, légèrement pantelante.

— Et si on sortait ?

Il eut l'air surpris.

— Vous êtes sûre ?

Pour toute réponse, elle se leva et gagna le bout de la rangée en se penchant légèrement pour ne pas gêner le spectateur qui était assis quatre rangs plus loin.

Dehors, c'était le déluge, à croire que toutes les vannes du ciel avaient décidé de s'ouvrir exprès pour ruiner son brushing.

— Oh nooon ! s'exclama-t-elle en cherchant désespérément son parapluie dans son sac.

Un parapluie noir s'interposa soudain entre la pluie et elle.

— Ne croyez pas que vous allez fuir une troisième fois.

Samuel se tenait face à elle, indéchiffrable.

Emilie piqua un fard.

— Je sais que vous rougissez, murmura-t-il. Mais je me demande jusqu'où va cette rougeur.

Emilie s'empourpra évidemment de plus belle.

— Vous voulez aller dîner ?

Quand elle entendait sa voix si près de son oreille, d'autres sortes de dîners lui venaient en tête.

— Et si vous veniez chez moi ? proposa-t-elle abruptement. J'ai de la pizza au congélateur.

— Je n'ai jamais su résister à la pizza surgelée, répondit-il en souriant.

— Ça tombe bien, j'en ai huit.

Il se mit à rire.

— Vous ne faites pas les choses à moitié.

— Je n'ai jamais su résister à une promo.

— Venez.

Il l'entraîna vers le boulevard Saint-Michel. En raison de la pluie et de l'heure assez précoce, il y avait des taxis disponibles à la station. Ils s'engouffrèrent dans le premier et Samuel donna l'adresse d'Emilie au chauffeur.

— On aurait pu prendre le métro, protesta cette dernière une fois installée sur la banquette arrière.

— Vous n'avez pas mal aux pieds ?

— Comment le savez-vous ? demanda-t-elle, stupéfaite.

— Vous portez des chaussures de soirée. Fort jolies d'ailleurs.

— Vous avez une connaissance inquiétante des us et coutumes féminins.

— J'ai 45 ans, dit-il comme si ça expliquait tout. Attachez-vous.

— C'est fait, monsieur J'aime-donner-des-ordres, répondit-elle en souriant.

Il la regarda, surpris.

— Vous trouvez vraiment que je vous donne des ordres ?

— Oui. « Venez boire un café, prenez le taxi, soignez-vous, n'oubliez pas votre écharpe, taisez-vous », ça ne vous rappelle rien ? Encore que je dois dire que le dernier ne m'a pas gênée plus que ça, ajouta-t-elle en le regardant droit dans les yeux.

Il lui rendit son regard sans souffler mot et Emilie se demanda si elle l'avait blessé.

— Donnez-moi vos pieds, finit-il par dire pour toute réponse.

— Vous voyez, encore un ordre, s'écria-t-elle. Pardon ? Mes pieds ?

— Je me serais bien intéressé à une autre partie de votre anatomie, mais outre que je ne voudrais pas que notre chauffeur se déconcentre, je vous rappelle que nous sommes tous les deux contraints par notre ceinture de sécurité, expliqua-t-il à mi-voix.

Il la fixait avec une intensité qui fit naître des papillons dans son ventre.

Si je ne fais pas attention, cet homme va me rendre dingue, se dit-elle. *Dingue de lui.*

Elle allongea ses jambes sur les genoux de Samuel. Il la déchaussa.

— J'aime beaucoup ces escarpins, murmura-t-il en la regardant.

Emilie imagina soudain à quel type d'activité elle pourrait se livrer dans ces chaussures et elle sentit son rythme cardiaque s'accélérer brutalement.

C'est alors que Samuel entreprit de lui masser les pieds.

Emilie n'avait jamais eu d'amants portés sur le massage et elle ne trouvait jamais le temps d'aller en institut. Mais ce soir-là, dans ce taxi qui roulait vers l'est de Paris, elle eut une révélation.

Samuel commença par la plante des pieds et remonta vers ses orteils. Elle ne savait pas ce qu'il faisait exactement, mais une délicieuse chaleur se répandit dans tout son corps et elle sentit se détendre des parties de son anatomie jusque-là ignorées. Elle baignait dans une douce torpeur lorsqu'il atteignit soudain un point particulier de son pied : elle dut se retenir pour ne pas gémir.

— Qu'est-ce que vous faites ? demanda-t-elle, le souffle court.

— A vous de me le dire, répondit-il en la regardant intensément.

Elle ne pouvait pas déchiffrer son expression dans la pénombre du taxi.

Sans la quitter des yeux, il continua à la masser doucement. Emilie se rencogna dans la banquette et ferma les yeux. C'était tellement bon qu'elle se mordit la lèvre pour ne pas gémir de plaisir. Seigneur, et dire qu'ils ne s'étaient même pas déshabillés. Elle n'osait imaginer de quoi cet homme était capable dans un lit.

Le taxi s'arrêta brusquement.

— Nous sommes arrivés, annonça doucement Samuel.

— Dommage, pour une fois, j'aurais été prête à franchir le périphérique, dit Emilie.

Samuel se mit à rire et la rechaussa. Il paya la course pendant qu'elle descendait de voiture et la rejoignit dans le hall de l'immeuble, où elle s'était réfugiée à l'abri de la pluie.

— Vous semblez avoir un problème avec la pluie, commenta-t-il comme ils franchissaient la deuxième porte.

— Ce sont surtout mes cheveux qui ont un problème avec la pluie, répondit-elle en appelant l'ascenseur. Mais bon, ils ont un problème avec tout. C'est certainement parce que mes cheveux sont un énorme, un insoluble problème à eux tout seuls…

— J'aime vos cheveux, la coupa-t-il en tendant la main pour les caresser.

De surprise, elle en perdit l'usage de la parole pendant quelques secondes.

— Vous aimez mes cheveux ? Vraiment ?

— Vraiment. Qu'est-ce qu'il y a de si surprenant à ça ?

Il avait saisi dans une main sa lourde crinière, qui, sous l'effet de la pluie, frisottait, et l'avait ramenée sur son épaule.

— Ils sont juste affreux, se plaignit Emilie. Ils frisent, ajouta-t-elle d'un ton pathétique.

— Oui, effectivement, répondit-il en riant. Et alors ?

— Comment ça, « et alors » ? C'est affreux. Je ressemble à une Méduse sous acide.

— Emilie, je peux vous jurer sur la tête de Persée que vous ressemblez à tout sauf à une Méduse sous acide. Venez, ajouta-t-il en l'entraînant dans l'ascenseur, sa main toujours sur son épaule, notre carrosse nous attend.

L'ascenseur avait été récemment ajouté après un vote serré des copropriétaires. La taille de la cage d'escalier du vieil immeuble haussmannien n'avait permis d'installer qu'une cabine fort étroite. Ils se retrouvèrent donc collés l'un contre l'autre. La tension sexuelle entre eux était si forte qu'elle devait avoir gagné les appartements voisins, se dit Emilie. Elle sentait la chaleur de la paume de la main de Samuel se répandre dans tout son corps. *Respire*, s'enjoignit-elle. *N'oublie pas de respirer.*

— Où est votre fille ?

— Chez son père.

— Et votre colocataire ?

— Au cinéma.

L'ascenseur s'immobilisa au troisième étage. Emilie ouvrit la porte de chez elle et Samuel la suivit dans l'entrée.

— Vous… ?

Elle n'alla pas plus loin.

Samuel l'attrapa par le coude et la fit pivoter. D'un seul mouvement, il l'enlaça au niveau de la taille et mit sa main dans ses cheveux. Emilie en oublia instantanément ce qu'elle allait dire, ses cheveux qui frisottaient et ses chaussures trop étroites.

Samuel l'embrassa avec passion, toute retenue oubliée. Ils étaient sans public pour la première fois de la soirée et Emilie se lova contre lui en gémissant. Elle se dégagea juste le temps d'enlever son manteau et ses escarpins. Il laissa tomber sa veste en cuir.

— Viens, dit-elle en le prenant par la main.

Ils suivirent le couloir plongé dans l'obscurité jusqu'à la chambre d'Emilie. Elle appuya sur l'interrupteur et la lampe sur la commode diffusa une lueur tamisée.

Samuel la reprit dans ses bras. Ses lèvres cherchèrent au creux de son cou l'endroit qui la faisait trembler. Il fit courir sa bouche sans s'arrêter cette fois-ci à la base du cou. La robe avait une encolure molle qu'il repoussa d'une main. De l'autre, il chercha la fermeture. Emilie remercia son bon sens, qui lui avait fait préférer celle-ci à une autre qui se fermait sous le bras. Il trouva sans encombre la fermeture

Eclair et la fit glisser. Il dénuda alors ses épaules et s'arrêta un instant pour contempler ses seins, qu'il dégagea de leur coque en dentelle noire. Il posa ses lèvres sur son téton durci et le titilla du bout de la langue. Emilie gémit et arqua le dos. Tout en lui léchant le bout du sein, il continua à faire glisser la robe, qui tomba en plis soyeux à ses pieds.

— Viens, ordonna-t-il en la conduisant jusqu'au lit.

Vêtue de son soutien-gorge, de son string et de ses bas, Emilie trouva follement excitant de se retrouver face à un homme entièrement habillé.

Leurs lèvres se trouvèrent de nouveau, passionnément, et Samuel lui caressa les seins. Emilie gémit et défit rapidement les boutons de sa chemise. Il avait le torse musclé et elle fit courir ses doigts le long de ses poils soyeux jusqu'à son érection, qui tendait le tissu de son pantalon. Il gémit, abandonna alors sa bouche et lui lécha la pointe du sein, tout en faisant courir sa main sur son ventre. Il glissa la main dans son string et la caressa, lentement. Elle sentait qu'elle s'ouvrait, s'arc-boutant sous ses doigts.

— Samuel, je…

— Chut, je t'ai déjà dit que tu parlais trop, répondit-il en levant la tête.

Et il inséra deux doigts en elle. Son pouce continua à caresser son clitoris et Emilie sentit le plaisir monter comme une vague. Il se remit à agacer son téton de sa langue, elle ne pouvait que se laisser faire, prisonnière de ces bras puissants qui la clouaient au lit. Soudain, il se déplaça et, dans un mouvement fluide, remplaça son pouce par sa langue.

Par le tonnerre d'Odin.

Elle gémit de plus belle et lui mit les mains dans les cheveux. Elle aurait voulu qu'il aille plus vite mais, insensible à son agitation, il continua selon le rythme qu'il avait choisi et elle sentit le plaisir monter de manière incontrôlable. Elle finit par jouir avec une violence incroyable.

Il la rejoignit et l'embrassa. Il avait un goût salé, son goût à elle, et elle eut soudain envie qu'il la prenne tout entière. Elle tendit la main vers sa ceinture et libéra son sexe, lourd et tendu. Il se débarrassa de son pantalon et de son caleçon en un tournemain et Emilie saisit son sexe puis se pencha vers lui.

— Ne…, commença-t-il.

— Fini, les ordres, dit-elle en posant la bouche sur son sexe.

Elle le fit coulisser avec un grognement approbateur, et si Samuel avait encore des réticences, elles furent noyées dans ses halètements.

Elle le suça avec délectation.

— Si tu veux autre chose, il va falloir que tu arrêtes, finit-il par dire d'une voix rauque.

— Et comment que je veux autre chose, répondit-elle en attrapant un préservatif dans le tiroir de la table de nuit.

Elle le lui enfila d'une main légère et il la fit basculer de nouveau sur le lit. Il glissa les doigts dans l'élastique de son string et le fit glisser le long de ses jambes, qu'elle écarta ensuite. Il se positionna tout contre son sexe.

— Viens, ordonna-t-elle.

Il la pénétra alors d'un seul mouvement.

Oh mon Dieu, c'était divin. Emilie leva les fesses et noua les jambes autour de sa taille. Samuel plaça les bras d'Emilie au-dessus de sa tête et mit ses mains sur les siennes, l'empêchant de bouger.

Je suis à sa merci, pensa Emilie. *Et j'aime ça.*

Il se mit à aller et venir lentement en elle. Elle ferma les yeux et se laissa aller au rythme qu'il lui imposait. C'était bon, très bon, tellement bon qu'elle sentit monter en elle rapidement un deuxième orgasme. Samuel dut le sentir aussi.

— Ouvre les yeux, murmura-t-il.

Elle obéit.

Il la fixait avec intensité. Et elle jouit, noyée dans son regard bleu azur. Il jouit à son tour, et elle aima le grognement qui fut le sien à ce moment-là.

Il se dégagea et la prit dans ses bras.

— Mettons-nous sous la couette, tu vas attraper froid.

Emilie était trop bien pour envisager même de parler. Elle se contenta de se blottir contre lui, le dos contre son torse.

Il lui caressa l'épaule et elle émit un son qui ressemblait étrangement à un ronronnement.

Il se mit à rire.

— Je crois que j'ai enfin trouvé le moyen de te faire taire.

Elle se retourna complètement.

— Tu me trouves vraiment trop bavarde ?

— Non, répondit-il en l'embrassant. Je te trouve juste très bavarde.

Elle sourit et blottit la tête contre sa poitrine.

— J'ai un aveu à te faire, reprit-il.

Emilie se tendit imperceptiblement. Qu'allait-il lui annoncer ?

— Je n'aime pas vraiment la pizza surgelée.

Elle rit, soulagée.

— Moi aussi, j'ai un aveu à te faire.

— Mmm ?

— Je sais résister à une promotion.

— Maintenant qu'on a libéré nos consciences de ces terribles poids, si on passait aux questions sérieuses ?

Oh non, se dit Emilie, *pas LA discussion*. Après une séance pareille, elle n'avait vraiment aucune envie de déballer sa vie, elle voulait juste profiter de la torpeur dans laquelle elle baignait.

— Je t'écoute, répondit-elle, résignée.

— Est-ce que tu as vraiment lu tous les livres que contient cet appartement ?

Elle se mit à rire.

— Tu veux vraiment savoir ça ?

— En fait, je veux tout savoir, poursuivit-il en passant autour de son cou les longs cheveux d'Emilie. Quel est le système de classement de tes bibliothèques, pourquoi tu n'aimes pas tes cheveux, quel est ton apéritif préféré, de combien tu chausses quand tes pieds gonflent, pourquoi tu ne mets jamais de boucles d'oreilles dans tes deuxièmes trous, et comment tu fais pour te dessiner des planètes sur les ongles.

— Tout ça est bien sérieux, dis-moi, je ne sais pas si tu mérites que je te réponde.

— Si tu me réponds, tu seras récompensée.

— Mmm, genre un baiser par bonne réponse ?

— Tu lis en moi comme dans un livre ouvert. Je t'en donne un pour t'encourager, ajouta-t-il en embrassant le coin de ses lèvres.

— D'accord. C'était quoi les questions déjà ? demanda Emilie, clairement distraite par la proximité de Samuel et son souffle chaud sur sa joue.

— Les livres.

— Ah oui, les livres. Non, je ne les ai pas tous lus.

Il déposa un baiser léger sur l'autre coin de sa bouche.

— Et leur système de rangement est évident, non ?

— Non. N'essaie pas de te défiler.

— C'est un rangement autobiographique.

Il haussa un sourcil et recula imperceptiblement.

— Un rangement quoi ?

— Autobiographique. Tu n'as pas vu *High Fidelity* ?

Il secoua la tête.

— Tu perds quelque chose. Il y a le délicieux John Cusack dedans.

— Il n'y a de place que pour un seul homme dans ce lit, madame Vanderhelde, répondit-il d'un ton faussement sévère.

— Tut tut tut, il y a de la place pour qui je veux, répondit-elle avec un sourire mutin.

— Méfiez-vous, je pourrais vous punir, menaça-t-il en lui caressant les fesses avec insistance. Et ne crois pas que je n'ai pas compris que tu essayais de te dérober à mes questions, vilaine.

Il l'embrassa de nouveau, mais cette fois-ci vraiment. Leurs langues se mêlèrent et Emilie tendit la main vers son sexe.

— Tss-tss, dit-il en se dégageant, pas de récompense tant que tu n'auras pas répondu à mes questions.

— C'est pas juste, se plaignit-elle en faisant la moue.

— Mon jeu, mes règles. Alors, ce rangement autobiographique ?

— Je range mes bouquins en fonction des périodes de ma vie et dans l'ordre dans lequel je les ai lus. Tu vois, si je relis *Orgueil et Préjugés* et que j'ai ensuite envie de lire une réécriture, genre *Impulse & Initiative*, ou un bouquin de la même période, ben, je les mets côte à côte. Et je fais aussi des étagères spéciales.

— Des étagères spéciales ?

— Oui. J'ai une étagère « Livres à lire en cas d'insomnie », une autre « Livres à lire quand je suis malade », « Livres que je n'ai jamais finis », « Livres qui font pleurer », « Livres dont on pourrait supprimer un passage », « Livres avec un héros qu'on a envie de baffer »…

— Et si un livre rentre dans plusieurs catégories ?

— Je le rachète.

Samuel luttait clairement pour ne pas rire.

— Quoi ? Mon système te paraît étrange ?

— Non, non, pas du tout. Un peu.

— Je suis un peu bordélique, je crois, constata Emilie d'un air concentré, comme si elle découvrait soudain une vérité qui lui avait échappé jusque-là.

— Redis-le, ordonna Samuel en la fixant avec intensité.

— Redire quoi ?

— « Bordélique ». J'adore quand tu dis des gros mots.

— Bordélique. Bordel.

Il titilla de la langue son téton droit.

— Ça, c'est pour avoir répondu à la question. Et ça, ajouta-t-il en appliquant le même traitement à son sein gauche, c'est pour avoir dit des gros mots.

— J'en ai dit deux, haleta Emilie, j'ai droit à autre chose, non ?

— Femme insatiable.

Il souriait. Sa bouche remonta le long de son sein jusqu'à son cou.

— Arrête de me faire attendre, s'il te plaît.

— Non. Je veux avoir les réponses à mes questions, répondit-il d'une voix rauque. Tu ne te défileras pas comme ça.

— Alors arrête de m'interrompre et laisse-moi répondre à toute allure.

— Si tu veux.

— C'était quoi déjà, les questions ?

Il se mit à rire.

— Si tu te laisses aussi facilement déconcentrer, tu n'es pas près d'obtenir satisfaction.

— Je te propose une modification des règles. Si je réponds à toutes tes questions sans râler et sans en oublier, c'est moi qui prends les choses en main.

Samuel la regarda, un peu surpris, et Emilie vit une lueur sombre s'allumer dans son regard.

— D'accord.

— Vraiment ?

— Vraiment.

— OK, repose-moi les questions.

— Pourquoi tu n'aimes pas tes cheveux ?

— J'ai déjà répondu à ça quand on a pris l'ascenseur. Je ne peux pas avoir la coupe que je veux, je suis obligée d'y mettre quatre produits différents tous les jours, ils n'en font qu'à leur tête, et chaque année, il y a un élève qui ose me dire au bout de quelques mois : « Excusez-moi, madame, mais vous vous coiffez, le matin ? » Ma vie capillaire est un enfer. Question suivante ?

— Je te sens bien pressée, répondit Samuel en souriant. Ton apéritif préféré ?

— Celui qu'on me propose.

— Femme facile. Ta pointure quand tes pieds gonflent ?

— Qui te dit que mes pieds gonflent ?

— Tss-tss, réponds ou on revient à mes règles, dit-il en la regardant avec une lueur de prédateur dans le regard.

— 39.

La rapidité avec laquelle elle abdiqua le fit rire.

— Les boucles d'oreilles ?

— C'était une erreur, ces deuxièmes trous. Je les ai fait faire à 16 ans pour faire comme les copines. Les copines ont disparu de ma vie, mais les trous sont restés. Et maintenant, je trouve ça moche.

— Et ta manucure ?

— C'est une copine qui me l'a faite. Et crois-moi, les détails ne t'intéresseraient pas. C'est bon, j'ai gagné ?

Elle avait l'air tellement impatiente que Samuel renonça à l'envie de prolonger les choses.

— Je suis tout à toi.

— Enfin.

Elle tendit de nouveau la main vers son sexe et le caressa.

— Mets-toi sur le dos. A mon tour de donner des ordres, ajouta-t-elle quand elle vit qu'il semblait réticent.

Il obéit et elle se pencha sur lui. Quand elle prit en bouche son sexe dressé, il gémit. Elle fit glisser sa bouche plusieurs fois sur toute la longueur puis le lécha de haut en bas, en caressant ses testicules.

— Oooh, gémit-il, les mains dans ses cheveux.

— Tsss, on ne touche pas la tailleuse de pipe, ordonna-t-elle. Mains au-dessus de ta tête.

Il obtempéra et elle recommença, lentement puis de plus en plus vite.

— Oh ! Emilie, tu me tues, grogna-t-il.

— Ce serait bien dommage, répondit-elle en attrapant un préservatif sur la table de nuit.

Elle le lui enfila et le chevaucha, son sexe à l'orée du sien.

— Attention, je t'interdis de prendre les choses en main tant que je ne te le permets pas.

Il la regardait fixement avec une intensité follement érotique.

— Je ne te promets rien.

— Promets-le.

Elle bougea légèrement sur lui, et leurs sexes se frottèrent l'un contre l'autre.

— Promis, souffla-t-il.

Elle s'empala sur lui.

Et s'immobilisa, savourant la présence de son sexe qui la remplissait toute.

— Emilie, tu me rends fou.

— Mon jeu, mes règles, se contenta-t-elle de dire en bougeant légèrement.

Elle mit les mains sur son torse et le chevaucha lentement, lui imposant son rythme. Il tenta de l'attraper par les fesses pour changer de cadence, mais elle lui remit les bras au-dessus de la tête.

— On ne touche pas.

Elle accéléra l'allure.

— Caresse-moi les seins.

Il obéit immédiatement, trop heureux de pouvoir enfin toucher ce corps tiède qui s'agitait sur lui, et elle jouit quasiment immédiatement, dans un long frisson qui la parcourut des orteils à la racine des cheveux.

— Tu rougis quand tu jouis, murmura-t-il, et elle se demanda quelle était l'émotion qu'elle lisait dans ses yeux.

Elle se laissa tomber contre son torse.

— Je ne sais pas si j'apprécie tellement d'être pris pour un sex-toy, constata-t-il d'un ton taquin.

— Venge-toi, murmura-t-elle.

— Vraiment ?

— Vraiment.

Il la souleva.

— Mets-toi à quatre pattes.

Elle obtempéra sans broncher.

Il s'agenouilla derrière elle et la pénétra en lui tenant fermement les hanches. Emilie s'appuya sur ses avant-bras, le visage dans l'oreiller.

Cette fois-ci, Samuel ne la fit pas languir. Il la prit avec une urgence qu'elle lui rendit, s'accordant à son rythme frénétique.

Il jouit en faisant ce bruit qu'elle aimait déjà, mi-grognement mi-gémissement, et se laissa tomber sur le lit en l'entraînant avec lui. Il la prit dans ses bras, en cuillère.

Emilie s'y lova.

— Tu veux bien rester un peu ? murmura-t-elle.

— Bien sûr, répondit-il, le nez dans ses cheveux.
Elle hésita un instant.
— Toute la nuit ?
— Toute la nuit, promit-il.

Chapitre 14

Samuel fut réveillé par la lueur grise de l'aube et une érection presque douloureuse.

S'il s'attendait à ça. Après deux ans de vie monacale, la nuit précédente lui apparaissait comme tout droit sortie d'un de ces rêves érotiques qu'il faisait depuis une semaine et dans lesquels Emilie tenait le premier rôle. Mais la réalité avait largement dépassé la fiction.

Il se retourna et la contempla. Elle dormait sur le côté, une main sous la joue, et ce geste inconscient l'attendrit. Ses longs cils reposaient sur ses pommettes hautes, et ses lèvres entrouvertes étaient presque boudeuses. Il adorait sa bouche. Au souvenir de ce qu'elle lui avait fait la veille, il sentit son sexe pulser derechef.

Il consulta l'heure à l'étrange réveil qui trônait sur la table de chevet, et qui ressemblait à un croisement qui aurait mal tourné entre une fraise et un citron. sept heures et demie.

Il ne voulait pas la réveiller tout en mourant d'envie

de lui faire de nouveau l'amour. Son dilemme fut résolu par la sonnerie stridente du réveil.

Il tendit la main pour le faire taire et Emilie fit de même, abattant le bras en travers de son torse. Elle tâtonna et attrapa l'appareil, qu'elle manipula dans tous les sens sans effet.

— Laisse-moi regarder, dit-il en lui prenant le réveil des mains.

Elle le lui abandonna et se rallongea en soupirant.

Il ne lui fallut que quelques secondes pour le faire taire.

— Ça alors, comment tu as fait ? demanda Emilie en se redressant.

— J'ai enlevé la pile.

— Mais elle était où ? Ça fait des mois que je la cherche.

— Dans la feuille, répondit-il en lui montrant la cavité effectivement dissimulée dans l'énorme feuille qui se dressait au sommet du réveil.

— Dans la feuille, dit Emilie, comme si son cerveau prenait le temps de traiter l'information.

— C'est un réveil... intéressant, commenta-t-il prudemment en le reposant sur la table de chevet.

— Ah non, toi aussi, tu vas le critiquer ? Je me demande pourquoi personne ne l'aime, il est pourtant super chou, non ?

— Si on aime le style post-Tchernobyl, sans doute.

— Pas de sarcasmes avant le café, monsieur Winterfeld.

— Et du sexe avant le café, c'est possible ? demanda-t-il, se penchant pour l'embrasser.

— C'est même recommandé, répondit-elle en lui caressant le torse.

— J'aime ce genre de prescription, murmura Samuel.

Pour finir, quand ils envisagèrent la possibilité de quitter le lit, il était presque 11 heures.

— Il faut que je rentre chez moi me doucher et me changer, dit Samuel en cherchant ses chaussettes. Je vais bruncher chez mon frère.

— Il habite où ? s'enquit Emilie qui le regardait s'agiter en se disant que seul un treuil pourrait la faire bouger de ce lit.

— A Vincennes. Ah ! s'écria Samuel en brandissant, triomphant, la chaussette qu'il avait retrouvée sur le dossier du fauteuil. Et toi, tu fais quoi aujourd'hui ?

— Je corrige des copies, soupira Emilie.

— Ça a l'air de t'enchanter.

Il avait enfilé ses chaussettes et cherchait sa chemise du regard.

— Celui qui n'a jamais corrigé un paquet de copies de sa vie ne peut pas comprendre la solitude du correcteur de fond. D'abord, c'est long comme un jour sans alcool, genre vingt minutes par copie en lycée, et en plus tu lis trente-sept fois la même chose.

— Il faudrait leur donner trente-sept sujets

différents alors, proposa Samuel en achevant de boutonner sa chemise.

— Bien sûr. Et se tirer une balle dans le pied par la même occasion. J'ai déjà du mal à choisir des sujets dont on ne trouve pas le corrigé sur Internet, alors tu imagines s'il fallait en pondre trente-sept chaque fois ? Non, l'idéal serait de sous-traiter la correction des copies. Je trouve que ça serait super formateur pour les étudiants qui se destinent à l'enseignement. Bizarrement, mon idée n'a jamais trouvé preneur à l'IUFM.

Samuel, qui avait lacé ses chaussures, la regardait en souriant.

— Quoi ?

— Tu es belle, répondit-il en se penchant pour l'embrasser.

Emilie rougit.

— Il faut vraiment que je parte, sinon je vais être en retard, et ma belle-sœur n'aime pas qu'on fasse attendre le sacro-saint brunch dominical.

— En même temps, il a déjà l'air bien tardif, ce brunch.

— 13 heures.

— Un brunch parisien, quoi.

Samuel se mit à rire et se leva. Emilie l'imita.

— Je te raccompagne, annonça-t-elle en enfilant un vieux T-shirt extra-large qui traînait dans le fauteuil.

Samuel jeta un coup d'œil sur l'imprimé qui s'étalait sur sa poitrine et haussa un sourcil.

— Vraiment ?

Emilie baissa les yeux sur ses seins. « Pas ce soir, chéri, y a *Castle* à la télé » était écrit en rouge vif.

— Un cadeau de mes copines. J'aime bien ce genre de bêtises, avoua-t-elle en le précédant dans le couloir.

Ce que Samuel aimait surtout sur l'instant, c'était la vision de ses fesses dépassant légèrement du T-shirt.

Il enfila sa veste en cuir et récupéra son parapluie.

— Tu es libre demain soir ? demanda-t-il en se penchant pour l'embrasser.

— Non, jamais le lundi, Clara ne peut pas garder Elizabeth, elle a ses répétitions de chant.

— Et mardi soir ?

— Oui, mais tard, mon cours d'espagnol se termine à 9 heures.

— Tu aimes le curry ?

— Oui.

— *It's a date*, alors, mardi, après 9 heures. Je t'attendrai.

— Nu sous ton tablier ?

— Ça se négocie.

Ce fut Emilie qui rompit leur baiser.

— Tu vas être en retard.

— Je file. Bonnes copies.

Et il disparut dans l'escalier.

Emilie referma la porte derrière lui et se précipita dans la salle de bains. Elle voulait discuter de la nuit précédente (et du matin) avec Louise et compagnie, mais pas question d'être surprise en petite tenue avec des cheveux criant « j'ai baisé comme une folle » par Clara.

Elle évita soigneusement de se regarder dans le miroir de la salle de bains, bien trop consciente de l'image qu'il lui renverrait : comme elle avait (encore une fois) fait l'impasse sur le démaquillage la veille, elle devait avoir des yeux charbonneux, le teint rougi par la barbe de Samuel, sans parler de cet air satisfait de celle qui a rattrapé son retard d'orgasmes. Mieux valait se glisser directement sous la douche.

Une demi-heure plus tard, dans son jogging du dimanche (celui sur lequel était écrit « Pétasse » sur les fesses), les cheveux humides, elle s'attaqua au rangement de sa chambre, qui ressemblait exactement à ce qu'elle était : un champ de bataille postcoïtal. Elle ouvrit la fenêtre en grand, changea les draps et vérifia que rien ne traînait.

Ce n'est qu'une fois cette tâche accomplie qu'elle s'installa à son bureau et alluma son ordinateur.

Son Facebook clignotait de partout : apparemment, Louise et Maria avaient passé la soirée à lui envoyer des messages et à faire des suppositions sur le déroulement de sa nuit.

Emilie — Salut, les filles.

Louise — Enfin ! On a failli appeler la police ! C'était si bien que ça pour que tu ne te connectes que maintenant ?

Emilie — C'était incroyable.

Louise — Mais encore ?

Emilie — Ecoute, jamais ce lit n'avait connu pareille extase.

Louise — Sérieux ?

Emilie — Sérieusement.

Louise — Oui, pardon, sérieusement. N'essaie pas de détourner la conversation en corrigeant ma grammaire défaillante. Il est comment au lit alors ?

Emilie — Très bon. Et sérieusement dominant. Et drôle. Et attentionné. Et musclé. Et bien équipé. Et drôle.

Louise — Tu l'as déjà dit. Et sinon, vous en êtes restés où ?

Emilie — Eh bien, je le redis. Et je peux même le dire une troisième fois : il est drôle, na. Et on se revoit mardi soir, si Clara peut garder Elizabeth.

Louise — Déjà ? Ça s'annonce sérieux ?

Emilie — Je n'en sais rien et je ne veux pas le savoir. Tu m'as dit de foncer sans me prendre la tête, c'est ce que je fais.

Louise — Mon Dieu, qui a piraté le FB d'Emilie Vanderhelde ?

Emilie — Oh ! Ça va, hein.

Louise — Moi je dis que ça mérite une séance de débriefing en live.

Maria — Ouais, ça manque de détails croustillants, tout ça.

Louise — Ah, te voilà, toi, t'étais où ?

Maria — Je déjeunais avec Laurent.

Emilie — Ton ex ?

Maria — Oui. Il est de passage à Paris.

Louise — Et dans ton lit ?

Maria — Pas cette fois-ci.

Emilie — Ah bon, pourquoi pas ?

Maria — Je ne sais pas, je n'avais pas envie. Je me demande si je ne tourne pas en rond à cause de lui.

Louise — C'est bien ce que je disais, faut boire.

Emilie — Ça va être difficile cette semaine, j'ai Elizabeth le week-end prochain.

Louise — Ah, d'accord. Clara peut la garder

pour que tu t'envoies en l'air avec M. Big, mais pas pour que tu nous racontes les détails de ta nuit de folie. Je vois le genre.

Emilie — Là, telle que tu ne me vois pas derrière mon écran, je lève les yeux au ciel. Clara garde Elizabeth tous les mardis pour que j'aille à mon cours d'espagnol. Ça ne change donc rien.

Louise — On peut toujours s'incruster chez toi vendredi soir. J'apporte des sushis.

Maria — Et moi de la bière.

Emilie — Si vous voulez.

Louise — Cache ton enthousiasme.

Emilie — J'agite les bras en faisant bouger mes seins, ça te va ?

Louise — Garde ça pour ton *sex god*. J'aime mes amants avec moins de poitrine.

Emilie — Je vous laisse, Clara rentre.

Louise — Et voilà, elle aura tous les détails croustillants avant nous. Je suis désespoir.

Emilie se déconnecta avant que Louise ne puisse se laisser aller à son penchant pour la fausse théâtralité, penchant qui se manifestait étrangement beaucoup moins quand elle n'avait pas de public.

Clara toqua légèrement à la porte entrouverte.

— Ouf, je n'interromps rien, dit-elle en s'appuyant contre le chambranle. Je t'ai envoyé trois textos pour savoir si je pouvais rentrer.

— Je ne sais même pas où est mon portable, répondit Emilie en rabattant l'écran de l'ordinateur et en se levant.

Elle se dirigea vers la porte.

— Ouh là, commenta Clara, toi tu as passé une excellente nuit !

— Et une excellente matinée. Je ne sais pas si je vais arriver à marcher demain.

— A ce point ? gloussa Clara. Eh ben, ça rattrape tous ces mois de célibat.

— Je vais te dire un truc que je n'aurais jamais pensé dire : ça valait limite le coup d'attendre. Tu n'as pas vu mon sac ?

— Dans l'entrée à côté de tes *Fuck-me-shoes*, les bien nommées.

— Bah, ce ne sont pas des *Fuck-me-shoes*, protesta Emilie. Elles n'ont pas douze centimètres de talon !

— Non, mais quand tu les mets, en général, tu passes une bonne nuit, la taquina Clara.

— Ce sont juste des chaussures porte-bonheur, c'est tout, rétorqua Emilie en fourrageant dans son sac immense.

Elle revint vers le salon, iPhone en main.

— Voyons voir, toi, toi, toi, Louise, Maria, Louise, Louise, Jeanne, Louise.

Emilie s'interrompit.

— Pas de texto de Samuel ? demanda Clara.

— Non, répondit Emilie en espérant que sa déception ne s'entendrait pas trop.

— Il est parti à quelle heure ?

— Un peu après 11 heures.

Emilie se laissa tomber sur le canapé.

— Et s'il n'osait pas me dire : « C'était très sympa, mais finalement j'ai un truc à faire mardi » ?

— Vous êtes censés vous voir mardi ?

— Oui, enfin, si tu veux bien baby-sitter Elizabeth.

— Pas de problème.

Emilie tournait et retournait le portable entre ses mains.

— Mais enfin, qu'est-ce qui se passe ? Je croyais que tu avais passé une super nuit ?

— Moi, oui, mais lui ? Et s'il m'avait trouvée nulle ? Et grosse ?

— Arrête de dire n'importe quoi, la sermonna Clara en s'asseyant à ses côtés. Tu as 35 ans, tu as eu des tonnes d'amants, comment veux-tu qu'il n'ait pas passé une bonne nuit ?

— Je n'ai pas eu des tonnes d'amants, j'en ai eu onze, et là-dedans, il y en a au moins deux dont je n'ai aucun souvenir. Mais tu as raison, je suis idiote. J'ai promis à Louise d'arrêter de me prendre la tête, alors regarde-moi, je le fais.

Joignant le geste à la parole, elle posa le portable sur la table basse.

— Et toi, c'était bien ta soirée ?

— Normale. Emilie, tu ne vas pas croire que

tout est fini entre vous parce qu'il ne t'a pas envoyé de texto dans la minute ?

— Ça fait plus de quatre heures, remarqua Emilie.

— Louise a raison, tu as 14 ans, en fait.

Elle fut interrompue par la sonnette.

— Oh non, gémit Emilie, pas lui. Je ne suis pas là, s'il te plaît, tu veux bien ouvrir la porte ?

— Mais enfin, pourquoi ça ? demanda Clara.

— Je ne veux pas voir Diego.

Clara lui jeta un regard perplexe.

— Je croyais que tu lui parlais de nouveau.

— Oui, mais pas aujourd'hui. Ne discute pas, ouvre-lui, la pressa Emilie.

— Pfff, ça se paiera, tout ça. Et pas en lessives et en courses, grommela Clara en se dirigeant vers l'entrée.

Emilie fit la seule chose mature qui lui vint à l'esprit pendant que Clara ouvrait la porte : elle se cacha dans la salle de bains. Elle était en train de classer ses vernis à ongles par couleurs, histoire de s'occuper, quand on frappa à la porte.

— Emilie, je sais que tu es là, je peux entrer ?

Et merde.

— Je ne suis pas visible.

— Vraiment ?

La porte s'ouvrit sur Diego.

— En même temps, ce n'est pas comme si je ne t'avais pas vue des milliers de fois.

— Ce qui explique certainement pourquoi tu es parti, répliqua Emilie.

— J'adore quand tu es furieuse.

— Eh bien, pas moi. Je suis une femme zen, en temps normal. Mais quand tu es là, je, je… Tu es mon Antéchrist, voilà.

— Carrément ? C'est trop d'honneur.

Il s'était nonchalamment appuyé contre le chambranle et avait croisé les bras. Il avait dans le regard une lueur qu'elle connaissait bien. Du désir.

Par les couilles de Zeus.

Pourquoi fallait-il que son ex, père de sa fille de surcroît, soit aussi beau ? Et aussi insupportable ? Et qu'elle en ait été folle amoureuse aussi longtemps ?

Par les couilles poilues de Zeus.

— Je t'entends jurer, tu sais, fit-il remarquer, l'air de rien.

— Tu voulais quelque chose ? demanda-t-elle en continuant à tripoter ses vernis.

— Savoir quand tu étais libre pour dîner.

— Je n'ai jamais accepté de dîner avec toi.

— Vraiment ?

— Tu es insupportable.

— Mais adorable. Je te laisse la nuit pour te décider, je te rappelle demain, dit-il avant de tourner les talons. Ah, au fait, tu es hyper-bien coiffée, lança-t-il par-dessus son épaule.

Emilie entendit ses pas s'éloigner et la porte d'entrée se fermer.

Ce n'est pas vrai, se dit-elle en se laissant tomber sur le bord de la baignoire, *j'ai vraiment dû faire un truc super moche dans une vie antérieure pour mériter ça. Genre manger des bébés pandas.*

Chapitre 15

Samuel était passé chez lui se doucher et se changer. Il avait mis son portable à charger en rentrant et, chose qui ne lui arrivait jamais, l'avait oublié en partant. Quand il s'en était aperçu dans le métro, il était trop tard pour faire demi-tour.

Quand il sonna chez son frère un peu après 13 heures, ce dernier lui ouvrit tout de suite.

— Ah, enfin, on a failli attendre, je ne te dis pas dans quel état est Florence.

Samuel consulta sa montre.

— J'ai huit minutes de retard.

— Huit minutes de trop, rétorqua Raphaël en le poussant à l'intérieur. Allez, vieux, dépêche-toi.

En d'autres circonstances, Samuel aurait protesté. Mais en d'autres circonstances, il n'aurait pas été en retard et n'aurait pas à subir les foudres de sa belle-sœur. Raphaël, de six ans son cadet, avait épousé quinze ans auparavant une femme sublime mais complètement psychorigide, qui menait leur foyer, dans lequel étaient nés deux enfants, d'une main de fer. Raphaël était un éditeur aux goûts sûrs et au flair légendaire, dont on ne contestait jamais les décisions au travail. Mais devant sa femme il filait doux et ne remettait jamais aucun de ses choix en cause.

— Allez, allez, le pressa-t-il, comme Samuel n'enlevait pas assez vite sa veste en cuir à son goût.

— *Relax, man*, répondit Samuel en riant.

— *Relax, man ?* dit Raphaël, abasourdi.

Il dévisagea attentivement son frère.

— Qu'est-ce qui t'arrive ?

— Rien, répondit Samuel en se dirigeant vers la salle à manger.

— Rien ? Tu arrives en retard pour la première fois depuis… toujours, tu me dis « *relax, man* » comme si tu te prenais pour… pour… un ado branché, et tu me dis qu'il ne se passe rien ?

— Je ne crois pas que les ados branchés disent « *relax, man* », tu sais, fit remarquer Samuel en entrant enfin dans le saint des saints, la salle à manger où se déroulait le sacro-saint brunch.

Comme chaque fois, la table du buffet croulait sous des victuailles qui auraient pu sans problème nourrir un régiment de mannequins anorexiques ayant voué un culte à la carotte et au céleri. Et comme chaque fois, Samuel ne connaissait pas les trois quarts des convives, qui se renouvelaient tous les mois avec une facilité inquiétante, comme si Florence les sortait d'un chapeau de magicien. Samuel détestait ces brunchs, mais il s'y rendait pour voir son frère, son neveu et sa nièce, ainsi que pour éviter les jérémiades de Florence, qui trouvait que sa période de deuil avait été assez longue comme ça. Samuel devait donc affronter un dimanche par mois un défilé de jeunes (et moins jeunes) femmes rigoureusement sélectionnées par sa belle-sœur selon des critères qui lui paraissaient, au bout de huit mois, toujours aussi nébuleux. Et il adoptait toujours la même attitude : de la froideur, un air hautain et un repli vers la chambre de Nina ou de Marius dès que l'occasion le lui permettait. Résultat des courses, il passait pour le célibataire le plus sexy de l'entourage de Raphaël et Florence, et s'était engagée une espèce de course à qui lui passerait la corde au cou. Décidément, il ne comprendrait jamais rien aux femmes.

Sauf peut-être à Emilie.

La pensée de la jeune femme qu'il avait laissée dans son T-shirt trop grand le fit sourire. Il mourait d'envie de lui envoyer un texto et se maudit encore d'avoir oublié son téléphone.

— Je suis ravie de voir que tu as l'air content de toi, lui dit Florence, qui avait surgi à côté de lui.

Il aurait fallu un brise-glace pour venir à bout de la froideur de son ton.

— On t'attendait, tu sais, poursuivit-elle.

— En même temps, je n'ai jamais compris pourquoi il faut que tous les invités soient là pour commencer quand tu fais un buffet. L'intérêt de la chose n'est-il pas justement que chacun puisse manger comme il veut ? répliqua Samuel en cherchant des yeux quelque chose de comestible pour un homme qui n'était ni végétarien ni au régime.

— Un buffet ne change rien à l'affaire : l'heure, c'est l'heure.

— Et un radis est un radis, marmonna Samuel.

— Pardon ?

— Rien, rien. Ah, ma nièce préférée ! s'exclama-t-il en remerciant intérieurement Nina de son arrivée.

— Mon oncle adoré ! répondit Nina en lui faisant la bise. Viens, il y a du rôti en bout de table, annonça-t-elle en l'entraînant loin de sa mère, qui s'était tournée vers un couple âgé.

— Tu lis dans mes pensées. Alors, quoi de neuf ?

— J'ai eu une super note à la dernière rédac.

— Celle sur le chevalier ? s'enquit Samuel en remplissant son assiette.

Il était affamé.

— Oui, celle pour laquelle tu m'as aidée. D'ailleurs, j'ai un devoir d'anglais à rendre mardi et je ne suis pas sûre de moi, tu pourras y jeter un coup d'œil ?

— Bien sûr. Où est ton frère ? demanda-t-il en attaquant ce qui ressemblait à un taboulé.

— Il s'est caché dans sa chambre, il ne voulait pas sortir. Je suis venue lui chercher à manger.

— Laisse-moi t'aider, et allons le rejoindre.

Deux heures plus tard, Raphaël passa la tête par l'entrebâillement de la porte et découvrit Samuel, allongé par terre, très occupé par une partie de Monopoly avec Marius et Nina.

— Ah, vous voilà, bande de chenapans ! Florence t'a cherché partout, ajouta-t-il à l'intention de son frère.

— Elle n'a pas dû y mettre beaucoup d'ardeur, rétorqua Samuel en lançant les dés. Je sais bien que vous avez un appartement immense, mais quand même.

— Elle ne voulait pas abandonner ses invités. Tu sais comment elle est.

C'était justement parce qu'il la connaissait que Samuel était sûr de pouvoir se réfugier en toute sécurité dans une des chambres des enfants.

— Tout le monde est parti ? s'enquit-il.

— Oui, la voie est libre.

— Bon, je file alors.

— Oh non, déjà ? protestèrent les enfants en chœur. Mais il est à peine 3 heures !

— Je sais, mais j'ai du travail, les enfants. Laissez la partie en l'état, on reprendra la prochaine fois, répondit Samuel en se levant.

— Toi, tu me caches définitivement quelque chose, dit Raphaël en trottinant à sa suite le long de l'immense couloir qui desservait tout l'appartement. Tu arrives en retard, tu parles bizarrement, tu disparais tout de suite et tu repars super tôt.

— J'ai du boulot, mon vieux, et tu le sais bien. Je ne peux pas me permettre de prendre du retard. Mais si tu veux, on peut prendre un café ensemble dans la semaine, proposa Samuel qui piaffait intérieurement, la main sur la poignée de la porte. Salue

Florence pour moi et félicite-la pour ses radis, ils étaient parfaits.

Raphaël le regarda disparaître dans la cage d'escalier en secouant la tête.

Samuel aimait profondément son frère, mais il n'était pas question qu'il lui raconte quoi que ce soit. En tout cas pas à portée des oreilles de Florence, dont les qualités de Grande Inquisitrice n'étaient plus à démontrer. Il était certain que son regard glacial et ses remarques acérées en avaient fait avouer plus d'un. Il gagna le métro quasiment au pas de course, inconscient de la pluie qui s'était remise à tomber. Samuel était d'un naturel plutôt patient, mais quand il vit que le prochain métro n'était pas annoncé avant neuf minutes, il jura dans sa barbe. A ce train-là, avec la correspondance, il lui faudrait plus d'une heure pour rentrer chez lui. Il ne pouvait rien faire d'autre que prendre son mal en patience.

Emilie était en train de taper la correction du commentaire sur la mort d'Hippolyte dans *Phèdre* lorsque son portable fit entendre le générique de *Doctor Who.*

Samuel.

Son cœur s'emmêla et rata un battement. *J'ai vraiment 14 ans, les copines ont raison*, se dit-elle en décrochant.

— Allô ? (*C'est complètement idiot, je sais*

que c'est lui, j'aurais pu trouver une façon plus intelligente de décrocher.)

— Comment avance la correction ?

La voix de Samuel, déjà séduisante en temps normal, lui parut encore plus enchanteresse après quatre heures d'attente et quelques doutes. OK, plein de doutes.

— Pas si bien que ça, j'étais un peu… perturbée.

— Que t'est-il arrivé ?

— Eh bien, pour commencer, je me demandais si j'aurais de nouveau de tes nouvelles.

Non, ce n'était pas possible, elle n'avait pas dit ça. Elle se frappa le front de la paume de la main.

— Je t'ai manqué ? demanda Samuel en riant.

— Un peu. Un tout petit peu. Un riquiqui peu, répondit Emilie.

Mais qu'on l'achève pour bafouillage idiot ! Tout. De. Suite.

— Toi aussi, tu m'as manqué. Je voulais t'appeler plus tôt mais j'avais oublié mon portable chez moi. Et la deuxième chose ?

— Quelle deuxième chose ?

— Tu as dit « pour commencer ».

— Ah. Oui. Euh. Disons que j'ai eu une conversation désagréable avec mon ex. C'était bien, chez ton frère ?

Samuel sembla ne pas remarquer le changement de conversation et elle lui en sut gré.

— J'ai gagné une partie de petits chevaux.

— Je ne savais pas que tu étais fort aux petits chevaux.

— Il y a encore de nombreuses choses sur moi que vous ne savez pas, madame Vanderhelde. Je suis un homme plein de surprises. A ton tour de me révéler quelque chose que j'ignore.

— Si tu veux, répondit Emilie en riant. Moi je suis hyper-forte au Time's Up. Il paraît que c'est parce que je peux mimer n'importe quoi.

— Je veux bien le croire.

La voix de Samuel, profonde et caressante, la fit frémir.

— Cela dit, j'attendais une révélation un peu plus… croustillante.

— Donnant, donnant. Toi d'abord, répliqua Emilie, dont le rythme cardiaque semblait s'être soudain accéléré.

Il y eut un silence au bout du fil.

— Il m'arrive souvent de ne pas mettre de caleçon.

— Tu en as un, aujourd'hui ?

— Non.

— J'aimerais bien voir ça, murmura-t-elle.

Elle jeta un coup d'œil vers la porte de son bureau pour vérifier que celle-ci était bien fermée.

— Je ne demanderais pas mieux que de te faire plaisir. A défaut, tu peux imaginer.

Par les seins de sainte Agathe, du sex phone. Cet homme était vraiment plein de surprises.

— J'imagine très bien, répondit-elle, le souffle un peu court.

— Tss-tss, ne va pas croire que je vais te laisser te défiler. J'attends une révélation, moi aussi.

— J'aime les sous-vêtements rouges ? tenta-t-elle.

— Trop facile. Si tu ne réponds pas, tu auras un gage la prochaine fois qu'on se verra.

— Je prends le gage, chuchota Emilie.

La réponse de Samuel fut noyée par un bruit de voix derrière la porte.

— J'arrive, ma chérie, cria Emilie.

— A mardi, promit Samuel. Je t'embrasse.

— Moi aussi.

Et elle raccrocha, le cœur battant.

Chapitre 16

Le lundi démarra fort mal.

Elizabeth avait fait un cauchemar qui avait précipité Emilie hors de sa chambre à 3 heures du matin. Elle avait lutté pour ne pas se rendormir dans le lit de sa fille, résultat : quand elle avait fini par regagner son propre lit vers 4 heures, elle n'avait fait que se tourner et se retourner, incapable de trouver le sommeil. Elle avait fini par abandonner et aller corriger des copies, sur lesquelles elle avait évidemment failli s'effondrer peu avant 6 heures.

Il faut vraiment que j'arrête ce rythme complètement idiot, se dit-elle en se noyant sous le jet brûlant de la douche.

Elle décida qu'il était temps de prendre de vraies résolutions.

Un : arrêter de boire du café. Deux : se mettre au sport avec Louise. Trois : arrêter de picoler. Enfin, en semaine. Quatre : manger sainement. Cinq : tenir réellement ses résolutions.

Quand elle sortit de la salle de bains à 6 h 33, elle était déjà épuisée par son programme.

A huit heures moins le quart, devant la machine à café du lycée, l'habitude fut la plus forte et elle appuya sans réfléchir sur le bouton « café long ».

— Et merde.

— Un problème ? demanda José, le seul collègue séduisant de tout l'établissement, même s'il se baladait en survêtement toute la journée, EPS oblige.

— Non, non, marmonna Emilie, c'est juste que je voulais arrêter le café.

— Toi ? T'es malade ? demanda-t-il en éclatant de rire.

OK, être mignon ne veut pas forcément dire être drôle, pensa-t-elle en slalomant entre les fauteuils pour gagner son casier. Bon, Samuel était beau et drôle, lui, mais c'était Samuel et…

Ces pensées agréables furent interrompues par la réalité, qui se manifesta sous la forme d'un papier officiel émanant du proviseur convoquant tous les « enseignants impliqués dans l'épreuve d'histoire des arts en classe de Troisième » à une réunion à l'heure du déjeuner. Le fait qu'il y ait écrit « rappel » en gros sur un coin de l'imprimé n'arrangeait rien. Emilie sortit son énorme agenda de son immense sac et constata qu'elle y avait bien porté la mention de cette réunion. Elle jeta un coup d'œil sur le reste de la semaine : elle avait une réunion sur l'accompagnement personnalisé en Seconde jeudi midi, et l'exercice pour vérifier l'alarme incendie aurait lieu vendredi matin. Super.

Elle vérifia que son casier ne contenait pas d'autre

surprise et se rendit dans la petite pièce qui jouxtait la salle des profs où se trouvait la photocopieuse, sur laquelle une bonne âme avait scotché un panneau blanc : « En panne ».

— Je veux juste mourir, gémit Emilie, le front posé sur la machine.

— C'est un peu extrême, non ? Si tu faisais du yoga, tu n'en arriverais pas à de tels pics de stress.

— Gisèle, j'ai juste envie de te dire : « Ta gueule », marmonna Emilie sans lever le nez.

— Tu vois, tu es agressive, ton aura est toute verte.

— La photocopieuse est encore en panne ?

Michel, l'un des délégués syndicaux, entra en fulminant dans la petite pièce.

— Je vais de ce pas chez le proviseur. On veut nous empêcher de travailler dans des conditions décentes, c'est proprement inadmissible ! (Il finit par remarquer Emilie, qui n'avait pas bougé.) Emilie ? Qu'est-ce que tu fais ?

— J'essaie de la réparer par la force de ma pensée, répondit-elle sans bouger.

Michel la considéra, perplexe, puis regarda Gisèle, qui se contenta de hausser les épaules, et il s'approcha d'Emilie.

Il mit sur son épaule une main paternelle.

— Tu ne serais pas un peu surmenée, toi ?

— Non, pourquoi ? demanda-t-elle en se redressant enfin, la marque des boutons de la photocopieuse sur le front. J'aime juste les challenges.

La sonnerie le dispensa de répondre.

Quand arriva le soir, Emilie avait bu cinq cafés, passé une heure à repousser l'ouverture d'un paquet de copies et elle était en train de préparer « un pique-nique aire d'autoroute » pour Elizabeth et elle. Autant dire que son programme s'annonçait plus difficile à tenir que prévu.

Elle fut interrompue dans le réchauffage de la Pasta Box Carbonara de sa fille par la sonnerie de son portable.

— Allô ? fit-elle sans regarder qui appelait, le nez dans les instructions détaillées sur la boîte.

— Bonsoir, Emilie.

Samuel. Elle se sentit fondre en entendant sa voix.

— Bonsoir, ronronna-t-elle. (*Ce n'est pas vrai*, se dit-elle, *cet homme me fait ronronner, je suis vraiment atteinte*.)

— Je ne te dérange pas ?

— Non, je suis en pleine préparation d'un pique-nique aire d'autoroute.

— Un quoi ?

— Un pique-nique aire d'autoroute. On ne mange que des trucs qu'on pourrait trouver sur une aire d'autoroute.

— Hum, c'est… intéressant.

Emilie eut l'impression qu'il réprimait un rire.

— Ce n'est pas ma faute, j'aime les aires d'autoroute. C'est ma façon de leur rendre hommage.

Cette fois-ci, Samuel éclata vraiment de rire.

— Emilie, tu es unique.

— Dieu merci, te dirait ma mère.

— Mmm, il faudrait que je la rencontre, j'aurais des choses à lui dire.

La pensée de sa mère face à Samuel fit quasiment naître une bouffée d'angoisse chez Emilie.

— Ou pas. Et toi, tu fais quoi ?

— Je m'arrache les cheveux sur un paragraphe particulièrement difficile et je pense à toi. Je voulais juste entendre ta voix. Je te laisse à ton micro-ondes. A demain. Et ne crois pas que je vais oublier ton gage.

— A demain, répondit Emilie en rougissant.

Elle pourrait très facilement s'habituer à recevoir ce genre de coup de fil tous les jours. Voire plusieurs fois par jour. Samuel mettait de la douceur et du piment dans sa vie.

Ne te mets pas à rêver, se sermonna-t-elle. *Un jour après l'autre, comme dirait Scarlett.*

Jamais dicton ne lui avait paru plus juste quand elle quitta son cours d'espagnol le lendemain, un peu après 21 heures.

La journée s'était traînée avec une lenteur désespérante, même si elle était arrivée en cours avec cinq minutes de retard parce qu'elle ne savait pas quoi se mettre. Elle avait fini par opter en soupirant pour sa tenue habituelle : jean, blouse et gilet. Un jour, elle renouvellerait sa garde-robe. Un jour.

Elle réussit à attraper un bus qui, miracle, passait au moment où elle sortait, descendit place Gambetta et marcha d'un bon pas jusque chez Samuel. Elle se sentait légèrement euphorique. Et cet état était tellement agréable qu'elle refusait pour une fois de se laisser aller à ces interrogations qui lui pourrissaient régulièrement la vie. Qu'importe si elle ne savait pas ce que demain lui réservait. Elle espérait juste que la soirée serait délicieuse. Profiter de l'instant était pour elle aussi nouveau qu'excitant.

Elle sortit de l'ascenseur, le sourire aux lèvres, et frappa à la porte de Samuel.

— Bon…

Elle s'interrompit, partagée entre le rire et l'embarras.

Samuel ne portait en tout et pour tout qu'un tablier sur lequel était écrit en lettres rouges « Maître-queue ». Il lui prit la main et la fit entrer, puis referma la porte dans son dos et elle se retrouva coincée entre cette dernière et Samuel, qui mit les mains de part et d'autre de son visage.

— Bonsoir, lui murmura-t-il à l'oreille.

Il sentait tellement bon, et sa peau nue exhalait une telle chaleur qu'Emilie sentit la tête lui tourner sous l'effet du désir.

— Je vois que tu as pris ma blague au sérieux, parvint-elle à articuler.

— J'aime bien les défis, répondit-il, la regardant droit dans les yeux.

Avant de l'embrasser.

Emilie ne sut pas combien de temps dura ce baiser, mais quand il finit par reculer, elle ne savait plus comment elle s'appelait, quelle était sa couleur préférée ni le sujet de sa thèse. Elle savait juste qu'elle avait perdu l'usage de ses genoux et de son cerveau, mais ce n'était pas bien grave, puisqu'elle était fermement pressée contre le corps musclé de Samuel et que, de toute façon, elle n'envisageait pas de faire appel à ses neurones dans les heures à venir.

— Tu as faim ? demanda Samuel.

— Hein ?

— Faim, dit Samuel en souriant. Tu es venue dîner, tu te rappelles ?

— Euh, oui, parfaitement, dîner, absolument.

Samuel se mit à rire.

— Tu es vraiment adorable. Donne-moi ton manteau.

Emilie se rendit compte alors qu'elle portait encore sa panoplie habituelle contre le froid parisien. *Pas étonnant que j'aie si chaud*, songea-t-elle. *Rien à voir avec Samuel, bien entendu.*

Elle lui abandonna son manteau, son écharpe et ses gants, et le regarda suspendre le tout à la patère de l'entrée, avant de se retourner pour gagner la cuisine.

Jarnidieu.

Il avait un cul sublime.

— Je sais que vous matez, madame Vanderhelde, prévint-il sans se retourner. C'est très mal élevé.

— Vous pourriez envisager de me punir, monsieur Winterfeld, répondit-elle en lui emboîtant le pas.

Il se retourna.

— Ça fait deux fois que tu parles de punition. Dois-je y voir un message caché ?

— Euh, bafouilla Emilie, écarlate, je ne sais pas, j'ai dit ça comme ça. Faut croire que ton côté autoritaire parle à mon cerveau reptilien, ajouta-t-elle.

— Tu veux dire qu'il t'arrive d'arrêter de réfléchir ? Toi ?

— Eh bien, avant de te rencontrer, pas vraiment, avoua-t-elle.

— J'ai donc réveillé quelque chose ?

— Va savoir.

— Oh ! Mais je compte bien le découvrir, rétorqua-t-il. Vin blanc ?

— Vin blanc.

— Dîner ?

— Ça dépend du menu.

— Curry.

Emilie avait contourné le bar et s'était rapprochée de lui. Elle posa les mains sur son torse.

— Je préférerais un traducteur sur lit de plaisirs.

— Ça peut s'arranger.

Il l'embrassa en lui caressant le dos puis les fesses. Il passa les mains sous sa blouse et les fit remonter jusqu'à ses seins, dont il titilla les pointes.

— Pas dans la cuisine, murmura-t-elle contre ses lèvres.

— Tu as peur que les légumes nous observent ?

— Non, mais...

— Alors, très exactement dans la cuisine.

Il pivota sans la lâcher et l'assit sur la petite table contre le bar américain. Il se positionna entre ses jambes écartées et l'embrassa passionnément, avec possessivité, sa langue exigeante dans sa bouche, les mains dans ses cheveux. Sans cesser de l'embrasser, il défit les quelques boutons qui fermaient sa blouse et lui caressa les seins. Quand il remplaça une de ses mains par sa bouche, les gémissements d'Emilie redoublèrent. Il descendit l'autre jusqu'à sa taille, défit le bouton de son jean, avant de glisser la main jusqu'à son sexe.

— Très humide, commenta-t-il à mi-voix. J'aime ça.

Il fit glisser le pantalon d'Emilie sans cesser de lui lécher les seins, puis sortit un préservatif de la poche de son tablier et elle n'eut pas le temps de s'interroger sur la présence incongrue de la capote ; il ôta son tablier en un tournemain, enfila le préservatif et la pénétra en la tenant fermement par les fesses.

Emilie était très excitée ; entre le baiser torride dans l'entrée et la situation, lui entièrement nu, elle à demi dévêtue, sur la table de la cuisine, elle voulait qu'il la prenne vite et fort. Comme s'il avait lu dans ses pensées, Samuel instaura tout de suite un rythme soutenu : il y avait une espèce d'urgence dans ses gestes qu'Emilie lui rendit au centuple. A sa grande surprise, elle jouit très rapidement, avec une intensité qui la laissa pantelante.

Il la tint serrée contre lui, le front sur son épaule.

— Quelle fougue, dit-il en déposant un baiser dans le creux de son cou.

— Ça te déplaît ? murmura Emilie, qui avait du mal à reprendre son souffle.

— Bien au contraire, répondit-il en se retirant doucement. C'est juste que je n'aurais jamais pensé, en te voyant si professionnelle devant les parents d'élèves, que tu étais aussi enthousiaste et compétente.

Il l'embrassa.

— J'adore te faire l'amour.

— Plaisir partagé, répondit Emilie.

— Je me demande juste combien d'hommes ont profité de ce corps de rêve.

Elle le dévisagea, surprise.

— Quelques-uns. Alors, on le boit, ce vin ?

Il haussa les sourcils.

— Viens, lui intima-t-il en saisissant la bouteille et deux verres.

— Quand je disais que tu adorais donner des ordres, répondit-elle en souriant.

— C'est parce que tu obéis avec beaucoup de grâce.

Ils gagnèrent une pièce au fond de l'appartement, qui se trouva être la chambre de Samuel. Ce dernier posa le vin et les verres sur la table de chevet et s'assit sur le bord du lit.

— Viens, dit-il en lui tendant la main.

Emilie se dit qu'elle pourrait obéir à ses ordres toute la nuit.

Chapitre 17

Il restait quelques jours avant les vacances, qui s'écoulèrent à toute allure. Emilie était submergée de travail. Aucun temps mort entre le premier et le deuxième trimestre : copies, préparations de cours, réunions parents-profs, tout s'enchaînait dans un tourbillon de journées trop longues et de nuits trop courtes. Il fallait ajouter à cela la fatigue teintée d'excitation d'Elizabeth, qui comptait littéralement les jours avant le 25 décembre, puisque cette année, séparation oblige, elle avait eu droit à deux calendriers de l'Avent, un de la part de son père et un de la part de sa mère. La petite avait rédigé à l'intention du Père Noël une liste longue comme un jour sans chocolat et elle passait beaucoup de temps à spéculer sur ce qu'elle trouverait au pied du sapin : elle avait beau savoir que le vieillard à barbe blanche était une invention des adultes, elle n'en jouait pas moins le jeu avec délectation, sous le regard attendri de sa mère, qui se disait que, pour cela au moins, sa fille n'avait pas grandi trop vite. De son côté, Emilie voyait arriver Noël avec inquiétude : débordée de travail, elle n'avait encore acheté aucun cadeau et ne s'était pas préoccupée du sapin. Il faut dire aussi qu'avec l'irruption aussi imprévisible que rapide de Samuel dans sa vie, cette dernière avait pris un tournant pour le moins mouvementé. Le traducteur au sourire renversant occupait une bonne partie de son temps et de ses pensées. Entre les heures qu'elle arrivait à voler dans la journée sur son temps de travail et les soirées tardives une fois Elizabeth endormie sous la garde de Clara (de l'avantage d'être voisins), les deux amants se voyaient quasiment tous les jours. Et quand elle n'était pas avec lui, Emilie pensait à lui. A son sourire, à ses mains, à sa voix, à son rire, à son regard de loup quand elle se déshabillait, pétillant quand elle plaisantait, et parfois différent, indéchiffrable, quand il pensait qu'elle ne le regardait pas.

Quand elle osait prendre quelques minutes de son temps pour se livrer à un peu d'introspection, elle avait l'impression qu'elle était en train de tomber amoureuse. Et cette perspective lui faisait peur.

Cerise sur un gâteau déjà bien calorique, comme s'il avait senti que la vie d'Emilie prenait un nouveau tournant, Diego se faisait plus pressant ; il lui téléphonait tous les jours et lui envoyait sans arrêt des textos, insistant pour qu'elle accepte de dîner avec lui. Elle faisait la sourde oreille, ne décrochait qu'une fois sur deux et ne répondait à ses messages que s'ils avaient un rapport avec leur fille. Diego faisait clairement le siège d'Emilie, ce qui était prévisible puisque c'était un homme qui ne renonçait jamais. Elle s'attendait donc à ce qu'il passe à la vitesse supérieure d'un jour à l'autre en lui envoyant des cadeaux. Elle n'avait vraiment pas besoin de cette complication dans sa vie.

Le premier samedi des vacances, Emilie eut droit à un coup de fil plaintif de sa mère, le quatrième de la semaine. Elle avait peur que sa fille et sa petite-fille soient en retard le 25 décembre et elle avait eu une hésitation de dernière minute sur la composition du menu. Emilie venait de raccrocher, déjà fatiguée par ce début de journée, quand sa fille fit irruption dans la cuisine, tout habillée.

— Bonjour, maman ! dit la petite en se blottissant contre sa mère. Tu n'as pas oublié qu'aujourd'hui on allait acheter le sapin, hein ?

— Non, marmonna Emilie, le nez dans les cheveux de sa fille. Je n'ai pas oublié. Tu en veux un de quelle taille ?

— Le plus grand possible ! Je voudrais qu'il touche le plafond !

— Ouh là ! Je ne sais pas si on aura assez de décorations s'il est aussi grand. Et puis il faudra le rapporter à la maison. C'est lourd, un sapin, tu sais. Je ne suis pas Hulk.

— Je fabriquerai des décorations et je suis sûre qu'on pourra le porter toutes les deux, affirma sa fille avec toute l'assurance de ses 9 ans.

Emilie jeta un coup d'œil par la fenêtre de la

cuisine. Le jour était levé depuis peu, mais elle savait déjà que la journée serait grise. Comme la veille. Et l'avant-veille.

Si au moins il neigeait, songea-t-elle. *Un Noël tout blanc, ce serait sympa.*

— Maman ? reprit Elizabeth.

— Oui, ma puce ?

— Est-ce que papa et toi vous allez vous remettre ensemble ?

Par la sexytude d'Athos.

Emilie regarda sa fille qui, le visage levé vers sa mère, attendait la réponse à sa question le plus sérieusement du monde.

— Non, ma chérie. Pourquoi est-ce que tu me demandes ça ?

— Parce que j'ai remarqué que tu lui parlais au téléphone, alors qu'avant tu ne le faisais pas.

— C'est vrai. Mais c'est parce que avant je lui en voulais beaucoup de m'avoir quittée. Maintenant, je lui en veux moins. Et puis c'est ton père. Alors je lui parle. Mais je ne veux pas vivre de nouveau avec lui. Tu comprends, ma puce ?

— Oui, soupira Elizabeth. Et ça me rend un peu triste. Allez, dépêche-toi de finir ton café et de te préparer, sinon le marchand de sapins aura tout vendu, poursuivit-elle avec la versatilité de l'enfance.

Sa mère soupira et se dépêcha de finir sa deuxième tasse de café.

Emilie était en train de négocier avec sa fille, qui s'entêtait à vouloir le plus grand sapin en vente devant le fleuriste de la place Gambetta quand une voix familière retentit à son oreille :

— Tiens, ça alors ! Bonjour, Emilie.

Elle tourna la tête. Samuel, emmitouflé dans une parka et une écharpe noires, se tenait à ses côtés.

— Oh. Bonjour, Samuel, répondit-elle en rougissant.

Elle avait beau avoir passé beaucoup de temps avec lui ces trois dernières semaines, elle ne s'était toujours pas habituée à son charme fou. Qu'il soit nu ou habillé, elle le trouvait toujours extrêmement séduisant.

— Samuel, je te présente ma fille, Elizabeth. Ma chérie, voici Samuel, un ami.

— Bonjour, dirent les deux en chœur.

— Tu faisais des courses ? demanda Emilie en voyant les sacs Monoprix dans les mains de Samuel.

— Oui. A vrai dire, j'allais à la librairie acheter des bouquins à offrir à Noël.

— Tu es très prévisible, finalement, le taquina Emilie.

— Ça dépend dans quel domaine, répondit Samuel.

La lueur qui faisait pétiller ses yeux provoqua un brusque réchauffement des joues d'Emilie.

— Et vous, vous achetez le sapin de Noël ? poursuivit Samuel en jetant un coup d'œil aux arbres qui encombraient le trottoir.

Emilie lui sut gré d'avoir détourné la conversation ; elle ne voulait pas qu'elle lui échappe devant sa fille.

— Oui, et maman ne veut pas qu'on prenne celui-là, dit Elizabeth en désignant le plus grand spécimen.

— Il fait au moins un mètre quatre-vingts, commenta Emilie. Et il doit peser trois tonnes. Je ne peux pas le porter jusqu'à la maison. Sois raisonnable, ma chérie. Celui-ci est très bien, ajouta-t-elle en désignant un arbre de taille moyenne, qui lui arrivait au niveau du nez.

— Mais il est riquiqui ! s'exclama Elizabeth.

— Tu plaisantes, il fait presque ma taille, rétorqua sa mère.

— C'est bien ce que je disais, il est tout petit. Tu avais dit que cette année on achèterait un vrai sapin, un grand.

— Eh bien, nous achetons un vrai sapin, et il se trouve juste que nous n'avons pas la même définition de l'adjectif « grand », c'est tout.

— Maman, s'il te plaît, supplia Elizabeth, au bord des larmes.

Emilie contempla la détresse de sa fille, désolée. C'était le deuxième Noël qu'elles passaient sans Diego et elle comprenait que cette histoire de sapin n'était pas un caprice de la part de sa fille, toujours si raisonnable.

— Si c'est juste une question de taille, je peux t'aider à le porter jusque chez toi, intervint Samuel à l'adresse d'Emilie.

— Oh ! c'est vrai ? s'exclama Elizabeth.

— Bien sûr. Si ta maman est d'accord, évidemment.

Emilie regarda alternativement le visage rayonnant d'espoir de sa fille et celui, sérieux, de Samuel.

— Tu crois qu'à deux on peut le porter jusque chez moi ?

— Oui, répondit Samuel. J'ai participé une fois aux jeux des Highlands, tu sais. Les troncs d'arbre, ça me connaît.

— Quoi ? Tu as vraiment fait les jeux des Highlands ? Mais quand ? Je croyais qu'il fallait être écossais pour participer. Tu portais un kilt ?

Emilie s'interrompit brusquement, se souvenant soudain de la présence de sa fille. Elle n'avait pas à s'inquiéter, cette dernière avait accaparé le vendeur, à qui elle expliquait que sa mère avait accepté d'acheter le plus grand de ses sapins.

— J'ai eu une jeunesse mouvementée, répondit Samuel. Et ce qu'on dit sur le port du kilt est vrai. On ne met rien dessous, lui murmura-t-il à l'oreille.

Sur ce, il se détourna, la laissant interdite.

— Alors, jeune fille, dit-il à Elizabeth, on le prend, ce sapin ?

Samuel avait vu juste : à eux deux, ils arrivèrent à porter le sapin jusque chez Emilie. Une fois parcourues les quelques centaines de mètres qui les séparaient de son appartement, elle ne sentait plus ses bras, mais le sourire de sa fille valait toutes les courbatures du monde. Elizabeth entreprit de décorer immédiatement son arbre de Noël, piochant dans le carton que sa mère avait remonté de la cave la veille, tandis qu'Emilie préparait du café.

— Ta fille te ressemble beaucoup, commenta Samuel.

Accoudé au comptoir de la cuisine, il regardait Emilie aller et venir entre le frigo et la cafetière.

— Il paraît, répondit cette dernière en versant le café dans le filtre. Alors comme ça, tu as participé aux jeux des Highlands ? Je veux que tu me racontes tout en détail.

— Si j'avais su que tu avais une telle obsession pour les Ecossais, j'aurais déjà sorti mon kilt.

— Tu as un kilt ?

Emilie le dévisagea, la dosette en suspens au-dessus du filtre.

— Je l'ai gardé, oui. Attention, tu mets du café à côté.

Trop tard. Le contenu de la cuillère s'était répandu sur le sol.

— Sacrebleu, jura Emilie en revenant à la réalité.

— Laisse-moi faire, ordonna Samuel en souriant, tout en lui prenant des mains la pelle et la balayette qu'elle venait de sortir du placard sous l'évier. Je te sens perturbée par cette histoire de kilt et je ne voudrais pas que tu fasses encore une bêtise.

La sonnerie de l'interphone dispensa Emilie de répondre.

— J'y vais, cria Elizabeth en courant vers l'entrée.

— N'ouvre pas si c'est un inconnu ! l'avertit sa mère.

— C'est papa !

— Jarnidieu ! J'avais complètement oublié qu'il venait récupérer Elizabeth ce matin.

— Ça t'arrive de dire « putain », comme tout le monde ?

— Non, rétorqua Emilie en se dirigeant vers l'entrée. Je n'ai pas envie qu'Elizabeth parle mal.

Et je n'ai pas non plus envie de présenter mon ex à mon présent, songea-t-elle.

Peut-être pouvait-elle faire en sorte que Diego n'entre pas dans l'appartement. Ou du moins pas jusque dans la cuisine.

Elle entendit la porte s'ouvrir et la voix de Diego, toute proche d'elle. Il était déjà dans l'encadrement de la porte du salon, de laquelle on avait une vue imprenable sur la cuisine. Trop tard.

— Salut, Em, dit-il en lui faisant la bise. Oh ! dis donc, ça c'est un sapin ! s'exclama-t-il avec un sifflement approbateur. Et ça, c'est…

Il venait d'apercevoir Samuel, qui, accoudé au comptoir séparant la cuisine du salon, sirotait tranquillement le café qu'il venait de servir dans les mugs sortis par Emilie.

— Un ami, acheva Emilie. Samuel, je te présente Diego. Diego, Samuel.

— Un ami, répéta Diego.

— Oui, c'est lui qui nous a aidées à porter le sapin jusqu'à la maison, expliqua Elizabeth. Maman, je pourrai finir de le décorer quand je rentrerai ?

— Bien sûr, ma chérie. Je n'y toucherai pas,

promis. Va chercher ton sac, histoire de ne pas faire attendre ton père.

— Je ne suis pas pressé, répondit ce dernier en s'installant à la table de la cuisine. Je prendrais bien un café, tiens.

Achevez-moi, quelqu'un, là, tout de suite, songea Emilie en sortant une petite tasse pour son ex.

— Vous allez chez tes parents, demain ? demanda-t-elle à Diego, histoire de lui couper sous le pied toute velléité de conversation avec Samuel.

La dernière chose dont elle avait besoin était d'un combat de coqs dans sa cuisine.

— Oui, répondit Diego, on rentrera jeudi.

— J'ai emballé les cadeaux pour tes parents, ils sont dans la valise d'Elizabeth. C'est elle qui les a choisis.

— Super, répondit Diego en reposant sa tasse. Ton café est un peu léger, non ? Tu vas faire quoi pendant ces cinq jours ?

Son ton était neutre, mais son regard allait et venait entre Samuel et Emilie.

— Acheter enfin mes cadeaux, répondit-elle, et remettre l'appartement en ordre. C'est Tchernobyl ici.

— Ah ça, on ne peut pas dire que tu sois une pro du ménage, constata Diego en souriant. Ah, voilà ma fille préférée !

Il posa sa tasse vide sur la table, se leva, déposa un baiser sur la joue de son ex, serra la main de Samuel et saisit la valise de sa fille. Emilie les accompagna jusqu'à la porte et vérifia qu'Elizabeth avait bien noué son écharpe.

— Au revoir, ma chérie, amuse-toi bien chez papi et mamie.

— Quant à toi, pas besoin de te recommander de bien t'amuser, je pense que tu t'en chargeras pour deux, rétorqua froidement Diego avant de tourner les talons.

Emilie ferma la porte derrière eux et appuya le front sur le blindage.

Je le déteste, songea-t-elle. *Je le déteste*.

Elle sentit soudain un bras sur ses épaules et se retrouva blottie contre la poitrine rassurante de Samuel.

— Je suis désolé, dit ce dernier. Si j'avais su que ton ex devait venir chercher ta fille, je serais parti tout de suite. Ou je me serais caché dans le placard.

— C'est pas grave. (Emilie inspira profondément, histoire de refouler ses larmes.) De toute façon, on n'a pas de placard assez grand.

— J'aurais pu me dissimuler sous ton bureau paquebot, répondit Samuel en souriant. Allez, viens, je t'invite à déjeuner. Tu pourras me raconter comment tu t'es retrouvée à faire un enfant avec Diego Montoya.

— Tu l'as reconnu ? demanda Emilie, surprise.

— Quel amateur de sport ne le connaît pas ? répondit Samuel en aidant Emilie à enfiler son manteau. Je dois admettre qu'il est assez décevant en vrai. Je l'imaginais plus sexy.

Emilie se mit à rire.

— Ce n'est pas l'avis des femmes qui croisent sa route.

— Ça doit être parce que je n'en suis pas une, alors. Je suis ravi que tu aies retrouvé ton sourire, ajouta-t-il en déposant un léger baiser sur ses lèvres. Je t'assure qu'aucun homme ne mérite que tu pleures à cause de lui, Emilie. Aucun.

Cette nuit-là, étendue dans la pénombre auprès de Samuel qui dormait profondément, Emilie se dit qu'elle avait eu une chance folle de rencontrer cet homme. Auprès de lui, elle se sentait elle-même. Elle n'avait pas besoin de cacher ses doutes, ses larmes et ses complexes. Il trouvait toujours le mot juste et le geste tendre qui effaçaient ses inquiétudes. Il la faisait rire et il la rassurait. Mais, paradoxalement, ce bonheur l'angoissait un peu. Une petite voix au fond d'elle lui disait qu'elle n'en méritait pas tant et que cet état de quiétude ne pouvait être que temporaire. Dès que Samuel s'éloignait un peu, dès qu'elle n'avait pas entendu sa voix depuis quelques heures, elle pensait qu'il allait disparaître. Comment allait-elle faire durant la semaine à venir ? Samuel devait partir pour un colloque au Québec et il serait absent pendant cinq jours, qui paraissaient déjà une éternité à Emilie.

J'ai la maturité affective d'une enfant de 5 ans, se dit-elle.

Elle avait l'impression de ressembler à ces

héroïnes idiotes dans les romans aux couvertures clinquantes qu'affectionnait Clara, celles qui ne disent jamais ce qu'il faut et qui se montent la tête pour la moindre parole interprétée de travers.

Elle en était là de ses réflexions quand elle se rendit compte que Samuel s'était réveillé et qu'il la regardait.

— Insomnie ? Encore ? demanda Samuel en l'attirant à lui. Je connais un remède imparable pour empêcher cette jolie tête de cogiter.

— Tu vas être fatigué, protesta mollement Emilie. Je te rappelle que tu as un avion à prendre dans quelques heures.

— Je te rappelle aussi que je ne suis pas un vieillard.

Emilie laissa sa main errer sous la couette.

— Effectivement, tu n'as rien d'un vieillard, commenta-t-elle. Mais…

Samuel la fit taire d'un baiser.

— Cependant…, reprit-elle quand il la laissa enfin respirer.

— Décidément, ton plus grand défaut est que tu ne t'arrêtes jamais de penser ou de parler. Tais-toi ou je te bâillonne.

— Pour de vrai ? demanda Emilie, abasourdie.

— Pour de vrai, poursuivit-il en lui léchant lentement le lobe de l'oreille. Ce serait dommage de me priver de l'accès à cette jolie bouche, mais j'en ai marre de tes protestations.

Son ton était sérieux et la pénombre empêchait

Emilie de voir ses yeux. Plaisantait-il ? Elle frissonna d'anticipation.

— Je…

— Tu l'auras voulu.

Il tendit le bras vers la table de nuit et Emilie entendit le frottement du tiroir que l'on ouvre puis que l'on ferme.

— Tu ne vas quand même pas…

La fin de sa phrase se perdit sous un tissu soyeux et épais qui avait le parfum de Samuel.

You're kidding me, songea-t-elle. *Une cravate.*

Cet homme était plein de surprises. Et le bâillon fort efficace.

— Maintenant, je ne veux plus t'entendre, ordonna Samuel en mordillant un de ses tétons. Et arrête de t'agiter ou je t'attache.

Non ? Emilie fut tentée d'enlever le bâillon pour lui demander s'il était sérieux. Mais elle se dit qu'il y avait une autre façon de le savoir. Elle gigota un peu sous ses caresses.

— Vous êtes une vraie coquine, madame Vanderhelde, murmura Samuel de cette voix un peu rauque qui était la sienne quand ils se retrouvaient au lit. Je commence à comprendre pourquoi vous réclamiez une punition l'autre jour. Tant pis pour vous.

Encore le bruit du tiroir. Emilie, qui ne voyait pas ce qu'il faisait, sentit l'excitation monter en elle. Samuel lui saisit soudain fermement les bras et les leva au-dessus de sa tête. Elle sentit ensuite qu'il glissait d'un geste assuré ce qui ressemblait à des bracelets en cuir sur ses poignets, qui se retrouvèrent liés entre eux. Elle entendit un déclic et tenta de bouger les bras : elle était menottée aux montants du lit. A sa merci.

Un délicieux frisson d'excitation et d'anticipation la parcourut. Elle ferma les yeux, histoire de se concentrer sur ce qui allait suivre. Samuel déposa une série de baisers légers le long de son cou puis descendit vers ses seins. Sa barbe de trois jours, légèrement râpeuse, ajoutait une dimension supplémentaire à ses baisers, qui la brûlaient un peu, et elle avait l'impression que, parce qu'elle était dans l'incapacité de bouger, sa peau devenait plus réceptive. Il saisit un de ses tétons entre ses dents, le léchant et le mordillant alternativement. Emilie gémit sous le bâillon et gigota un peu. Elle en voulait plus.

— Quelle femme impatiente, commenta Samuel en riant.

Il n'accéléra pas le mouvement, bien au contraire. Sa bouche se déplaça lentement vers l'autre téton, à qui il fit subir le même traitement. Emilie avait l'impression de se consumer. Elle voulait qu'il la prenne, là tout de suite. Mais Samuel avait manifestement d'autres idées en tête. Il poursuivit lentement l'exploration de son corps avec sa bouche, qui laissa un sillon brûlant sur sa peau. Il finit par atteindre son clitoris, sur lequel il posa enfin sa langue.

Emilie gémit de plus belle et s'agita. Il posa

les mains sur sa taille et la maintint fermement, l'immobilisant. Il avait manifestement décidé que cette nuit il ferait les choses à sa manière. Sa langue allait et venait sur un rythme lent qui la rendait folle. Menottée comme elle l'était et immobilisée par ses larges mains, elle était obligée de le laisser mener le jeu. Il accéléra soudain ses caresses puis introduisit sa langue en elle. Elle gémit de plus belle, au bord de l'orgasme. Il se retira alors.

Non, non, avait-elle envie de crier. *Reviens. Prends-moi.*

Comme pour répondre à sa supplication muette, il la pénétra d'un mouvement souple.

Elle jouit immédiatement, avec une violence presque douloureuse. Samuel se mit à aller et venir brutalement. Elle sentait son poids sur son corps et son souffle saccadé dans son oreille. Ses coups de reins la transperçaient.

— Ah, Emilie, gémit-il, le souffle court, tu es à moi, à moi, à moi.

Elle aurait voulu que ça ne s'arrête jamais.

Chapitre 18

— Tu as l'air bien songeuse, commenta Clara en rentrant de la librairie le lundi suivant.

Elle avait ôté ses bottes mouillées et pensé pour une fois à laisser son parapluie trempé s'égoutter sur le paillasson.

— Je ne suis pas songeuse, répondit Emilie, qui était étalée à plat ventre sur le canapé, les yeux dans le vague. Je fais le vide dans mon esprit pour atteindre la plénitude mentale.

— La quoi ? demanda Clara.

— La plénitude mentale. J'ai lu ça dans *Glamour*. Il paraît que pour être heureuse il faut juste le vouloir. Alors j'essaie.

— Tu ressembles à une sardine échouée hors de sa boîte, surtout. Regard vitreux compris. Qu'est-ce qui ne va pas ?

— Rien, tout va bien. Mon ex me fait chier, Samuel est au bout du monde et ma mère m'a encore téléphoné pour me demander combien j'avais perdu de kilos. Je nage dans la béatitude. Et toi, quoi de neuf ?

— J'ai mal aux pieds, répondit Clara en s'allongeant à son tour sur l'autre canapé. Il y a eu un Schmilblick dans les commandes, du coup je ne suis pas certaine de tout recevoir à temps pour Noël. Et Paul a un petit ami, ajouta-t-elle en soupirant.

— Non ? demanda Emilie en se redressant brusquement. Paul est gay ?

— Faut croire, répondit Clara. Est-ce que je fais bien le regard vitreux, là ? Tu crois que ma plénitude mentale est proche ?

— Je crois surtout qu'il faut qu'on se prenne en main, ma fille. C'est une soirée *Revanche d'une blonde*, ça. J'en reviens pas que Paul soit gay. Déjà, il est trop jeune pour avoir des relations sexuelles, si tu veux mon avis. Dans certains Etats des Etats-Unis, c'est interdit avant 18 ans, non ?

Pour toute réponse, Clara lui balança un des coussins roses du canapé.

— Raté, commenta Emilie. Non, mais sérieusement, d'habitude j'ai un radar, je les repère à trois kilomètres dans le brouillard et là, je n'ai rien vu. Il a dû nous aveugler avec ses chemises à carreaux de bûcheron canadien. Aucun gay qui se respecte ne porterait ça. Sauf Jimmy, mon coiffeur, ajouta-t-elle après un instant de réflexion. Tu es sûre qu'il est pas bi plutôt ?

— Ecoute, c'est vrai qu'entre deux déballages de cartons j'aurais pu lui poser la question. Je pense qu'il est tout à fait normal qu'un patron interroge son employé sur sa sexualité. Mais j'étais trop occupée à être… comment on dit déjà ? Ah oui, normale.

— Inutile d'être sarcastique. D'un autre côté, explique-moi pourquoi ça te chagrine autant, vu que tu as mis beaucoup d'énergie à essayer de me persuader qu'il ne t'intéressait pas du tout ?

— Je n'ai jamais dit qu'il ne m'intéressait pas, répliqua Clara. J'ai juste dit que je refusais de répondre à tes questions intrusives.

— Mes questions ne sont jamais intrusives, protesta Emilie. Elles sont exhaustives, variées et profondes, et témoignent de l'intérêt que je te porte, c'est tout.

— Eh bien, on va dire que sur ce coup-là tu es bien la seule à me porter de l'intérêt, dit Clara en soupirant. On regarde *La Revanche d'une blonde* alors ?

— Tu préfères pas *Miss Détective*, finalement ? Je crois que c'est pas le moment de mater des étudiants en droit. Je ne voudrais pas que ça remue le couteau dans la plaie.

— Tu es vraiment une salope quand tu t'y mets, rétorqua Clara, qui avait cependant retrouvé le sourire. Tu as raison, la paix dans le monde, c'est important. Et Benjamin Bratt est pas dégueu dans son genre. On commande japonais ?

Samuel était parti au Québec avec son fils afin de participer à ce colloque intitulé « Traducteurs : passeurs de textes ». Il avait été invité pour parler de son expérience particulière avec un auteur américain. Les deux hommes avaient collaboré sur trois romans et entretenu une étroite correspondance dans laquelle ils avaient beaucoup discuté des choix de traduction de Samuel. Ils avaient même fini par se rencontrer et continuaient à se donner des nouvelles de loin en loin. Samuel avait décidé de profiter de l'occasion pour rester quelques jours et passer Noël chez un vieil ami québécois, Daniel, qu'il avait rencontré lors d'un séjour prolongé au Canada à l'époque où ils étaient étudiants. Ce séjour, qui s'annonçait au départ très agréable et qu'il avait été ravi de planifier, ne l'emballait plus autant qu'avant. Les récents développements de sa vie sentimentale avaient quelque peu modifié ses envies. Il aurait de loin préféré passer la semaine avec Emilie, mais il était hors de question que cette dernière passe Noël loin de sa famille, et lui ne pouvait de toute façon pas se dérober à ses obligations. Samuel était surpris de la facilité avec laquelle il avait fait une place à Emilie dans sa vie. Il avait l'impression qu'elle s'était glissée sans heurt dans sa routine. Il ne s'écoulait pas un jour sans qu'il ait envie de la voir, de lui parler, de la toucher. Elle le faisait rire, elle l'émouvait et, en sa présence, il se sentait plus vivant. Elle était comme une évidence. Il ne voulait cependant pas précipiter les choses parce qu'il ne savait rien des sentiments qui animaient Emilie. Leur relation s'épanouissait rapidement, mais la jeune femme était assez secrète. Même s'ils s'entendaient bien, à la verticale comme à l'horizontale, il n'était pas certain qu'Emilie ait envie de passer à la vitesse supérieure avec lui. Sans compter qu'elle avait un ex pour le moins envahissant. Au souvenir de sa rencontre fortuite avec Diego, Samuel grimaça. Il avait tout de suite compris que l'autre voulait marquer son territoire et lui signifier qu'il avait des droits sur Emilie. Quand il l'avait questionnée plus avant sur sa relation avec le journaliste sportif, elle s'était montrée pour le moins évasive. Elle lui avait raconté rapidement les motifs de leur rupture et ne s'était pas étendue sur la façon dont Diego et elle fonctionnaient à présent. Il avait clairement eu l'impression qu'elle lui cachait quelque chose. Etait-elle toujours amoureuse de son ex ? A cette pensée, le cœur de Samuel rata un battement. Il s'immobilisa et agrippa le parapet de la terrasse Dufferin, la promenade qui longeait le Saint-Laurent devant le château Frontenac. La vision du fleuve majestueux pris dans les glaces ne manquait jamais de l'émouvoir d'habitude, mais ce matin il apercevait à peine ce spectacle grandiose. Il comprit soudain qu'il ne voulait pas perdre Emilie. Depuis la mort de sa femme, il avait l'impression que la vie était courte et qu'il fallait qu'il vive plus vite. Ce matin-là, dans l'air glacial, face à l'estuaire, il se rendit compte qu'il était prêt à s'engager avec Emilie. A condition qu'elle le veuille, évidemment. Restait à savoir ce qu'elle ressentait vraiment. Mais Samuel n'était pas homme à tergiverser ni à patienter ; il était bien décidé à en avoir rapidement le cœur net. Une petite conversation s'imposait à son retour. C'est le cœur plus léger qu'il reprit sa promenade en direction des Anciens Canadiens, le restaurant où l'attendaient son fils et Daniel.

Emilie passa les quelques jours qui précédaient Noël dans un état de fébrilité extrêmement désagréable. Elle avait fini par acheter et emballer tous ses cadeaux, et elle avait, pour s'occuper, fait le ménage à fond dans tout l'appartement, qui n'avait jamais été aussi propre. Comme elle avait promis à sa fille de ne pas finir de décorer le sapin sans elle, elle s'était interdit d'y toucher, même si cela aurait meublé une heure de son temps. Incapable de tenir en place ou de se concentrer, elle tournait comme un lion en cage. Elle en était à déplacer pour la troisième fois les paquets de copies qu'il lui faudrait bien finir par corriger, quand le téléphone sonna.

Samuel.

Son cœur se mit à battre la chamade.

— Allô ?

— Bonjour, Emilie. Tu vas bien ?

— Mmm, ça va. (*Je vais mieux maintenant que j'entends le son de ta voix*, avait-elle envie de lui dire, mais elle craignit que cette réplique ne soit complètement ridicule.) Comment s'est passé le colloque ?

— Très bien. C'était intéressant et je crois que

je n'ai pas dit trop d'âneries. J'aurais aimé que tu sois là.

— Moi aussi, soupira Emilie. Je tourne en rond chez moi, c'est horrible. J'ai pourtant du travail pardessus la tête, mais je n'arrive pas à me concentrer. Il est quelle heure là-bas ? demanda-t-elle soudain. Super tôt, non ?

— Tu n'as qu'à regarder ton horloge montréalaise, la taquina Samuel. Il est six heures et demie.

— Tu es déjà debout ?

— Je ne dors pas hyper-bien. Le décalage horaire certainement. Je suis allé courir en salle.

— Si j'étais là, tu n'aurais pas eu besoin de courir si tôt. On aurait trouvé une autre occupation.

Samuel se mit à rire. Un son dont elle ne se lasserait jamais.

— Tu me manques, dit soudain Samuel.

— Toi aussi, avoua Emilie. J'ai hâte que tu rentres.

Elle contempla son téléphone, rêveuse, longtemps après avoir raccroché.

Il était inutile de continuer à se voiler la face. Elle était amoureuse de cet homme. Et elle avait une peur bleue de ce qui allait suivre. L'aimait-il aussi ? Serait-elle capable de s'engager alors qu'elle avait vécu une rupture terriblement douloureuse ? Samuel voulait-il seulement s'engager ?

Elle laissa tomber sa tête sur son bureau et se frappa le front sur le bois rouge.

— Qu'est-ce que tu fais ? demanda Clara, qui

avait surgi dans l'encadrement de la porte, torchon en main et tablier autour de la taille.

— Je geins sur mon sort, répondit Emilie sans relever les yeux.

— Encore ?

— Tu sais bien que je suis Miss Univers de la discipline, rétorqua Emilie.

— Est-ce que tu daignerais descendre de ton nuage de souffrances et venir mettre la table ? Louise et Maria ne vont pas tarder à arriver.

— J'arrive, soupira Emilie en se levant.

Cette année-là, les deux jeunes femmes avaient décidé de faire un pré-Noël en invitant leurs deux amies à déjeuner le 24 décembre. Pour être dans l'esprit de la fête, Clara avait préparé un repas rouge et vert : lasagnes, salade et pannacotta à la framboise. Emilie avait acheté du vin rouge et du champagne. (« C'est pas la bonne couleur, certes, avait-elle dit quand Clara avait protesté, mais un dîner de fête sans champagne, c'est comme un baiser sans moustache. »)

Emilie était en train de tenter de plier artistiquement les serviettes en papier décorées de Pères Noël quand la sonnette retentit. Quelques minutes plus tard, Louise et Maria faisaient irruption dans la cuisine, accompagnées d'un courant d'air froid. Clara les rejoignit.

— Des lasagnes ? C'est une blague ? s'exclama Louise avec un coup d'œil dédaigneux vers le plat qui trônait au milieu de la table.

— Bonjour à toi aussi, rétorqua Emilie, qui avait abandonné toute velléité de pliage et s'était contentée de poser les serviettes dans les assiettes.

— Excuse-moi, dit Louise en se penchant pour lui faire la bise, mais le crime de lèse-Noël est tel que te saluer passe au deuxième plan.

— Quel est le problème ? demanda Maria, qui s'était déjà installée.

— Le problème ? Tu demandes où est le problème ? Le problème, c'est le menu ! Je voulais une dinde, moi !

— On va toutes manger de la dinde dans nos familles, rétorqua Clara en posant le saladier sur la table. Je n'allais pas en faire une aujourd'hui !

— Mais parle pour toi, gémit Louise. Tu sais très bien que ma mère est incapable de faire cuire un œuf et que pour Noël on va toujours manger une choucroute au restau. Je suis privée de dinde depuis quarante ans ! Je comptais vraiment sur toi.

— Bois, ça ira mieux, intervint Emilie en lui tendant une flûte remplie de champagne.

— Je suis vraiment désolée, répondit Clara en s'asseyant à côté de Louise, mais je ne suis pas Monica dans *Friends*. Il est hors de question que je fasse plusieurs menus pour satisfaire tout le monde.

— Je ne suis pas tout le monde, contra Louise.

— Arrête de te plaindre, on t'attend pour trinquer, intervint Maria, le verre à la main.

— Je propose de porter un toast, dit Clara en levant son verre. Aux copines !

— Aux hommes sexy !

— A la paix dans le monde !

— Aux nains de jardin !

Trois paires d'yeux se tournèrent vers Maria.

— Ben, quoi ? Vous aviez déjà pris tous les trucs cool, protesta cette dernière.

Louise secoua la tête, l'air un peu effaré.

— Mangeons, dit-elle. Je suis affamée. C'est le froid. Je pense qu'il va neiger, ce qui serait quand même hyper-cool.

— Sauf pour celles qui doivent aller passer Noël en banlieue, répondit Emilie. Le RER sous la neige, bonjour l'angoisse.

— Comme ça, tu auras une excuse toute trouvée pour ne pas te farcir ta mère. Tu devrais prier pour qu'il neige.

— Et puis, s'il neige vraiment, ce sera le bordel dans les aéroports. Je ne voudrais pas que Samuel se retrouve coincé au Québec.

— Ah, Samuel. Ça faisait longtemps qu'on n'avait pas entendu parler de lui, dit Louise en attaquant ses lasagnes. Comment va Beau Gosse Ier ?

— Bien, répondit Emilie.

— Et vous en êtes où, tous les deux ? s'enquit Maria.

— Je ne sais pas, répondit Emilie.

— Ils en sont qu'ils s'appellent quarante fois par jour quand ils ne peuvent pas se voir, intervint Clara. Et qu'elle découche quasiment toutes les nuits entre 23 heures et 5 heures du matin.

— Quarante fois ? Tu exagères, rétorqua Emilie en rougissant.

— Tu rougis quand tu parles de lui, tu trembles quand tu décroches ton téléphone, tu passes des heures à rêver assise à ton bureau au lieu de bosser. Je crois que tu sais très bien où tu en es, au contraire, dit Clara.

— Déjà ? s'étonna Louise. Mais ça fait combien de temps que vous sortez ensemble ?

— Techniquement vingt-deux jours et quinze heures, répondit spontanément Emilie.

Tous les regards convergèrent vers elle.

— Quoi ? s'étonna-t-elle.

— Vingt-deux jours, quinze heures et combien de minutes ? demanda Louise.

— Je ne sais pas, répondit Emilie en levant machinalement les yeux vers les horloges. Oh ! ça va, j'ai compris, tu te fous de moi, c'est ça ?

— Je suis partagée entre l'incrédulité et l'effroi, surtout, répondit la grande blonde. Tu en es à compter les heures, c'est pathétique.

— Ne sois pas aussi dure, intervint Maria. Elle est amoureuse, c'est tout.

— C'est tout ? reprit Louise. Mais c'est terrible. Tomber amoureuse d'un mec qu'elle connaît à peine et qui était censé être la transition idéale pour sortir de son état de femme des cavernes non épilée et non baisée, c'est vraiment pas une bonne idée.

— Qu'est-ce que tu crois, que je l'ai fait exprès ? s'indigna Emilie en transperçant une feuille de salade d'un coup de fourchette assassin. Je n'y peux rien. Et puis de toute façon, je ne sais pas si je suis vraiment amoureuse de lui.

— Oh ! arrête, évidemment que tu es amoureuse, ça se voit comme le nez au milieu de la figure, reprit Clara. Et contrairement à ce que dit Louise, je trouve ça plutôt bien.

— Et lui ? Il en est où ? demanda Maria. Il t'a dit quelque chose ?

— Non. Je le trouve parfois difficile à déchiffrer, répondit Emilie. Il a l'air bien avec moi, ça c'est sûr. Mais pour le reste, je ne sais pas.

— D'un autre côté, tu n'as jamais été très douée en psychologie masculine, constata Clara.

— C'est pas faux. Bon, si on arrêtait de parler de moi ? proposa Emilie. Quoi de neuf dans vos vies sentimentales, les filles ?

— Rien, soupira Maria en se resservant du vin. Ça fait tellement longtemps que je n'ai pas couché avec un homme que je pense que je suis de nouveau vierge. Je me demande si je ne vais pas aller draguer dans les bars lesbiens.

— En parlant de lesbiennes, poursuivit Louise, il m'est arrivé un truc marrant. Vous vous souvenez de ma copine Isa ? Celle qui est mariée et qui a deux enfants ?

— La brune que tu avais invitée à prendre un pot avec nous il y a quelques mois ? demanda Emilie.

— Voilà. Figurez-vous qu'elle me dit la semaine dernière qu'elle veut m'inviter à déjeuner. Bien sûr, que je lui réponds, pas méfiante pour deux sous. On se retrouve donc dans un restau assez chicos mardi dernier. Déjà, elle se pointe habillée comme pour un rendez-vous galant : petite robe noire ajustée, chignon, maquillage de soirée. J'ai trouvé ça bizarre mais je n'ai rien dit. Et puis elle commande du champagne pour l'apéro. « Tu as quelque chose à fêter ? » je lui demande, surprise. « Oui, nous », qu'elle répond en posant la main sur la mienne.

— Comment ça, « nous » ? interrompit Clara.

— Comment ça, elle a posé la main sur la tienne ? renchérit Maria.

— Comme ça, expliqua Louise en joignant le geste à la parole et en posant la main sur celle de sa voisine. Et elle a commencé à me caresser la main du pouce. Oui, les filles, j'ai bien dit « caresser », ajouta-t-elle devant les regards abasourdis de ses amies.

— Non ? s'exclama Clara.

— Si. Je l'ai regardée un peu surprise, vous imaginez bien, et là elle m'a sorti : « Tu as bien remarqué la folle attirance qu'il y a entre nous, n'est-ce pas, Louise ? Je ne veux plus la combattre. Nous sommes faites l'une pour l'autre. »

Emilie éclata de rire.

— Oh ! par la lyre de Sapho, j'aurais donné cher pour être là.

— Et moi je t'assure que j'aurais donné cher pour être ailleurs, rétorqua Louise en finissant son verre de vin.

— Et alors ? Qu'est-ce qui s'est passé ensuite ? demanda Clara.

— Je l'ai regardée bien en face et je lui ai répondu : « Isa, je t'aime beaucoup mais ce que tu me proposes n'entre pas dans mon cadre conceptuel. »

Les trois autres se mirent à rire.

— Tu devrais lui filer le numéro de Maria puisqu'elle veut essayer les femmes, poursuivit Clara, toujours pratique, en se levant pour aller chercher le dessert.

— Oui, mon cadre conceptuel est manifestement plus élastique que le tien, commenta cette dernière. Je suis tellement en manque de sexe que j'ai failli rappeler Eric.

— Il n'est plus marié ?

— Si.

— Maria, qu'est-ce qu'on avait dit ? l'admonesta Louise. Plus jamais d'homme marié. Ja-mais.

— Je sais, soupira cette dernière, mais j'en ai marre d'être toute seule.

— Tu devrais aller faire un tour à la librairie, rétorqua Louise. Ça a l'air de marcher.

Emilie leva les yeux au ciel. Elle n'avait pas fini de se faire chambrer.

L'après-midi se déroula tranquillement : après le repas (Louise fut bien obligée d'admettre que les lasagnes étaient délicieuses), les quatre amies s'installèrent confortablement devant la télévision avec une deuxième bouteille de champagne. Elles regardèrent *Love Actually* pour la cinquantième fois, en commentant leurs passages préférés. Comme à son habitude, Emilie ne put s'empêcher de réciter certaines répliques en même temps que les acteurs, mais l'alcool aidant, ses amies se contentèrent d'en rire, voire de l'accompagner.

— *Smile, wave, and bow !* s'exclamèrent-elles en chœur en même temps que Hugh Grant.

— Je donnerais cher pour tomber sur un mec de ce genre, soupira Maria.

Cramponnée à l'un des coussins roses, elle avait les yeux curieusement embués.

— Tu sais que c'est un personnage, hein ? Il n'existe pas, répondit Louise, les pieds sur la table basse.

— Evidemment, je ne suis pas idiote. Mais bon, quand même. Un mec bien, ça doit exister en dehors des comédies romantiques, non ?

— Ça dépend de ce que tu appelles « un mec bien », intervint Emilie. Peut-être qu'on leur en demande trop à eux aussi ? Si on en croit la presse féminine, on devrait toutes être des chefs d'entreprise épanouies, mères de famille, bombes sexuelles et entourées de dizaines d'amies. Et les hommes devraient à la fois être des mâles alpha sans être dominants, compréhensifs sans être faibles, fidèles dans un monde qui étale le sexe partout, avec un job génial et des aspirations de père de famille. C'est dur pour tout le monde, non ? Ils ont certainement du mal à trouver leurs marques, comme nous.

— Très juste, commenta Clara. Je ne vois pas

comment on peut rompre avec un modèle qui a prévalu pendant des siècles juste en claquant des doigts. Il faut du temps pour s'ajuster.

— Mais du temps, je n'en ai plus beaucoup, gémit Maria. Je vais avoir 40 ans.

— Dans six ans, fit remarquer Clara.

— Six ans, c'est demain.

— Qu'est-ce que je devrais dire alors ? intervint Louise. Je te rappelle que j'ai eu 40 ans il y a déjà cinq mois. Les filles, que vous puissiez tenir une telle conversation au lieu de mater la bogossitude de Liam Neeson me conforte dans l'idée que nous n'avons pas assez bu, ajouta-t-elle en se levant pour aller déboucher une troisième bouteille.

La fin du film coïncida avec la fin de la bouteille et ce furent quatre femmes de fort bonne humeur qui accueillirent Diego lorsque ce dernier raccompagna Elizabeth en fin d'après-midi.

— Eh bien, je vois qu'on ne s'ennuie pas, les filles, commenta ce dernier en souriant. Le champagne te va bien, dit-il à mi-voix à l'intention d'Emilie, qui lui versait une tasse de café.

— Arrête tout de suite ou je te mets dehors sans même te laisser le temps de boire ta tasse. Comment s'est passé le séjour chez tes parents ?

— Très bien. Elizabeth a été pourrie gâtée, comme d'habitude.

Assise sur le canapé, cette dernière montrait à Maria comment fonctionnait sa DS, cadeau de ses grands-parents paternels.

— Ses cousins étaient là ?

— Oui, toute la smala avait fait le déplacement. Tu sais bien que ma mère ne supporterait pas de ne pas avoir tous ses enfants avec elle à Noël. Elle a regretté que tu ne sois pas là d'ailleurs. Elle t'embrasse.

Emilie ne répondit pas. Diego appartenait à une grande famille espagnole qui fonctionnait à grand renfort de cris, de disputes et de démonstrations d'affection. Après plus de dix ans de vie commune, elle n'était toujours pas arrivée à se faire à tant de bruit et d'agitation.

— Tu fais quoi, ce soir ? poursuivit Diego.

— Je réveillonne avec Clara, Elizabeth et un plateau de fruits de mer, qu'il faut d'ailleurs que j'aille chercher. Et toi ? demanda-t-elle, plus par politesse que par réel intérêt.

— Réveillon avec des potes du boulot. Comme d'habitude. Et demain, je reprends le taf. Certains ont un vrai travail et n'ont pas quinze jours de vacances, ajouta-t-il en souriant.

— Typiquement le genre de réflexion qui m'horripile, et tu le sais, répondit Emilie. Chaque fois que je me dis : « Ça y est, il a cessé d'être con », tu sors un truc de ce style.

— Désolé, dit Diego d'un ton contrit. Je suppose que ce n'est pas le moment de te réinviter à dîner, du coup ?

— *Try again.*

— Bon, ben, j'y vais, répondit-il en posant sa

tasse vide dans l'évier. Au revoir, ma puce ! dit-il en embrassant sa fille, qui le raccompagna jusqu'à la porte.

— J'avais oublié qu'il était aussi sexy, commenta Maria à mi-voix en suivant des yeux la haute silhouette de Diego.

— Il est tout à toi, rétorqua Emilie.

En disant ces mots, elle se rendit compte qu'elle les pensait vraiment : les quelques doutes qu'elle avait pu avoir sur son ex s'étaient évanouis comme neige au soleil. Leur relation était vraiment terminée. Il fallait juste qu'il s'en convainque à son tour.

Chapitre 19

Le matin de Noël se leva, gris, froid et pluvieux comme les précédents. Pas de neige. Emilie était partagée entre le soulagement et la déception : certes, elle ne galérerait pas dans les transports, mais la perspective de passer quelques heures enfermée dans la même pièce que sa mère l'angoissait un peu.

Elle prit le métro avec Elizabeth en direction de la gare Saint-Lazare, où les attendait Stéphanie, la sœur d'Emilie. Celle-ci était perpétuellement en déplacement pour son boulot, à tel point qu'Emilie se demandait si elle ne ferait pas mieux de prendre une chambre d'hôtel plutôt que de payer un loyer à l'année. A 32 ans, Stéphanie était tout ce que n'était pas Emilie. Grande, mince, brune aux cheveux raides, elle avait une classe folle. Elle avait décidé une bonne fois pour toutes que fonder une famille ne l'intéressait pas et elle se consacrait à une brillante carrière de grand reporter. Elle couvrait surtout les conflits armés et passait le plus clair de son temps dans les endroits les plus dangereux de la planète. Emilie l'admirait beaucoup et lui enviait son assurance : rien ne prenait jamais Stéphanie au dépourvu et elle tenait tête au monde entier, y compris à leur mère.

Les deux sœurs, qui ne s'étaient pas vues depuis plusieurs mois, profitèrent du trajet en RER pour rattraper le temps perdu. Une fois descendues à la gare de Saint-Germain-en-Laye, elles cherchèrent à s'orienter.

— Je crois que c'est par là, dit Stéphanie en montrant sa droite.

— Etant donné que je ne reconnais jamais le chemin et que je me suis perdue dans mon propre lycée, je te fais confiance, répondit Emilie en lui emboîtant le pas, la main de sa fille dans la sienne.

Elle portait dans l'autre le sac contenant les cadeaux pour leurs parents.

— Ils habitent vraiment au bout du monde, commenta Stéphanie en évitant une plaque de verglas.

— Venant de ta part, c'est plutôt amusant d'entendre ça, rétorqua sa sœur. Tu me rappelles où tu viens de passer quatre mois ?

— Ce n'est pas pareil, répondit Stéphanie. La banlieue, c'est mille fois pire que la Syrie.

— On est perdues, non ? demanda Emilie en regardant autour d'elle.

— Je ne crois pas. On prend à droite au bout de la rue, puis la première à gauche.

— Ah ouais, t'as raison. Mais pourquoi je ne reconnais jamais rien par ici ?

— Il te manque le gène de l'orientation, c'est tout. Tu veux que je porte les cadeaux ?

— Ah, je veux bien, merci, c'est hyper-lourd, répondit Emilie en tendant le sac à sa sœur.

— Oh ! putain, mais y a quoi dans cette centrale vapeur ? demanda Stéphanie en vacillant sous le poids.

— Une centrale vapeur.

— L'année prochaine, on lui file un bon cadeau, affirma Stéphanie.

— Bonne idée, Einstein. D'autant que je suis…

— … certaine qu'elle ne sera pas contente et qu'elle ira la changer, acheva Stéphanie à sa place.

— Dis, maman, il fallait pas prendre la première à gauche ? intervint Elizabeth qui n'avait manifestement pas perdu une miette de la conversation entre sa mère et sa tante.

— Si, répondit sa tante. Merde, on l'a loupée, faut revenir sur nos pas.

Emilie, Stéphanie et Elizabeth finirent par sonner à la porte de la maison de leurs parents avec une bonne demi-heure de retard sur l'horaire prévu.

Le manque cruel d'imagination qui avait présidé au choix du prénom des deux sœurs frappait quiconque franchissait la porte du pavillon de banlieue des Vanderhelde, évidemment rigoureusement identique à celui de leurs voisins. Ils avaient choisi, sans surprise, de passer leur confortable retraite dans une ville elle aussi sans imagination au bout de la ligne A du RER. Tous deux comptables retraités, ils passaient le plus clair de leur temps à éviter de se parler, si ce n'est pour vérifier le contenu de la liste des courses, principal sujet de préoccupation de la mère d'Emilie. Cette dernière, comme toutes celles qui contrôlent le moindre écart sur leur balance, passait l'essentiel de son temps à parler menu. M. Vanderhelde, qui pratiquait pourtant l'athéisme avec ferveur, bénissait tous les dieux de tous les panthéons d'avoir donné à sa femme une mémoire défaillante qui la contraignait à sortir plusieurs fois par jour acheter ce qu'elle avait oublié pour concocter des plats aussi répétitifs qu'insipides. Prisonnier depuis quarante ans d'un mariage sans imagination dont il avait patiemment érigé autour de lui les murailles dorées, le père d'Emilie avait trouvé dans les mondes virtuels une façon de s'évader de l'emprise de sa femme. Passionné de modélisme, il avait découvert grâce à son blog, ouvert deux ans plus tôt, une communauté variée et soudée, qui lui permettait d'échapper au caractère acariâtre et à l'esprit terre à terre de sa femme.

— Eh bien, c'est pas trop tôt, lâcha leur mère, sourcils froncés, en guise de bienvenue. La dinde aurait été trop cuite, heureusement que je vous connais et que j'avais prévu votre retard.

— Joyeux Noël à toi aussi, maman, répondit Stéphanie en lui faisant la bise.

Elle disparut immédiatement dans la salle de bains pour se laver les mains (pas question de laisser aux microbes qui vivaient dans les transports en commun la possibilité de proliférer), laissant derrière elle sa sœur et sa nièce. Elizabeth se jeta dans les bras de son grand-père, fort occupé à servir l'apéritif, et Emilie, après avoir salué ses parents, déposa les cadeaux sous le sapin artificiel.

— Tu n'as pas bonne mine, ma chérie, constata Mme Vanderhelde en dévisageant sa fille.

— J'ai beaucoup de travail, répondit Emilie sans se mouiller.

— Beaucoup de travail ? Si tu avais un vrai métier comme ta sœur, je comprendrais, mais là…

Emilie soupira intérieurement. Le déjeuner s'annonçait long.

— Qu'est-ce que tu veux boire ? intervint son père. Champagne ? Pastis ? Martini ?

— Champagne, répondit Emilie. (*Je pourrais même prendre deux coupes tout de suite*, songea-t-elle, *histoire de supporter ma mère*.)

— Moi aussi, dit Stéphanie qui avait refait son apparition, fraîche comme une rose.

— Trinquons, proposa leur père. Joyeux Noël !

— Joyeux Noël !

Emilie jeta un coup d'œil autour d'elle. Rien n'avait changé depuis sa dernière visite. Des meubles lourds et sans grâce, trop grands pour la taille de la pièce, des napperons sur les appuie-tête, des reproductions d'impressionnistes aux murs… La maison de ses parents ressemblait à la plupart des foyers français. Comme chaque fois qu'elle se rendait chez eux, elle se sentait envahie par un sentiment de déprime que la conversation avec sa mère ne faisait qu'aggraver.

— Passons à table, on a assez attendu, ordonna cette dernière en ouvrant le chemin vers la salle à manger.

Le repas se déroula sans incident notable. La dinde était trop cuite, la purée de pommes de terre n'était pas assez salée et la bûche était aux noisettes, et Emilie y était allergique.

— Oh ! j'avais oublié ce détail, dit sa mère pour s'excuser. De toute façon, ça ne peut te faire que du bien de ne pas manger de dessert pour une fois. Tu devrais prendre exemple sur ta sœur, ma chérie, elle arrive à rester mince malgré le stress auquel elle est confrontée en permanence.

Stéphanie lança à sa sœur un regard compatissant et entama aussitôt le récit d'une anecdote censée détourner la conversation. Mais hélas pour Emilie, sa mère avait manifestement décidé de faire le tour de tous les échecs de sa vie.

— Comment va Diego ? demanda-t-elle.

— Bien, répondit Emilie.

— Il a refait sa vie ?

— Je ne sais pas.

— Et toi, ma chérie, tu as rencontré quelqu'un ?

Le cœur d'Emilie manqua un battement. Pas question qu'elle raconte sa vie à sa mère.

— J'aimerais vraiment que tu refasses ta vie, tu sais. Tu serais tellement plus heureuse !

— Et si tu posais cette question à Stéphanie

plutôt ? contra Emilie sèchement, stupéfaite de sa propre audace.

Il y eut un silence autour de la table.

— Oh ! mais je ne voulais pas te faire de peine, ma chérie, répondit sa mère, un peu blessée. Pourquoi tu le prends si mal ?

— Excusez-moi, dit Emilie en repoussant sa chaise.

Elle avait besoin d'air. Tout de suite.

Elle gagna la salle de bains à l'étage et s'y enferma.

Ne pas pleurer, surtout ne pas pleurer.

Son portable, qu'elle avait glissé dans la poche de son gilet, se mit à vibrer.

Un texto de Samuel.

Je te souhaite un très joyeux Noël. Love, S.

Emilie lut le texto une deuxième fois. Love. Il avait écrit « love ». Elle savait bien que *love* ne signifiait pas *I love you*, mais quand même. Un coup d'œil à sa montre lui apprit qu'il était à peine 7 heures du matin au Québec. Il avait pensé à elle en se levant.

Elle sourit. Voilà qui lui donnait le courage de redescendre.

— Je pense que c'était le pire Noël de ma vie, commenta Emilie en entrant dans la cuisine, où Clara, assise à la petite table, faisait un test dans un magazine féminin. Et toi ? Tu es déjà rentrée ? poursuivit-elle en allumant la cafetière.

Elizabeth avait filé dans sa chambre immédiatement, histoire de se plonger tout de suite dans le premier volume de *La Petite Maison dans la prairie*, que lui avait offert sa tante.

— Oui, répondit Clara sans lever le nez de son magazine. Ma mère va à l'Opéra avec sa dernière conquête ce soir, alors elle m'a congédiée tôt pour avoir le temps de se préparer.

— Tôt ? C'est-à-dire ?

— Oh ! je suis rentrée vers 15 heures, répondit Clara d'un ton léger. J'en ai profité pour prendre un bain, me faire un gommage et une pédicure. Regarde, dit-elle en enlevant un de ses chaussons. Comment tu trouves ce vernis ?

— Vert, répondit Emilie en sortant un mug du placard. On dirait que tu as passé un Noël plus fun que le mien. Je me demande si je ne devrais pas boycotter cette fête.

— Tu devrais surtout boycotter ta mère, répondit Clara.

— Oui, alors ça, c'est plus facile à dire qu'à faire. Et puis, on ne peut pas dire qu'elle ait tort sur le fond. J'ai effectivement des kilos à perdre, le père de ma fille m'a quittée et j'ai un job que le commun des mortels ne peut s'empêcher de critiquer. Enfin, le commun des Français, ajouta-t-elle en soupirant.

— Je ne vois pas bien en quoi ça justifie que ta

mère te fasse sans arrêt des remarques désagréables. Elle devrait te plaindre au contraire, et te soutenir.

Emilie manqua s'étouffer dans son café.

— Me plaindre ? Je n'ai jamais eu droit à ça. Il paraît que je le fais pour deux. Je pense que ma mère se prend pour un instructeur de l'armée en fait ; elle doit penser que c'est une méthode imparable pour m'endurcir. Bon, et si on arrêtait de parler d'elle ? Je l'ai assez vue pour les six mois à venir. Tu travailles demain ?

— Oui, répondit Clara. Je ne gagne pas suffisamment d'argent pour prendre des vacances en ce moment.

— Elizabeth va passer la journée chez sa copine Margot, et elle restera dormir chez elle. Tu veux que je vienne t'aider ?

— Si tu veux. Tu n'as pas des copies à corriger ?

— Si, évidemment. Mais bon, ça n'empêche pas de te rendre service.

— Dis plutôt que tu es contente d'avoir une excuse pour ne pas passer des heures à rêvasser en faisant semblant de bosser plutôt.

— N'importe quoi. Je…

La sonnerie du portable d'Emilie les interrompit.

— Oui, Louise ?

— Emilie, j'ai un truc hyper-important à te dire mais de vive voix.

— Euh, oui, bien sûr. C'est grave ?

— Est-ce que je peux passer une fois que tu auras couché la petite ?

— Bien sûr.

— A toute, alors.

— Qu'est-ce qu'elle voulait ? demanda Clara.

— Je ne sais pas, elle était bizarre. Elle a un truc à me dire, mais pas au téléphone.

— Elle dîne avec nous ?

— Non, elle viendra après 21 heures.

Emilie reprit son mug de café, vaguement inquiète.

Chapitre 20

Fidèle à elle-même, Louise débarqua à 21 heures tapantes, la mine soucieuse.

— Qu'est-ce qui se passe, enfin ? demanda Emilie, qui venait de coucher sa fille.

— Allons dans ton bureau, répondit Louise en ouvrant la marche.

Elle ferma la porte derrière Emilie.

— Mais c'est quoi toutes ces cachotteries, à la fin ?

— Tu te souviens que je suis abonnée à un site de rencontres ?

— C'est difficile à oublier. Je crois même que tu es abonnée à plusieurs sites, si ma mémoire est bonne.

— Absolument. Tout à l'heure, je me suis connectée sur celui réservé aux célibataires exigeants. Et le site m'a proposé un nouveau contact. Samuel.

Emilie eut l'impression que son cœur s'arrêtait de battre.

— Pardon ? Qu'est-ce que tu racontes ?

— Le site m'a proposé le profil de Samuel, répéta lentement Louise comme si Emilie avait soudain perdu l'usage de l'ouïe et quelques neurones dans le processus.

— Samuel ? Vraiment ? Tu es sûre que c'était lui ?

— Même prénom, photo d'un gars qui ressemble à Bradley Cooper, job de traducteur. Je crois que ça couvre tout, non ?

Ça ne couvre pas son sourire quand il se réveille le matin, sa façon de chantonner sous la douche, ses oublis répétés de sous-vêtements, ça ne couvre rien de ce qu'il est, non, songea Emilie.

— Emilie ? Tu es avec moi, là ?

Louise la regardait, inquiète.

— Je ne sais pas quoi dire. Je n'y crois pas. Je veux le voir de mes yeux.

— Rien de plus facile, répondit son amie. Ton ordi est allumé ?

Elle ouvrit l'écran du portable d'Emilie, qui s'anima aussitôt. Louise se connecta à Internet, entra le nom du site, pianota son mot de passe et accéda à son compte.

— Tiens, regarde, dit-elle en faisant pivoter l'ordinateur vers Emilie.

Samuel la regardait en souriant, sur une photo qui avait l'air très récente et qui avait manifestement été prise aux Buttes-Chaumont ; elle reconnaissait l'espèce de nid d'aigle à l'arrière-plan.

— C'est lui ou c'est pas lui ? demanda Louise.

— C'est lui, répondit Emilie en se laissant tomber sur sa chaise de bureau, abasourdie. Mais il y a certainement des tas d'explications possibles.

C'est peut-être un vieux profil qu'il a ouvert il y a une éternité, il s'en est peut-être jamais servi, il... Je ne sais pas, moi, mais je suis certaine qu'il a une bonne raison.

— Emilie, sa dernière connexion est visible. Elle date d'avant-hier, dit gentiment Louise en lui montrant la petite icône.

Emilie regarda fixement l'information.

Dernière connexion le 23 décembre à 23 h 54.

Elle eut l'impression que le monde s'effondrait.

Ce n'est pas possible, avait-elle envie de hurler. *Pas possible.*

Mais en même temps, elle ne pouvait pas empêcher son cerveau de s'emballer. Il ne lui avait jamais dit qu'il l'aimait. Il lui avait dit qu'aucun homme ne valait la peine qu'on pleure à cause de lui. Il n'avait pas essayé de tenir tête à Diego quand ce dernier s'était imposé dans sa cuisine. Il avait parfois dans le regard une lueur indéchiffrable, un peu lointaine.

Et si je n'avais été qu'une passade ? songea Emilie. *Et si je m'étais fait des films ? Oh mon Dieu, quelle idiote je suis.*

Elle avait l'impression qu'elle allait étouffer.

— Emilie ? Emilie ?

La pression de la main de Louise sur son épaule la ramena à la réalité.

— Je voudrais quand même en avoir le cœur net, répondit Emilie en redressant le menton. Ecris-lui.

— Quoi ? Tu es folle ?

— Pas du tout. Je veux que tu lui écrives. Je veux voir ce qu'il va te répondre, si c'est vraiment lui derrière l'écran.

— Tu es sûre de toi ?

— Oui, répondit-elle résolument.

— OK, céda Louise en soupirant. Voyons s'il est disponible pour un message instantané. Apparemment, oui.

Emilie sentit son cœur se serrer. On était le soir de Noël, il lui avait écrit « love » le matin même et il était connecté ? Elle avait soudain envie de vomir.

— Tu es sûre que tu veux que je continue ? demanda Louise. Cette idée ne m'emballe vraiment pas. C'est une chose de savoir qu'il drague en ligne, c'en est une autre de se dire qu'il va me parler et peut-être proposer de me rencontrer.

— Je veux savoir, s'entêta Emilie.

— Bon, qu'est-ce que je lui écris alors ?

— Ce que tu veux, je m'en fous.

Louise fit courir rapidement ses doigts sur le clavier.

> Bonsoir, beau gosse, je viens de voir ton profil, que je trouve très intéressant. Tu habites Paris ?

— J'envoie ? Tu es sûre ?

— Louise, si tu me demandes encore une fois si je suis sûre de moi, je vais me mettre à hurler.

— OK, c'est juste que je persiste à penser que ce n'est vraiment pas une bonne idée, c'est tout. Voilà, c'est envoyé.

La réponse ne se fit pas attendre.

Oui.

Moi aussi. J'adore me balader dans la capitale.

J'aime surtout courir. Tu fais du sport ?

Emilie, qui lisait par-dessus l'épaule de son amie, blêmit.

— C'est lui, j'en suis sûre. Il fait du jogging tous les week-ends.

— Emilie, évidemment que c'est lui, répondit gentiment Louise. C'est sa photo. Qui voudrais-tu que ce soit ?

— Ecris-lui encore un peu. Je veux voir jusqu'où il va.

— Je le sens pas du tout, là. Tu as ta preuve, qu'est-ce que tu veux de plus ?

— Je veux voir s'il te propose un rendez-vous.

Louise regarda Emilie, qui était décomposée mais résolue.

— C'est la dernière chose que je fais, je te préviens.

Je fais du sport en salle et de la natation.

Intéressant. On va prendre un café ?

Louise se tourna vers Emilie. Cette dernière la

dévisagea, regarda l'écran, puis se mit à pleurer à chaudes larmes.

— Oh ! Emilie, viens là, dit Louise en ouvrant grand les bras. Je suis désolée, je suis vraiment désolée.

— Tu n'as pas à l'être, ce n'est pas ta faute. C'est juste moi qui me fais des films comme d'habitude. Clara a raison, je suis nulle en hommes.

— Tu n'es pas nulle en hommes, ce sont les hommes qui sont des salauds.

— Je pensais tellement qu'il y avait quelque chose entre nous. Mais ce n'est rien, je vais m'en remettre, dit Emilie en reniflant, avec un sourire de bravade. Après tout, ça ne fait qu'un mois qu'on est ensemble, qu'est-ce que ça fait à l'échelle de l'humanité, hein ?

— Tu as besoin d'un verre, dit Louise en se dirigeant vers la cuisine. Viens.

— Non, non, j'ai juste besoin d'être un peu seule. Je vais me coucher, ça ira mieux demain.

— Tu es sûre ?

— Sûre et certaine. Tu peux partir tranquille, je ne ferai pas de bêtise, promis, assura Emilie avec un petit sourire.

— OK, je t'appelle demain, dit Louise en partant.

— Pas de problème.

Une fois la porte fermée, Emilie gagna sa chambre et se roula en boule sur son lit en sanglotant silencieusement, cramponnée à son oreiller. C'est dans cette position que Clara, alertée par Louise, la trouva cinq minutes plus tard.

— Oh ! Emilie, ma chérie.

Elle s'allongea à côté de son amie et entoura ses épaules de son bras.

— J'ai l'impression qu'on m'a arraché le cœur, dit Emilie à travers ses larmes.

C'était vraiment le pire Noël de sa vie.

Chapitre 21

Quand Samuel débarqua à Roissy le lendemain un peu après midi, il ralluma immédiatement son portable pour appeler Emilie. Elle ne répondit pas. Il laissa un message sans s'étonner plus que cela ; il y avait des tonnes de raisons pour lesquelles elle n'avait peut-être pas pu décrocher tout de suite. Il récupéra ses bagages, franchit la douane et se dirigea vers la longue file de taxis. Une fois installé à l'arrière d'une berline noire, il sortit de nouveau son téléphone. Pas de textos ni de coups de fil qu'il aurait manqués. Un peu surpris, il la rappela. En vain. Samuel n'était pas du genre paranoïaque ou facilement angoissé, mais il fut gagné par un sentiment désagréable. Pourquoi Emilie ne répondait-elle pas ? Elle vivait vissée à son téléphone ; il y avait donc peu de chances pour qu'elle soit subitement injoignable, à moins qu'elle n'ait décidé d'aller au cinéma avec sa fille. C'était toujours une possibilité. Il laissa un deuxième message pour dire qu'il était bien arrivé et qu'il espérait la voir dans la soirée avant de raccrocher, vaguement inquiet.

Durant tout le temps que dura le trajet, il essaya de chasser ce sentiment. Il avait échangé des textos avec elle la veille et l'avait eue au téléphone l'avant-veille : tout avait eu l'air normal. Il savait bien que tout était possible et qu'il ignorait si elle éprouvait des sentiments pour lui, mais il ne s'était absenté que quelques jours. Il n'imaginait pas qu'Emilie ait pu décider de le quitter du jour au lendemain. Certes, la présence envahissante de son ex pouvait modifier l'équilibre de leur relation. Mais, songea-t-il, toujours pragmatique, si elle avait voulu se remettre avec lui, elle l'aurait déjà fait. Non, elle était certainement au ciné avec sa fille, ou elle avait laissé son téléphone sur vibreur. C'étaient des explications beaucoup plus plausibles.

Vers 16 heures, une fois ses valises défaites et ses mails épluchés, il commença à trouver le temps long. Il avait laissé quatre messages et envoyé deux textos à Emilie, et un curieux sentiment d'angoisse s'était niché au creux de son estomac. Où était-elle ? Pourquoi ne répondait-elle pas ? Vers 16 h 30, n'y tenant plus, il enfila son manteau et se dirigea vers l'appartement d'Emilie.

Il sonna en vain.

A ce stade, il se mit à imaginer le pire : elle avait peut-être eu un accident et elle gisait, entre la vie et la mort, sur un lit d'hôpital. Il inspira profondément, histoire de calmer les battements désordonnés de son cœur, et tenta de faire fonctionner son cerveau.

Emilie ne vivait pas seule. Clara devait forcément savoir ce qui se passait.

La librairie.

Il tourna les talons et remonta en direction de la rue Malte-Brun. Parvenu au niveau de la devanture, il jeta un coup d'œil à l'intérieur. Quelques clients, Clara derrière le comptoir, et, sortant de la réserve, un carton dans les bras, Emilie.

Le soulagement s'abattit sur lui comme une vague. Elle était bien vivante et la vision de la jeune femme, tout en boucles rousses et taches de rousseur, vêtue comme à son habitude d'un jean et d'un gilet trop grand, le fit sourire. Elle était vraiment belle à croquer.

Mais le soulagement fut de courte durée. Il savait d'expérience que travailler à la librairie ne l'empêchait pas de garder son portable à portée de main. Pourquoi ne répondait-elle pas ? Soucieux d'en avoir le cœur net, il sortit son téléphone de la poche de son manteau et composa son numéro sans la quitter des yeux. Il la vit sortir son portable de sa poche, regarder l'écran puis le remettre dans son gilet.

Elle ne voulait pas lui parler.

Samuel était abasourdi.

Que s'était-il passé depuis la veille pour qu'elle se comporte ainsi ? Emilie, malgré ses doutes et ses complexes, n'était pas une femme capricieuse. Si elle refusait de décrocher, c'est qu'elle avait une bonne raison.

Samuel inspira profondément et poussa la porte de la librairie. Il était temps de passer à l'action et de comprendre ce qui se tramait.

Quand le petit carillon de la porte retentit, Emilie tourna machinalement la tête et le regretta immédiatement.

Samuel se dirigeait droit vers elle.

Emilie jeta un regard de biche aux abois autour d'elle. Il y avait trop de monde dans la librairie et aucun endroit pour disparaître. Elle allait devoir l'affronter.

— Emilie, qu'est-ce qui se passe ? demanda Samuel à mi-voix, en se dispensant de toute entrée en matière. Tu ne réponds pas à mes coups de fil ni à mes textos et tu me regardes comme une bête traquée prise dans les filets du chasseur.

— Je ne peux pas te parler maintenant, je travaille, répondit-elle sur un ton qu'elle espérait ferme.

— Je suis certain que Clara peut se passer de toi cinq minutes, rétorqua-t-il avec un coup d'œil en direction du comptoir, où la libraire faisait soigneusement semblant de ne pas s'intéresser à eux. Sortons, ordonna-t-il en lui saisissant le coude et en l'entraînant avec lui.

Emilie le suivit, décidée à ne pas faire d'esclandre devant les clients, mais elle se dégagea de son emprise aussitôt la porte franchie.

— Maintenant, tu vas m'expliquer exactement ce qui se passe.

Le regard bleu acier de Samuel était rivé sur elle.

— Tu sais très bien ce qui se passe, répondit-elle.

— Non. Ce que je sais, c'est qu'hier il y avait une femme charmante dans ma vie et qu'aujourd'hui, pour une raison qui m'échappe, elle ne veut plus me parler. J'estime que j'ai droit à une explication.

Emilie luttait pour refouler ses larmes. Le voir en chair et en os devant elle rendait les choses encore plus difficiles. Elle aurait mieux fait de répondre à un de ses coups de fil et de l'insulter par téléphone.

— Tu veux rompre, c'est ça ? demanda Samuel d'une voix altérée. Tu t'es remise avec ton ex ?

— Hein ? Quoi ? Que vient faire Diego dans l'histoire ?

— Etant donné que je ne sais même pas de quelle histoire il s'agit, j'en suis réduit à des supputations, rétorqua Samuel, sarcastique. Il y a quelqu'un d'autre dans ta vie ?

— Non, répondit Emilie en levant le menton d'un air résolu. Il n'y a personne d'autre dans ma vie, contrairement à toi.

— Contrairement à moi ? Comment ça ? Mais de quoi tu parles ?

— Tu sais très bien de quoi je parle ! Me demander s'il y a quelqu'un d'autre dans ma vie alors qu'il y a des tonnes de « quelqu'un d'autre » dans la tienne ! Quel culot !

Sous le coup de la colère, Emilie s'était redressée et elle sentait le sang lui monter aux joues.

— Emilie, répondit Samuel en se contraignant

au calme, je te jure que je ne sais pas de quoi tu parles. Qui sont ces « quelqu'un d'autre » ?

— Toutes les nanas que tu lèves sur ton site de rencontres ! Quand je pense que tu n'as pas arrêté de draguer une seule seconde depuis qu'on est ensemble ! Et moi qui croyais qu'il y avait vraiment quelque chose entre nous ! Je suis la reine des cruches, la reine des idiotes, la reine des…

— Wow, wow, wow, calme-toi, Emilie, calme-toi.

Il leva les mains, comme pour interrompre son flot de paroles.

— On va tout reprendre depuis le début. Quel site de rencontres ?

— Attractive World. Louise a trouvé ton profil hier.

— Emilie, je te promets que je n'ai pas de profil sur ce site, ni sur aucun autre site d'ailleurs.

— Ne me mens pas, rétorqua-t-elle, furieuse. Je l'ai vu de mes propres yeux. Louise t'a envoyé un message et tu l'as invitée à prendre un café.

Samuel la regardait, perplexe.

— Emilie, je te promets que je n'ai pas de profil et que je n'ai parlé à personne sur ce site. Ni hier, ni avant-hier, ni jamais.

— Je ne te crois pas, répondit Emilie, butée. Tu te moques de moi. Il y a ta photo, ton prénom et ton métier, et tu lui as dit que tu aimais courir. Ose dire après ça que ce n'est pas toi qui étais derrière le clavier.

— Pour la millième fois, je n'ai pas de profil.

Point barre. A quelle heure est-ce que tu t'es connectée hier soir ?

— Je ne sais plus, quelle importance ?

— Emilie, insista-t-il, à quelle heure est-ce que tu t'es connectée hier ?

— 21 h 30, dans ces eaux-là.

— Je te rappelle que j'étais au Québec : j'avais désactivé les données à l'étranger et je n'avais donc pas accès à Internet de mon téléphone. Et à 21 h 30, heure française, il était 15 h 30 au Québec et j'étais déjà à l'aéroport.

— Ça n'empêche rien, répondit Emilie. Tu as pu accéder au wifi de l'aéroport.

Samuel secoua la tête.

— Tout ceci est un gigantesque malentendu. Je ne me suis jamais inscrit sur un site de rencontres. Tu es la première femme avec qui je couche depuis la mort de ma femme, et tu le sais très bien.

— Je ne sais plus rien, répondit Emilie, de nouveau au bord des larmes. Je pense que tu me mens depuis le début. Si ça se trouve, tu as tout inventé, même ton veuvage : c'est peut-être juste une technique de drague comme une autre.

Samuel blêmit.

— Comment oses-tu dire une chose pareille ?

— Et toi, comment oses-tu nier alors que j'ai vu ton profil et tes messages de mes yeux ?

Ils se regardèrent un instant en silence, blessés et furieux.

— Je pense que nous nous sommes tout dit.

Ce fut la dernière chose qu'il entendit de la bouche d'Emilie. Elle tourna les talons et regagna la librairie.

Le ciel s'ouvrit alors et des trombes d'eau se déversèrent sur la ville.

Samuel prit le chemin de chez lui, partagé entre la colère et l'incompréhension. La dernière sortie d'Emilie avait été proprement odieuse. Il avait beau se dire qu'elle était blessée, ça n'en rendait pas les choses plus acceptables. Et d'où sortait cette histoire de site de rencontres ? L'idée même de s'inscrire sur un tel site ne l'avait jamais effleuré, même si Guillaume l'avait tanné pendant des mois pour qu'il le fasse, avant de passer à la vitesse supérieure et de lui présenter des femmes en chair et en os.

Guillaume.

Putain de bordel de merde, songea Samuel. C'était forcément Guillaume. Qu'est-ce que ce couillon avait trafiqué ?

Samuel modifia immédiatement son trajet. Plus question de rentrer chez lui. Il aperçut de loin le bus 26 qui arrivait à l'arrêt non loin de la mairie et courut pour l'attraper. Il sauta dedans *in extremis*, s'agrippa à la barre et passa la main dans ses cheveux mouillés. La colère qu'il éprouvait envers Emilie s'était déplacée vers Guillaume. Il était certain que tout cet imbroglio venait de son vieil ami. Un coup d'œil à sa montre lui apprit qu'il était 17 heures passées : même s'il n'avait pas pris de congés pour Noël, Guillaume serait forcément chez lui. Depuis que sa femme et lui avaient eu un bébé, il était passé en horaires décalés et s'arrangeait pour pouvoir récupérer les deux enfants qui étaient encore à l'école primaire à 16 h 30.

Samuel fulminait. S'il perdait Emilie à cause des conneries de Guillaume, il lui mettrait son poing dans la gueule. Il était dans un tel état qu'il faillit louper son arrêt. Il descendit à Botzaris au dernier moment, bousculant presque une vieille dame, et se dirigea au pas de course, sous une pluie toujours battante, vers la rue des Alouettes.

Guillaume ouvrit tout de suite.

— Ça alors, quelle bonne surprise ! Tu es déjà rentré de Québec ?

— Tu es tout seul ? demanda froidement Samuel.

— Avec le bébé, répondit Guillaume, un peu surpris. Mia et les enfants sont au cinéma.

— Bien, répondit Samuel.

— Quelque chose ne va pas ? Tu n'as pas l'air dans ton assiette. Je te sers un truc à boire ?

— Non, merci. Et maintenant, dis-moi, Guillaume, depuis quand tu te sers de mon nom et de ma photo pour draguer sur Internet ?

Guillaume pâlit.

— Que… que… mais… Comment…

— Comment je le sais ? demanda Samuel sur un ton dangereusement calme. Oh ! mais parce que figure-toi que l'amie de la femme dont je suis amoureux a trouvé ton faux profil, et qu'elle a communiqué avec toi, espèce d'ordure.

— Je… je…

— Alors, tu vas arrêter de bafouiller et tu vas t'expliquer en détail, en commençant par le commencement.

Guillaume se laissa tomber lourdement sur le canapé.

— J'attends, dit Samuel en ôtant son manteau mouillé. Et je n'ai pas toute la nuit devant moi. Toi non plus, si tu ne veux pas que ta femme débarque en pleine confession.

— Je suis un salaud, marmonna Guillaume.

— Ça, mon vieux, c'est ton problème, pas le mien. Je veux juste savoir comment tu as eu l'idée perverse de te servir de ma photo et pas de la tienne.

Guillaume le regarda comme s'il avait perdu l'usage de la raison.

— Mais parce que tu es mille fois plus beau que moi !

— Alors, un, c'est discutable, deux, ça te donne le droit de me mentir et de mentir aux femmes que tu dragues en ligne ? Tu remarqueras que je ne parle même pas de ce que tu fais à ta propre femme. Depuis quand tu fais ça ?

— Depuis dix-huit mois. Je voulais te rendre service et t'aider à faire ton deuil. Je t'avais proposé de t'ouvrir un compte, rappelle-toi. Tu as refusé mais, à cette époque, ça n'allait pas fort entre Mia et moi. Et puis elle est tombée enceinte et…

— Je croyais que vous le vouliez vraiment, ce quatrième enfant.

— Elle, oui, moi, j'ai accepté pour lui faire plaisir. Quatorze ans, Sam, quatorze ans d'écart entre Thomas et Faustine, tu te rends compte ? Juste au moment où on pouvait se dire qu'on était enfin sortis des emmerdes, on a replongé dedans les pieds joints. J'avais envie d'autre chose, moi. Pas de tenir les cheveux de ma femme au-dessus de la cuvette des chiottes quatre fois par jour, ni de l'accompagner à l'hosto tous les mois.

Samuel secoua la tête, écœuré.

— Tu as raison, tu es vraiment un salaud. Donc, pendant que ta femme gérait les mômes et sa grossesse, tu couchais avec des nanas draguées sur Internet ?

— Pas tout de suite. Au début, c'était juste un jeu, parfois des messages coquins, mais c'est tout. Et puis je me suis dit que je pouvais être ton intermédiaire, tu vois.

— Non, je ne vois pas, répondit Samuel, glacial. Attends… Tu veux dire que toutes les nanas tarées que tu m'as présentées au cours des derniers mois venaient de ce site ?

— Oui, avoua Guillaume. Je leur expliquais toujours la situation avant qu'elles te voient en chair et en os.

— Putain, mais c'est pas vrai ! Tu es pire que ce que je croyais ! Et tu en as sauté certaines ?

— Quelques-unes, avoua Guillaume, penaud.

— Je n'en reviens pas, dit Samuel. Et moi qui croyais qu'on était potes à la vie à la mort, et que tu faisais tout ça pour me sortir du marasme, alors qu'en fait c'était juste une couverture pour tromper ta femme ? ! Tu es vraiment le roi des ordures, poursuivit-il en attrapant son manteau. Pas la peine de me reconduire, je connais le chemin.

Chapitre 22

Durant les jours qui suivirent, Emilie tenta de faire bonne figure. Il était hors de question que ses chagrins d'amour déteignent sur la vie quotidienne avec sa fille. Elle s'était suffisamment donnée en spectacle quand Diego l'avait quittée et elle s'était juré que ça ne lui arriverait plus jamais. Elle mena donc sa vie le plus normalement possible. Le seul changement notable fut que, pour éviter d'être tentée de répondre aux multiples coups de fil de Samuel, elle laissa son portable sur vibreur et l'enferma dans son bureau. Elle ne le consultait que pour effacer les appels en absence et les textos, qu'elle ne prenait pas la peine de lire. Pour refouler les larmes qui avaient tendance à lui monter aux yeux sans prévenir, elle s'enferma dans une suractivité maternelle, emmenant sa fille au musée d'Orsay, au cinéma, à la Cité des sciences, bref partout où elle était certaine de ne pas passer son temps à penser à Samuel. Elle tentait d'être rationnelle et se disait que cette histoire n'avait été qu'une passade, et qu'elle s'en remettrait rapidement.

Sauf qu'évidemment, de son côté, cela avait été bien plus que ça. Elle avait beau s'efforcer de réécrire toute l'histoire, elle savait qu'au fond d'elle-même elle y avait cru, ce qui rendait le dénouement encore plus pathétique.

Mercredi matin, elle était en train de corriger des copies quand son téléphone vibra.

Le cœur d'Emilie se mit à battre plus vite, mais ce n'était que Diego. Comme leur relation semblait s'être normalisée, elle décrocha.

— Salut, Em, ça roule ?

— Mmmh, je corrige des copies. Qu'est-ce que tu veux ?

— La même chose qu'hier, et que la semaine dernière, et que la semaine d'avant. Un dîner.

— Tu ne capituleras jamais, hein ?

— Non, et tu le sais bien. Alors pourquoi t'entêter ?

Jusqu'à présent, Emilie avait eu mille et une raisons de refuser l'invitation, mais soudain elle fut incapable d'en trouver une seule. Après tout, elle pouvait bien dîner avec son ex, non ? Tout le monde faisait ça.

— D'accord, soupira-t-elle. Quand ?

— Ce soir, répondit immédiatement Diego. Je viendrai te chercher à 19 heures. Ah, et, Em ? ajouta-t-il avant de raccrocher.

— Oui ?

— Je viendrai à moto. Habille-toi chaudement.

Samuel était malheureux comme les pierres.

Emilie refusait de lui répondre au téléphone et il savait qu'elle ne lisait pas ses textos : sous le message, l'information « distribué » ne se transformait jamais en « lu ». Il était certain qu'elle les effaçait sans les ouvrir. Il fallait qu'il s'explique, qu'il lui démontre que tout ça n'était qu'un gigantesque malentendu, qu'il n'était pas celui qu'elle croyait, mais comment communiquer avec quelqu'un qui refuse de vous entendre ? A l'heure où la communication était si simple, voilà qu'il ne pouvait rien dire à celle qu'il aimait. L'ironie de la chose lui laissait un goût amer.

Après plusieurs jours passés à ne pas pouvoir écrire une ligne et à sursauter chaque fois que son téléphone sonnait ou vibrait, il décida que ça ne pouvait plus durer. Il fallait absolument qu'il lui parle. Il se rendit chez elle, mais personne ne lui ouvrit. Le mercredi, il passa plusieurs fois devant la librairie, mais n'aperçut que Clara par la vitrine. Il fut un instant tenté d'entrer et de lui demander de faire l'intermédiaire, mais il n'avait pas vraiment envie de la mêler à leur histoire et, en outre, il pensait qu'Emilie méritait vraiment d'entendre la vérité de sa bouche.

Mercredi après-midi, il décida de lui écrire. Il n'avait pas son adresse mail, il lui faudrait donc recourir à une forme désormais inusitée de courrier, à savoir le papier.

Il sortit un bloc-notes du tiroir de son bureau, celui sur lequel il avait l'habitude de jeter quelques idées quand il travaillait, et attrapa un stylo, dont il se mit à mâchouiller le bout. Une heure plus tard, le stylo ne ressemblait plus à rien, le sol autour de lui était jonché de papiers froissés et il n'avait toujours rien rédigé qui ressemble de près ou de loin à une lettre d'explication ou d'excuse.

Pour un homme qui passait son temps à traduire les mots des autres, la situation était limite ridicule.

Il soupira, se frotta les yeux et se redressa.

De toute façon, rien ne lui disait qu'elle ouvrirait sa lettre, vu qu'elle ne lisait même pas ses textos. Il n'y avait pas trente-six solutions, il fallait qu'il lui parle.

S'il attendait la fin de la soirée, il était certain de la trouver chez elle. Peut-être lui ouvrirait-elle, de peur que la sonnette ne réveille sa fille. Il se sentait un peu mal à l'aise d'utiliser ainsi la petite, mais il fallait vraiment qu'elle accepte d'entendre ce qu'il avait à lui dire.

Contrairement à ce que craignait Emilie, le dîner avec Diego se déroula sans anicroche et fut plutôt agréable. Il avait sonné à l'heure et l'avait attendue en bas, adossé à sa moto. Emilie n'avait pas pu s'empêcher de remarquer qu'il était fort séduisant dans son jean noir et son blouson de motard, les cheveux légèrement en bataille et les joues soigneusement rasées, ce qui était sans aucun doute une attention qu'il avait eue exprès pour elle : ils s'étaient souvent disputés à ce sujet, la peau ultrasensible d'Emilie étant violemment malmenée par le poil dru de Diego.

Assise derrière lui et cramponnée à sa taille, Emilie songea soudain que si tout cela était fort familier et donc par certains côtés confortable, ce n'était pas du tout excitant. Alors que son ex slalomait avec un art consommé entre les voitures, elle ne pouvait s'empêcher de penser à Samuel. Il lui manquait terriblement et elle se demandait si elle n'avait pas eu tort de refuser de lui parler. Il avait téléphoné une vingtaine de fois depuis leur conversation devant la librairie, et ignorer ses appels lui coûtait, mais elle ne pouvait pas se résoudre à écouter ses justifications.

Je ne sais pas où j'en suis, songea-t-elle. Elle savait juste qu'elle était malheureuse, mais il était hors de question de s'effondrer devant Diego, qui, elle en était sûre, n'attendait qu'une occasion pour la consoler.

Ils arrivèrent en un temps record devant le restaurant de fruits de mer où ils avaient leurs habitudes quand ils vivaient ensemble et qu'Emilie adorait.

— Ça fait une éternité que je ne suis pas venue ici, commenta-t-elle alors que Diego lui tenait la porte.

— Nous sommes un mois qui finit en « re », donc je me suis dit qu'on pouvait venir en toute sécurité, la taquina Diego.

Emilie avait quelques bizarreries, dont celle de refuser de manger des huîtres en dehors des mois qui finissent en « re » : Diego avait eu beau lui expliquer plusieurs fois qu'il s'agissait de pratiques d'un autre âge et que, de nos jours, les règles sanitaires étaient si strictes que les huîtres étaient comestibles même en août, elle n'avait jamais cédé à l'appel du fruit de mer estival.

— C'était délicieux, soupira Emilie avec satisfaction en gobant la dernière huître.

— Oui, acquiesça Diego en s'essuyant les mains sur une serviette blanche surdimensionnée. On devrait dîner ensemble plus souvent.

Il avait dit ça sur un ton détaché, sans la regarder. Emilie reposa la coquille vide dans son assiette.

— A ce propos…, commença-t-elle.

— Oui ?

Diego avait levé la tête et la regardait avec cette intensité sombre qu'elle avait jadis trouvée si excitante.

— Je…

Emilie était à court de mots. Si elle en croyait le silence que gardait son ex, il avait décidé de ne pas lui faciliter la tâche.

— Ecoute, je suis vraiment contente que nos relations se soient arrangées, à cause d'Elizabeth. Mais je ne peux pas reprendre où nous nous sommes arrêtés, pour la bonne et simple raison que le temps ne s'est pas arrêté, lui.

Diego la regardait toujours, indéchiffrable.

— En dix-huit mois, j'ai eu le temps de faire mon deuil, poursuivit-elle. Je ne peux pas recommencer avec toi, non pas parce que j'ai peur de souffrir de nouveau, mais parce que je ne suis plus la même et que je ne t'aime plus.

C'était dit. Diego inspira profondément, comme s'il avait reçu un coup de poing à l'estomac.

— Il y a quelqu'un d'autre dans ta vie, c'est ça ? demanda-t-il tranquillement. Samuel.

Ce n'était pas une question.

— J'ai eu une histoire avec lui, mais c'est fini, avoua Emilie en essayant d'empêcher sa voix de trembler. Et ce n'est pas à cause de lui que je ne t'aime plus. Il m'a juste permis de me rendre compte que j'étais prête à tourner la page. Et je pense que toi aussi tu as tourné la page. Tu te raccroches au passé parce que tu as peur d'aller de l'avant. Mais parfois, on ne peut pas défaire ce qu'on a fait, Diego. Tu as choisi de quitter la vie que nous avions bâtie ensemble et même si ça m'a fait un mal de chien sur le coup, même si j'ai cru que j'allais en mourir de chagrin, il n'y a pas de retour en arrière possible. On ne peut pas recoller les morceaux.

— Je suis vraiment désolé d'avoir agi comme un con, murmura Diego. Je m'en veux terriblement.

— Ce n'est pas la peine, s'entendit répondre Emilie. Les remords ne servent à rien. Tu devrais essayer de refaire ta vie. Je suis certaine qu'il y a dans le monde une ou deux poupées Barbie toutes prêtes à te sauter dessus et à te domestiquer.

Diego leva la tête et surprit une lueur taquine dans le regard de son ex.

— Rentrons, dit cette dernière, il se fait tard.

Vingt minutes plus tard, Diego gara sa moto le long du trottoir devant chez Emilie. La nuit noire était à peine éclairée par les lueurs sourdes des lampadaires et les quelques fenêtres encore illuminées. Emilie descendit et Diego lui emboîta le pas. Il l'aida à ôter son casque, qu'il rangea dans le coffre sous la selle.

— J'ai passé une très bonne soirée, dit Emilie.

— Moi aussi.

Elle s'avança pour lui faire la bise, mais Diego tourna légèrement la tête, mit les mains dans les cheveux d'Emilie et déposa un baiser sur ses lèvres.

Ce fut un baiser tendre et doux, qui avait un goût de sel et de regret. Un baiser d'adieu.

— Je t'ai aimée, murmura Diego tout contre sa bouche.

— Moi aussi.

Emilie le regarda remettre son casque, enfourcher sa moto et disparaître au bout de la rue.

Elle pivota pour franchir les quelques mètres qui la séparaient de l'entrée de son immeuble. Une silhouette se détacha du mur de pierres.

Samuel.

Chapitre 23

Quand Samuel avait vu Emilie se laisser embrasser par son ex, il avait cru qu'une main de fer lui broyait le cœur. Sa première impulsion avait été de s'interposer, puis il s'était souvenu qu'il n'en avait pas le droit, qu'il ne faisait plus partie de la vie d'Emilie.

Il aurait dû rentrer chez lui mais une pulsion perverse le poussa à rester : il voulait savoir si Emilie allait faire monter son ex. C'était complètement masochiste de sa part, mais il demeura cloué sur place, comme s'il voulait se punir jusqu'au bout de l'impasse dans laquelle se trouvait leur relation, même si, objectivement, rien n'était vraiment sa faute.

Le soulagement qui l'envahit quand Diego repartit fut indicible. Au moins pour cette nuit, le journaliste ne partagerait pas l'intimité d'Emilie, il ne dormirait pas dans cette chambre où Samuel l'avait veillée et où il l'avait aimée pour la première fois.

Emilie se dirigeait vers l'immeuble, la tête

penchée au-dessus de son sac dans lequel elle farfouillait à la recherche de ses clés.

Samuel fit un pas en avant. Emilie leva les yeux et s'immobilisa.

— Je ne veux pas avoir l'air de te harceler, dit-il, mais comme tu sembles avoir perdu ton téléphone, je n'ai pas le choix.

— Bonsoir, Samuel, répondit Emilie en cherchant à le contourner pour atteindre la porte de l'immeuble.

— Ecoute-moi, Emilie, s'il te plaît. Je sais ce qu'il s'est réellement passé.

— Je n'ai pas envie de t'écouter. Tu vas encore me mentir.

— S'il y a bien une chose que je n'ai jamais faite, c'est ça. Je t'ai toujours dit la vérité.

Emilie ne répondit pas. Mais elle ne chercha pas à rentrer chez elle. Samuel prit son attitude pour un signe d'encouragement.

— Il fait froid, reprit-il. Viens, on va au café.

— Je suis très bien ici, rétorqua Emilie, butée.

— Non. Il fait moins cinq degrés, tu frissonnes et tu n'as pas d'écharpe. On va au café, point, ajouta-t-il en la prenant par la main.

Emilie se raidit mais se laissa faire : les événements de ces derniers jours l'avaient épuisée et elle se sentait étrangement détachée. Il voulait lui parler, eh bien, qu'il lui parle et qu'on en finisse une bonne fois pour toutes.

Samuel la fit traverser en direction du bar-PMU qui était encore ouvert à cette heure tardive.

— Deux cafés dont un allongé, commanda-t-il en entrant.

Ce n'était pas Manuel qui se tenait derrière le comptoir mais un employé qu'Emilie ne reconnut pas. Elle se laissa glisser sur la banquette sans enlever son manteau. Samuel s'installa en face d'elle. Il avait les yeux cernés et les cheveux plus ébouriffés que d'habitude.

— Emilie, commença-t-il sur un ton posé, ce n'est pas moi qui ai ouvert ce profil. C'est mon ami Guillaume. Enfin, si le terme « ami » peut encore s'appliquer à lui.

Emilie se contentait de le regarder, les mains autour de la tasse fumante.

Samuel expliqua tout : le faux profil, les problèmes de couple de Guillaume, les femmes qu'il lui avait présentées. Emilie écoutait en silence. Un silence qui s'éternisa quand Samuel se tut.

— Je ne sais pas quoi répondre, finit par dire Emilie en jouant avec sa tasse vide. Une partie de moi a terriblement envie de te croire, mais une autre se dit que tu as très bien pu inventer tout ça pour te sortir d'affaire.

— Emilie, si j'étais le genre de mec à avoir quarante nanas à la fois, tu crois vraiment que je voudrais à tout prix te prouver que j'ai raison ? Tu crois que j'essaierais de sauver notre relation ? Je tiens terriblement à toi.

Il avait envie de lui dire qu'il l'aimait, qu'il était prêt à vivre à ses côtés, tout ce qu'il avait prévu de lui avouer quand il avait songé à elle, face au Saint-Laurent, mais les mots ne purent franchir ses lèvres. Il avait peur qu'elle ne le croie pas, qu'elle pense qu'il lui disait ça pour l'attendrir et la faire fléchir.

— Vraiment ? demanda Emilie.

— Vraiment. Tu es très importante pour moi.

— Moi aussi, je tiens à toi, murmura Emilie.

Samuel eut l'impression qu'une force invisible lui ôtait un poids énorme des épaules. Il quitta sa chaise et rejoignit la jeune femme.

— Viens là.

Elle se blottit dans ses bras et il respira le parfum de ses cheveux.

— Tu veux bien qu'on reprenne là où on s'est arrêtés ? demanda Samuel, le cœur battant.

— Oui, murmura-t-elle. Mais je te jure que, si je découvre que tu m'as menti, je t'émascule à la petite cuillère.

— Compris, répondit Samuel en riant.

Elle frissonna contre lui.

— Tu as froid, tu es fatiguée, il est temps de rentrer, dit Samuel, qui n'en pensait pas un mot et qui l'aurait bien gardée contre lui pour l'éternité.

— Tu ne veux pas dormir avec moi cette nuit ? demanda Emilie d'une petite voix.

— Si, bien sûr, répondit Samuel, un peu surpris. Je veux bien dormir avec toi toutes les nuits.

Pour toute réponse, Emilie se serra plus fort contre lui.

Quand Emilie fit une entrée discrète le lendemain matin à 6 heures dans sa cuisine, elle trouva Clara attablée devant une tasse de thé.

— Déjà debout ? s'étonna-t-elle.

— Insomnie, expliqua Clara. Chacune son tour. Faut croire que c'est contagieux. Tu as passé une bonne nuit avec Diego ? demanda-t-elle d'un ton faussement détaché.

— Avec Diego ? Pourquoi diable aurais-je passé la nuit avec Diego ?

— Peut-être parce que tu es partie hier soir avec lui et que tu rentres au petit matin dans les mêmes fringues et les chaussures à la main, comme une adolescente qui a découché.

— Mes chaussures sont rangées dans l'entrée, protesta Emilie. Et je n'ai pas passé la nuit avec Diego.

— Non ?

— Non. J'ai passé la nuit avec Samuel.

— Avec Samuel ? s'étonna Clara. Mais je croyais qu'il méritait d'être projeté directement dans le dernier cercle de l'enfer ?

— Il s'avère que c'était un malentendu, avoua Emilie en allumant la cafetière.

Elle lui expliqua ce qui s'était passé en quelques mots, en jetant un voile pudique sur la nuit de réconciliation qui avait suivi. Ce n'était pas parce qu'on vivait avec sa meilleure amie qu'on était obligée de tout lui raconter dans les moindres détails.

— Ça se tient, dit Clara quand Emilie eut fini. Vous vous êtes donc réconciliés et c'est reparti comme en quarante ?

— Oui, répondit Emilie. On verra bien.

— On verra bien ? Mon Dieu, qui êtes-vous et qu'avez-vous fait de mon amie ? Tu as décidé de prendre les choses comme elles viennent sans te poser de questions ? Impossible. Rendez-moi Emilie, cria-t-elle en direction du plafond, comme si une entité extraterrestre allait lui répondre.

— Je crois que tu as décidément de très mauvaises lectures, constata Emilie d'un ton faussement sévère.

— Ou de très mauvaises fréquentations. Tu l'as invité à se joindre à nous, ce soir ?

— Oui. En parlant de ce soir, tu ne voudrais pas…

— Non, l'interrompit Clara.

— Mais tu ne sais pas ce que j'allais dire.

— Je sais très bien ce que tu allais dire. Tu veux un brushing. Et c'est non.

— Comment tu savais que c'était ce que j'allais dire ?

— Parce que j'ai un sixième sens, on me l'a greffé quand on m'a enlevée, moi aussi. Tu n'as qu'à aller chez le coiffeur cette fois-ci.

— Mais je n'ai pas pris rendez-vous et on est

le 31 décembre ! Jimmy ne me prendra jamais au débotté.

— Tu n'as qu'à lui promettre quelque chose. Ou le payer triple. Mais ne compte pas sur moi. La dernière fois que je t'ai fait un brushing, j'ai chopé une tendinite au coude et j'ai eu du mal à porter les cartons de livres pendant une semaine.

— Tu n'as pas l'impression d'exagérer un peu, non ?

— Pas du tout. Si Jimmy ne peut pas te prendre, demande à Louise, elle se fera un plaisir de te rendre service.

— Un plaisir de me torturer, oui. Elle manie la brosse comme la kalachnikov. On a connu des terroristes plus doux.

— C'est toi qui vois. Louise, ou tes cheveux restent frisés.

Les cheveux d'Emilie restèrent frisés. Elle compensa en sortant du placard la robe outrageusement décolletée qu'elle avait achetée sur un coup de tête juste après son divorce et qu'elle n'avait jamais osé porter, et en empruntant la paire de Louboutin que Clara avait achetée pour se récompenser d'avoir largué le pire mec de la terre quelques années auparavant.

Quand elles arrivèrent au bar de la rue Sorbier où elles avaient prévu de passer le réveillon avec des amis et des voisins, la fête battait déjà son plein. Elizabeth disparut dans le coin où se tenaient les autres enfants, en train de jouer à des jeux de société fournis par le patron. Emilie s'approchait du bar quand une voix murmura à son oreille :

— Tu es sublime.

Elle pivota et se retrouva face à face avec Samuel. Il portait un costume et une cravate noirs, était décoiffé comme elle l'aimait et sentait divinement bon. Emilie sentit que le souffle lui manquait un peu.

— Deux coupes de champagne, commanda Samuel en se penchant sur le bar. Viens, ajouta-t-il quand le serveur lui tendit les deux flûtes, trouvons un coin tranquille.

Emilie le suivit. Autour d'eux, la soirée était très animée. Les gens buvaient, bavardaient, et certains avaient même investi la piste de danse improvisée devant le bar.

— A nous, trinqua Samuel en levant son verre.

— A nous.

— Emilie, j'ai quelque chose à te dire.

Elle sentit son cœur manquer un battement.

— Je t'aime, avoua-t-il. Attends, poursuivit-il en levant les mains, voyant qu'Emilie voulait l'interrompre. Laisse-moi parler. La première fois que je t'ai rencontrée, je t'ai trouvée jolie, brillante et sympathique. La deuxième fois, je t'ai trouvée belle et drôle. La troisième fois, j'ai compris que je ne pouvais plus te laisser sortir de ma vie. Quand tu es entrée dans ma vie, j'avais le cœur en jachère. Je pensais que je n'aimerais plus jamais personne et tu m'as ressuscité. Je ne peux pas me passer de toi. Je pense à toi toute la journée. J'aime ta voix, ton odeur, sentir tes pieds froids sur les miens, j'aime tes bizarreries, tes jurons, ta façon d'oublier systématiquement quelque chose partout où tu vas…

— Moi aussi, je t'aime, l'interrompit Emilie. Mais je ne vais pas te faire une liste de tout ce que j'aime chez toi parce que je voudrais que tu restes modeste.

Samuel se mit à rire.

— Embrasse-moi, ordonna-t-elle à mi-voix.

— Je croyais que c'était toujours moi qui donnais des ordres, répondit-il pour la taquiner.

Mais il s'exécuta. Plusieurs fois.

— Eh ben, y en a pour qui l'année commence bien, commenta Louise, qui regardait Emilie et Samuel s'embrasser passionnément dans un coin sombre du bar.

— Allez, on y croit, la prochaine fois ce sera ton tour, répondit Clara en buvant une gorgée de son Martini.

— Ou le tien. Allez, les filles, trinquons, proposa la grande blonde.

— A l'amitié ! dit Clara.

— Aux mecs bien épilés ! proposa Louise.

— Et aux histoires d'amour qui finissent bien ! ajouta Maria.

Dehors, la neige se mit à tomber, recouvrant Paris d'un mince tapis blanc.

Remerciements

Ce roman ne serait pas le même sans les relectures de mes brillants *bêta-readers* : un immense merci à Sylvie Sagnes, qui traque l'incohérence psychologique avec brio, Karine Minier, la reine de la répétition, et Bertrand Guillot, qui a donné un second souffle à une histoire qui patinait et à un auteur qui doutait.

Un grand merci à mes éditrices, Pauline Mardoc, de HQN, Estelle Durand et Claire Duvivier, pour leurs conseils avisés et leurs remarques pertinentes.

Un merci tout particulier à mes amies, trop nombreuses pour que je les cite ici, qui ont sans s'en douter fourni la matière de nombreuses conversations : toute ressemblance avec des situations existant ou ayant existé est bien sûr purement fortuite. ☺

Merci à Johnny Hallyday pour avoir bien involontairement fourni le nom d'un personnage que, malgré des conversations enflammées et de nombreuses protestations, j'ai refusé de débaptiser et d'appeler Antoine, et à Michel Sardou, qui m'a accompagnée durant toute l'écriture de ce roman. Michel, sache que je t'aime depuis toujours. Eh oui, nul n'est parfait.

Et enfin, *last but not least*, toute ma gratitude à mon mari, pour m'avoir dit un beau jour d'été : « Maintenant, ça suffit. Tu éteins Facebook et tu te mets à écrire pour de vrai. » S'il ne m'avait pas encouragée et s'il n'avait pas occupé les enfants, ce roman n'aurait jamais vu le jour.

Tournez vite la page et découvrez
un extrait de *L'amour est dans le foin*,
le deuxième tome de la série **Les Parisiennes**,
également disponible dans la collection &H.

Chapitre 1

— Rhaaaa, mais c'est pas vrai !

Louise freina brutalement puis frappa des deux mains le volant dans un geste qui ne manquait pas d'énergie. La voiture fit une embardée et se déporta sur la droite. Les pneus dérapèrent sur le bord gravillonné de la petite route de campagne avant de s'immobiliser à quelques centimètres du fossé.

— Putain de bordel de merde ! s'écria-t-elle, les mains légèrement tremblantes. Calme-toi, calme-toi, s'ordonna-t-elle à haute voix. Si tu meurs ici, personne ne retrouvera ton corps avant des mois et tu finiras dévorée par les vaches.

Elle inspira profondément comme Miguel, son prof de yoga, le lui avait appris et tenta de retrouver son énergie positive. Après cinq respirations, elle dut se rendre à l'évidence : sa positivité s'était fait la malle avec son sens de l'orientation.

Pourquoi, mais pourquoi n'avait-elle pas exigé une voiture de location équipée d'un GPS ? Et pourquoi diable avait-elle fait confiance à Emilie[1] ? Le plan qu'elle lui avait donné était complètement fantaisiste ! D'ailleurs, c'était à cause d'elle que tout ce cauchemar avait commencé. Elle soupira en se souvenant de la conversation qui avait marqué le début de ce cauchemar.

— *Tu verras, lui dit son amie, c'est un coin absolument génial. La maison de Gisèle[2] est très grande et super bien équipée, tu pourras vraiment te couper de Paris et te « ressourcer », ajouta Emilie en faisant le signe des guillemets avec les mains.*

— *Me « ressourcer » ? répéta Louise en imitant le geste d'Emilie. Tu penses vraiment que ce dont j'ai besoin, c'est de passer mon temps à batifoler dans les torrents ?*

— *Il n'y a pas de torrents en Picardie, affirma la rouquine en mettant deux sucres dans son café allongé. Enfin, je crois. Et puis, de toute façon, c'est bien toi qui me bassines depuis des mois avec la*

1. Emilie, chers lecteurs, est l'héroïne de *L'Homme idéal (en mieux).* Si vous l'avez lu, vous n'avez pas pu oublier ses problèmes capillaires, sa façon bien à elle d'organiser des plannings — qu'elle ne tient pas — et ses atermoiements quand un homme à la *sexytude* de 9 sur l'échelle de Hugh Jackman a fait irruption dans sa vie. Si vous ne l'avez pas lu, vous savez ce qu'il vous reste à faire :) !

2. Vous aviez oublié Gisèle ? Souvenez-vous : c'est une collègue d'Emilie. Elle a trente ans et un goût très prononcé pour tout ce qui est alternatif : la médecine, l'agriculture, la mode… Sa spécialité : deviner l'humeur des gens à la couleur de leur aura. C'est un talent comme un autre, ne la jugeons pas.

pollution, ton boulot et ta fatigue, non ? Tu passes ton temps à te plaindre.

— Merci, rétorqua Louise un peu sèchement.

— Je ne dis pas que tu as tort. Tu bosses comme une folle et tu as des horaires de malade. Ça fait combien de temps que tu n'as pas pris de vacances ?

— Je ne sais pas, répondit Louise en faisant un rapide calcul dans sa tête. Sept mois. Non, huit.

— Pas étonnant que tu sois dans un état proche de l'Ohio. Tu bosses même le dimanche !

C'était, hélas, la vérité. Le cabinet dans lequel Louise était juriste avait licencié une personne au mois de novembre dernier et ne l'avait toujours pas remplacée. La charge de travail était retombée sur ses épaules et n'avait fait que croître. Ces derniers temps, c'est tout juste si elle trouvait le temps d'aller à la salle de gym, et se dégager un créneau horaire pour aller chez le coiffeur relevait du tour de passe-passe. Le café qu'elle prenait ce samedi matin de juin avec Emilie dans un bar près des Halles était le premier depuis longtemps.

— C'est une proposition en or ! poursuivit Emilie en rajustant son foulard. Tu n'auras rien à faire, sauf vérifier que les ouvriers font bien les travaux prévus dans la grange. C'est un boulot à la hauteur de tes compétences de meneuse d'hommes, non ?

— Je ne sais pas comment je dois prendre cette remarque, répliqua Louise en haussant un sourcil.

— Tu la prends comme tu veux, répondit la rouquine en terminant son café allongé.

— Est-ce que tu es certaine, au moins, que Gisèle veut bien que je passe tout le mois de juillet chez elle ? Après tout, on ne se connaît pas.

— Aucune importance, rétorqua Emilie avec un geste de la main pour appuyer son propos. Je te connais et je la connais, c'est largement suffisant. Elle est au contraire hyper contente que tu lui rendes ce service. Quand l'entrepreneur a décalé la date du chantier sans lui en parler, elle était dans tous ses états. Elle a planifié son voyage en Inde depuis plus de deux ans ! Tu imagines bien qu'elle n'avait aucune envie de rater l'atelier avec ce yogi hyper célèbre qui doit révolutionner ses chakras et tout le tintouin.

— Mmm, je ne sais pas, répondit Louise, pas tout à fait convaincue. La campagne, c'est pas vraiment mon truc. En général, je me fais chier au bout de deux jours. Et encore, deux jours, c'est la fourchette haute. J'ai toujours envie de me pendre aussitôt passé le périph.

— Je peux comprendre : la campagne, c'est pas ma tasse de café non plus, intervint Emilie. Mais, tu sais, Gisèle a le câble et un ordinateur !

Comme si c'était deux garanties absolues contre le désœuvrement, *se dit Louise.*

— Et puis, tu pourras enfin te mettre au vert comme tu en as envie depuis des semaines, poursuivit son amie. Ce sera l'occasion de vraiment te déconnecter et d'arrêter enfin de vivre à ce rythme idiot qui va finir par avoir ta peau. Tu vas pouvoir

te reposer, lire le Goncourt, manger bio... Et, plus important, tu ne seras pas tentée de rompre l'abstinence que tu as décidé de t'imposer pendant les vacances. A mon avis, y aura pas un mec potable à deux cents kilomètres à la ronde.

C'est ce dernier argument qui eut raison des réticences de Louise. Après bien des déboires et des déconvenues, elle avait en effet choisi, suite à la lecture d'un article dans un magazine féminin sur les bienfaits de l'abstinence sexuelle, de se convertir à cette étrange mode. Comme elle reculait sans cesse le début de sa période de jeûne sexuel, ses amies avaient commencé à prendre des paris. Quand elle en avait eu vent et qu'elle avait découvert que même la bienveillante Maria avait mis de l'argent dans la cagnotte, la fierté de Louise avait été piquée au vif. S'enterrer pendant tout le mois de juillet dans un coin reculé de la campagne française lui paraissait le plus sûr moyen de faire taire les mauvaises langues et de leur montrer de quoi elle était capable.

— Bon, d'accord, dit-elle en soupirant. Elle est où, exactement, cette baraque ?

Elle se retrouvait à présent perdue sur une route de campagne tellement étroite qu'elle ne voulait même pas penser à ce qui se passerait si une voiture arrivait en sens inverse, le tout sans GPS, sans carte routière digne de ce nom et sans la moindre idée de l'endroit où elle se trouvait.

Furieuse, elle fourragea dans son grand sac à main en toile beige à la recherche de son téléphone portable. Un coup d'œil sur l'écran lui apprit qu'il n'y avait pas de réseau. *Typique*, songea-t-elle. *C'est toujours lorsqu'on a le plus besoin de passer un coup de fil que ce genre de choses se produit. Genre, quand on est poursuivie par un psychopathe armé d'une hache, ou perdue dans la cambrousse.* Il ne manquerait plus qu'un taré apparaisse, et ce serait le pompon ! Heureusement pour elle, elle était bien seule sur cette route paumée. Ou malheureusement, d'ailleurs : avec un peu de chance, le psychopathe aurait eu la gentillesse d'indiquer le bon chemin à sa victime avant de la poursuivre en hurlant.

Louise se pencha pour jeter un regard par la vitre du côté passager : la route était bordée par un fossé derrière lequel se dressait un talus herbeux. Peut-être aurait-elle un peu plus de réseau si elle était en hauteur ? Elle descendit de voiture son téléphone à la main et se dirigea d'un pas résolu vers le fossé, dont elle évalua la largeur d'un coup d'œil. Il n'était pas infranchissable, loin de là. Mais quand elle tenta de l'enjamber, elle se trouva gênée par sa jupe crayon. Elle soupira, remonta le tissu le long de ses cuisses fuselées, prit un peu d'élan et fit un grand pas en avant… qui la mena droit vers le talus, contre lequel elle s'étala de tout son long. Le talon de sa chaussure droite avait ripé sur les cailloux qui bordaient le fossé.

— Et meeeeeeerde ! s'exclama-t-elle avec une sophistication toute relative.

Elle tenta de se relever, mais se rendit vite compte que sa chaussure était coincée entre deux cailloux. Elle se tortilla du mieux possible, mais sans résultat.

— Putain de bordel de merde, marmonna-t-elle entre ses dents. Putain de bordel de merde de mammouth ! Putain de bordel de merde de mammouth à queue poilue ! ajouta-t-elle pour faire bonne mesure.

Les jurons n'eurent hélas aucun effet sur sa jolie chaussure, dont le talon fin refusait catégoriquement de bouger d'un millimètre. De guerre lasse, Louise finit par se pencher pour défaire la bride de sa sandale. Elle se redressa, en équilibre sur une jambe, le pied droit nu, puis tira de toutes ses forces sur sa sandale, qui finit par se rendre. Elle se rechaussa avec un sourire victorieux, épousseta sa jupe grise et évalua rapidement les dégâts : elle avait les genoux maculés de terre et d'herbe comme une enfant turbulente, et une tache verdâtre s'étalait sur sa blouse de soie ivoire. Pas question de se laisser décourager par si peu. Elle coinça son portable dans son soutien-gorge et entama avec détermination l'ascension du talus. Qui se révéla plus pentu qu'il n'y paraissait. Et surtout plus glissant.

Jetant toute dignité aux orties (après tout, personne ne risquait de la voir, étant donné que la région semblait aussi déserte que le cerveau d'un animateur télé), elle escalada le talus, en partie à quatre pattes, sa jupe couvrant à peine ses fesses. Louise arriva enfin au sommet avec un soupir de soulagement ; elle se remit debout, se frotta du mieux possible les mains afin de se débarrasser de la terre qui y avait pris ses quartiers, puis sortit le téléphone de son soutien-gorge.

Elle regarda l'écran en formulant une prière silencieuse.

Une barre. Une seule. Et, bien évidemment, pas d'Internet.

Elle regarda autour d'elle : elle se trouvait dans un pré, de dimensions restreintes et bordé d'un côté par un bois assez touffu, dans lequel paissaient tranquillement trois vaches grasses, inévitablement tachetées de noir, qui ne lui accordèrent pas un regard. D'un coup d'œil, Louise évalua leur potentiel de dangerosité : apparemment, les bêtes ne montraient aucun signe d'agressivité et n'avaient pas l'air de vouloir se jeter sur elle pour la piétiner de leurs sabots furieux. Elle se souvint avec un émoi teinté de frayeur d'une scène de cavalcade dans un western, qui l'avait traumatisée adolescente, mais les trois mammifères languides qui ruminaient à quelques mètres d'elle n'avaient l'air d'avoir une parenté que très éloignée avec les bisons d'Hollywood. Elle osa donc faire quelques pas dans le champ, le téléphone en l'air comme pour supplier tous les satellites positionnés au-dessus de la Somme de bien vouloir lui envoyer des ondes positives, tournoya sur elle-même, avança un peu, recula, et finit par trouver un endroit où le portable affichait royalement deux barres.

Soulagée, Louise fit défiler les numéros jusqu'à tomber sur celui d'Emilie.

— Comment se fait-il que le plan ne mène nulle part ? lança-t-elle dès que son amie décrocha.

— Bonjour à toi aussi, Louise. Tu as un problème ? répondit son amie, dont la voix paraissait étrangement proche, comme si elle n'était pas à deux cents kilomètres de là.

— Un « problème » ? Le mot est faible. Je suis dans la merde jusqu'au cou, oui !

— Qu'est-ce qu'il y a ? Tu as atterri dans un pré plein de vaches ?

— Tu n'as pas intérêt à faire la maligne, répliqua Louise d'une voix qui s'échauffait dangereusement. C'est quoi ce plan débile que tu m'as filé ?

— C'est pas le mien, c'est celui de Gisèle.

— Comment ça ?

Un doute affreux germa dans l'esprit de Louise et se fraya un chemin jusqu'à sa bouche.

— Emilie, dis-moi, est-ce que tu es déjà allée chez Gisèle ?

— Non, pourquoi ?

— Tu oses demander pourquoi ? explosa Louise. Tu te fous de ma gueule ou quoi ? Tu m'envoies au bout du monde avec une carte qui pourrait donner l'emplacement de l'île au trésor que je ne m'en rendrais même pas compte et en plus tu m'avoues seulement maintenant que tu ne sais même pas où tu m'as envoyée ?

— C'est un détaillounet. Et je suis certaine que le plan de Gisèle est correct. Elle est prof de maths, après tout.

— Ce ne serait pas la même Gisèle qui se perd systématiquement dans son lycée, par hasard ? Celle que ses élèves font tourner en bourrique en lui indiquant un trajet vers des salles fictives, comme tu me l'as raconté ? Celle qui s'est retrouvée enfermée dans le bahut après un conseil de classe parce qu'elle ne trouvait plus la sortie ?

Il y eut un silence au bout de la ligne.

— Oups, finit par répondre Emilie. Je n'avais pas pensé à ça, je suis désolée. Tu es où, là ?

— Sur un talus que j'ai escaladé à quatre pattes.

Son amie éclata de rire.

— Si tu n'arrêtes pas immédiatement de rire, je raconte à Samuel[1] ce que tu as fait la semaine dernière, la menaça Louise sur un ton glacial.

— Je ne riais pas, je toussais… Bon, qu'est-ce que tu vois autour de toi ?

— Des champs. Des arbres. Des vaches.

— Tu vois ! s'écria son amie sur un ton triomphal.

1. Samuel, chers lecteurs, est l'homme idéal (en mieux). Soupirs. Il est beau (imaginez Bradley Cooper, sa barbe, son regard pétillant, son sourire canaille), cultivé, attentionné, drôle, bon cuisinier, bon amant, et tombe amoureux d'Emilie quasiment dès le premier regard. De nombreuses lectrices m'ont suppliée de leur en expédier un exemplaire, mais, hélas, il n'a d'yeux que pour Emilie. *Life is a bitch.*

Je ne t'ai pas menti : il y a bien des champs et des arbres ! Tu ne dois donc pas être si perdue que ça.

Louise se pinça l'arête du nez avec deux doigts et ferma les yeux.

— Rappelle-moi pourquoi je suis amie avec toi ? demanda-t-elle.

— Parce que je suis hyper drôle. Et puis, de toute façon, c'est pas comme si tu avais le choix : tu es tellement belle que les autres femmes te fuient.

— Ne crois pas m'amadouer avec tes flatteries. Je te jure, je vais faire demi-tour et rentrer à Paris.

Si tant est que je retrouve mon chemin, songea-t-elle. *J'aurais dû semer des chaussures derrière moi, comme le Petit Poucet.*

— Non, non, non ! répondit précipitamment Emilie. J'ai promis à Gisèle que tu t'occuperais de tout ! Je suis sûre que tu n'es pas vraiment perdue.

— Ah bon ? Eh bien, viens vérifier par toi-même, puisque tu es si sûre de toi. D'ailleurs, en voilà une bonne idée : tu n'as qu'à me remplacer et venir surveiller les travaux à ma place.

— Tu sais bien que c'est impossible, je suis en plein déménagement, répliqua Emilie. Bon, prenons le problème de manière rationnelle et organisée…

— Il va falloir que je trouve un autre interlocuteur alors, lança Louise.

— Je ferai comme si je n'avais rien entendu. Qu'est-ce qu'il y a autour de toi ?

— Des champs. Des arbres. Des vaches.

— Tu l'as déjà dit.

— Ah, pardon. Des champs. Des arbres. Des vaches… Et le ciel.

— C'est un début. Pas de ferme à l'horizon ?

— Non, je ne vois que l'herbe qui herboie et les frondaisons qui frondaisoient.

— Tu en es certaine ?

— Que l'herbe herboie ?

— Non, idiote, qu'il n'y a pas de ferme !

— J'en suis aussi certaine que de mon premier orgasme — à moins que la campagne ne m'ait brutalement privée de l'usage de la vue. D'ailleurs, j'aurais bien aimé être privée du sens de l'odorat. Il n'y a que trois vaches dans ce pré, mais ça pue autant que les pieds du mec avec qui j'ai couché la semaine dernière.

— Arrête de faire ta Parisienne. Ça sent la campagne, c'est tout.

— Dit celle qui n'a pas quitté Paris depuis la première élection de Delanoë.

— C'est juste que je n'en ai pas eu l'occasion, c'est tout… Bon, revenons à nos moutons.

— Je t'ai dit que c'était des vaches.

— Tu pinailles.

— D'ailleurs, tiens, bonne idée ! Je vais demander mon chemin à la vache la plus proche, elle pourra peut-être me renseigner.

Joignant le geste à la parole, Louise s'approcha d'un pas décidé d'un des mammifères qui ruminaient placidement, indifférents.

— Bonjour, Marguerite, je suis perdue à cause

de la carte fantaisiste d'une folle furieuse partie ouvrir ses chakras en Inde. Pourriez-vous m'indiquer le chemin du lieu-dit nommé originalement « Le Hameau », s'il vous plaît ?

— Mais à qui tu parles ?

— A une vache.

— Tu es complètement folle, ma parole !

— Je ne suis pas folle, je suis désespérée. J'ose espérer que la prof de lettres que tu es saisisse la nuance.

Composé et édité par HARLEQUIN

Achevé d'imprimer en février 2016

CPI

BRODARD & TAUPIN

La Flèche

Dépôt légal : mars 2016

Pour l'éditeur, le principe est d'utiliser des papiers composés de fibres naturelles, renouvelables, recyclables, et fabriquées à partir de bois issus de forêts gérées selon un système d'aménagement durable. En outre, l'éditeur attend de ses fournisseurs de papier qu'ils s'inscrivent dans une démarche de certification environnementale reconnue.

Imprimé en France